# 诗词学

【第三辑】

诗书教育系列

# 诗词学【第三辑】

龚鹏程敬署

主编 赵松元
副主编 徐晋如 周录祥 陈伟

暨南大学出版社
JINAN UNIVERSITY PRESS
中国·广州

图书在版编目（CIP）数据

诗词学．第三辑/赵松元主编；徐晋如，周录祥，陈伟副主编．—广州：暨南大学出版社，2014.1
ISBN 978－7－5668－0887－5

Ⅰ.①诗… Ⅱ.①赵… ②徐… ③周… ④陈… Ⅲ.①诗词—作品集—中国 ②诗词—诗歌评论—中国 Ⅳ.①I22②I207.2

中国版本图书馆CIP数据核字(2013)第298752号

**出版发行：暨南大学出版社**

地　址：中国广州暨南大学
电　话：总编室（8620）85221601
营销部（8620）85225284　85228291　85228292（邮购）
传　真：（8620）85221583（办公室）　85223774（营销部）
邮　编：510630
网　址：http://www.jnupress.com　http://press.jnu.edu.cn

排　版：广州市天河星辰文化发展部照排中心
印　刷：佛山市浩文彩色印刷有限公司

开　本：787mm×960mm　1/16
印　张：12.25
字　数：280千
版　次：2014年1月第1版
印　次：2014年1月第1次

定　价：23.00元

# 目　录

# 一 近现代名家诗词选

# 黄　节

黄节（1873—1935），原名晦闻，字玉昆，号纯熙，别署晦翁、佩文、黄史氏、蒹葭楼主等，广东顺德甘竹右滩人。因鄙夷同宗黄士俊的变节行为，易名为“节”，取号“甘竹滩洗石人”。黄节是我国进步报业的开创人之一，也是著名的教育学者，生平擅长诗文和书法，人称其诗为“唐面宋骨”。富有诗名，与梁鼎芬、罗瘿公、曾习经并称“岭南近代四大家”。著有《蒹葭楼诗》，另有诗学论著《诗学源流》《汉魏乐府风笺》《鲍参军诗注》《谢康乐诗注》《阮步兵诗注》《曹子建诗注》《诗旨纂辞》《诗旨变雅》等。

## 草堂留别呈简岸先生

乾坤感高义，小子愧非材。道在斯人与，时危讲席开。青山卧龙宅，紫水钓鱼台。别路多风雪，天心数点梅。

## 题郑所南诗集后

交游著作都应绝，唯有伤心郑忆翁。早悟此身原是累，孰知吾道不能同。孤怀痛在沧桑外，世事真随江海东。零落一编亦何补，感人终古是闻风。

## 与潘若海步月归作

去去宁为燕雀知，海天无语独归迟。渐看襟袖呈微月，已见蓬莱异昔时。回首朔风殊污我，呕心来日复如斯。似闻缓缓琵琶响，休问江边弹者谁。

## 除夕有怀广州故人兼送刘申叔元日东渡

出门以往缘何事，可惜年光付淼漫。已听鹃声不归去，且从马上报平安。残宵漏尽无多雨，近海楼高特地寒。况是故人临别际，平明风雪满林端。

## 邻　歌

不分弹槽逻逊檀，此时都作定中观。流云滞汉还倾听，片月沉江已响残。急影且为明日计，无眠方觉早秋寒。江湖正自伤摇落，纵有邻歌讵解欢。

## 题高天梅万树梅花绕一庐卷子

种得寒梅迤海滨，是间卜筑已无邻。江湖乍见初冬雪，天地难为一室春。

靖节桃花源上记，耆卿杨柳岸边人。凭君著意勤摹写，费我题诗独苦辛。

## 病　中

病怯奇寒起更慵，夜来风雪满吴淞。残炉烬落光初蜕，小阁窗疏冷未缝。百计安心殊亦误，有身为患适何从。萧条归梦催年事，卧听江船报晓钟。

## 二月十二日过新汀屈翁山先生故里望泣墓亭吊马头岭铸兵残灶屈氏子孙出示先生遗像谨题二首（其一）

式闾过里独彷徨，尽日追寻到此乡。一族义声存废灶，孤臣词赋痛浮湘。更谁真意紬诗外，不减春阴过夕阳。我愧长沙能作吊，摄衣来拜道援堂。

## 七月初六日赴沪海上大风

舵楼时起浪千重，自摄心魂惝怳中。漂泊正如秋一叶，寻常经见海多风。高帆鸟翼鸣鸣黑，落日鱼涎拍拍红。坐叹狂流垂未息，送人无那与俱东。

## 初到杭州宿三潭印月晓起望湖

照眼西湖今始过，晓钟真奈不眠何。断虹带雨生初日，森柳排山覆晚荷。浅水蓬莱行再见，两堤菱芡已无多。平时梦想江山处，不独伤心唤渡河。

## 过灵隐寺见洪杨劫后遗迹

一峰迎日满朝晖，绿瓦红墙委断扉。去劫百年犹未复，烂泥诸佛竟谁皈。古无创业残文教，水欲分湖涌翠微。曾为敕题金碧版，空山无罪亦招非。

## 登　六　和　塔

登临已落咸淳后，北望劳劳此际情。吴越坐分秋一色，江湖来与海相争。早枫着叶黄于水，晚柘抽条绿到城。谁向十三州一问，天边唯有塔铃声。

## 曼殊自日本寄画作风絮美人题为调筝人绘命之曰春愁赋此答之

东海遗书久未裁，殷勤笺札几回开。三年为别兼春暮，一纸将愁与画来。入世蛾眉宜众妒，向人风絮有沉哀。怜君未解幽忧疾，讵为调筝又怨猜。

## 题蔡哲夫新得汉六花铜镜拓本

恨煞蛾眉眼底波，残铜犹得一摩挲。秋来憔悴知谁见，醉后低徊奈汝何。顽质尚供当世惜，幽光曾阅古人多。寄言汉镜台中客，莫为新妆更洗磨。

## 题广雅书院

绝业催人过壮年，再来林木亦参天。棠梨半落春将晚，祠屋长虚草漫沿。曾见讲堂屯马队，坐闻幽鸟语寒烟。闲闲且了区中事，池上黄淤已种莲。

## 中秋谯集黄园与述叔谭诗并寄树人日本

去年今夕谭诗地，明月高楼世已遥。万影接天唯自俯，一舟临水不堪招。故人颜色疑秋梦，往事凄迷有落潮。剩欲缄愁寄东海，露深回雁正萧萧。

## 甲寅二月南归过邓尔雅城北寓斋为题水同堂图

欲舣扁舟藏壑去，却从沧海见尘飞。盈盈一水经秋别，落落斯堂与世违。鸟兽同群知有托，江湖满地竟安归。买山吾已输君早，何独伤心柳十围。

## 雪朝过天如同登江亭

暝想江亭鸟绝飞，南街风雪已侵帏。晌明一室疑非世，睡起余魂尚满衣。岂为扣门惊独寐，不辞纡道意多违。寻常顾览辽辽叹，岁莫天涯各未归。

## 三月三十日与栽父过崇效寺看牡丹多已披谢

（四首选二）

聊为花时一问存，迟开恨晚更何言。寻僧旧识前朝寺，促座犹悭入市尊。不意荒寒生绝艳，已愁春色近黄昏。客怀三月匆匆过，却是今朝最断魂。

莲根未长秦蘅老，况汝残开已不堪。剩与桃梨同沆瀣，尚留蕉萃对瞿昙。蝶闲向暝知谁过，燕语眠却独谙。错被美人回靥看，不如漂泊满江南。

## 楼　阴

惜花秋思比春深，湖菊霜初晚独寻。剩与西风增一叹，乱蝉如呓过楼阴。

## 无　题

深灯密幄坐寻常，已被旁人窥晚妆。却误嫁时为妇易，漫嘲邻女压针忙。得鱼赤尾吾知病，见叶黄陨汝或伤。负尽秋期是今夕，可能回忆十年强。

## 再　答　瘿　公

万虑撄心强自持，别寻歌哭恣喜思。他年恐似秦淮海，博得微云一抹词。



## 都门遇何剑吴

五年北客伤时语，一日逢君语更深。丛菊晚华秋欲尽，九城寒气雨初沉。可怜赤手挐龙学，泰州学说只付黄金买醉吟。李白诗：黄金买醉未能归。莫问归期且言别，依依玄鸟向阳心。

## 春风城南花为丽云作五十韵

丽云本名云玉，癸丑夏予识于淞江。盛鬋丰容，诸姬减艳。飘零七载，重晤燕台，春雪犹寒，益增吾感，因为此篇。

春风城南花，独往得幽恣。羁栖七载中，寂老一隅地。荆卿游酒人，犀首叹无事。赁舂比扶风，侏儒笑厌次。称诗美苌楚，所志玩白贲。嗟哉士大夫，毋若妇宦寺。过从乏向往，一意纵声伎。樊川唱杜秋，少陵爱剑器。听终哀每来，坐对乐无二。三年倏易过，一曲渺难俟。旧事说蓬阁，佳人属吒利。篇终岁暮吟，迹落湖上志。尔来遂萧条，及秋益憔悴。黄花风雨晨，丁沽江海思。深情辄一往，佳遇亦云遂。小小钱塘家，师师汴州泪。是时秋方残，彼美意尤腻。吾怀欣有托，身世姑暂置。渡江河东君，就我上都驷。不赋石榴词，焉寄丁香字。雪夜命巾车，腊尽同尊觯。欢穷意顿改，岁易期不至。固知金缕歌，莫望紫云赐。梅花开更落，春灯灺复炽。人日草堂诗，岁时荆楚记。忧来等闲度，意尽寻常醉。吾生早孤露，世恋悟浮媚。何期淞曲人，巧若广陵值。仿佛识芳华，依稀疑梦寐。云鬟江上路，暮雨城西里。当时数携手，一别各漂芰。重逢且细语，前迹尚留识。自言嫁商人，已分老姬侍。长妇不见容，弱絮乃重坠。如今盛年过，咼补头上翠。言终更低首，我听已酸鼻。世事十载间，沧海几回异，且如改革初，岂谓帝议贰。再造失纪纲，大权落将帅。是非赏罚间，颠倒混淆备。贤豪窘心力，士夫自贪肆。一国在漂摇，与汝共遗弃。眼前事勿论，春半酒还渍。桃梨未坼蕾，南北固殊植。汝来可盘桓，天予以覆被。平生阅世多，余恨中臆恚。如何逾壮人，不尽看花意。欢情逐去春，凄感发深致。

闭门晚雪积，入虑初花稚。即此已低回，况阻游春骑。

## 题揭阳姚君悫秋园

七年北客吾何寄，君亦有园归未能。平昔山中数幽子，竭来海上一行縢。后期息壤诗迟报，春尽看花事独增。不觉明朝又寒食，眼前风絮日飞腾。

## 漫成一首寄区生得潜

挂柳残蝉已杀鸣，乘秋鸿雁欲高征。庭梧作响先飘叶，檐月初生渐满城。秋事未阑惟种菊，民生无告尚佳兵。自知乱象兼时至，坐阅深宵句漫成。

## 十一月朔夜重读邓秋门遗诗

八卷遗诗有陈迹，廿余年来尚恻恻。故人骨冷西樵山，不忆京华久行客。开篇一序我少作，中有唱和郊与籍。当时国事已可哀，隐隐诗篇各相惜。自子之死我深居，读书十载在山泽。岂知出游壮岁后，懒复治诗困行役。如今衰迟似枚子，江海贩书较尤适。吁嗟成就皆莫期，究不若子卧窀穸。如今羡子绝年少，呕心不让李长吉。遗诗重读辄三叹，子若生年亦发白。乃知诗事令人老，不死相看仍落魄。天寒高斋今夕心，书寄枚子江上宅。

## 梁节庵先生挽诗

世有君臣始见公，更于诗翰叹孤忠。尔来得句犹终阙，垂死伤心且未穷。直道不回天下变，南园思续百年风。南园诗社重开，先生有句云："诗事销沉过百年。"时辛亥秋八月也。岂知还为今朝哭，无复相从丧乱中。

## 春　暖

折枝疏竹缘墙活，濯干孤桐阅岁青。渐换衣裘充薄著，少移花药补前庭。闲中遂过句萌节，春事犹勤种树经。坐想胜游终一往，隔林黄鸟语丁宁。

## 法源寺看丁香同魏斋秋湄

都门盛看花，丁香独开早。法源古招提，今日罕人到。婆娑百数株，烂若紫与缟。斜阳照殿角，上覆翠松老。春秾草木茂，故物尽除扫。桃梨杏棠药，后先各争道。岁岁看花人，眷此须臾好。新绿未成阴，晚核初似稻。堂坛佛久镝，春事自草草。更访云麾碑，与君说天宝。寺有唐李北海书云麾将军残碑，赵氏《金石录》颇疑碑内“天宝元载”四字。

## 秋　夕

初秋荷气清，晚萼红愈重。明月照绿房，修檠聚青汞。久坐至露深，结怀不成梦。宵长岁过半，鸟息枝犹动。伤哉望乡人，见云愁澒洞。

## 北海月夜作寄怀黄元白西湖

月浮荷影了无尘，积暑初降雨气新。尽日荡舟忘士女，一波摇岸作澜沦。众中得乐成黄檗，湖上思君骋白蘋。莫谓东南能去乱，已闻行涨到江滨。





## 七　夕

苦忆秋宵旧日诗，如何怀抱异当时。不殊儿女灯前语，独有悲欢老去知。乍雨乍风过此夜，一年一乱似佳期。人间尚作天河梦，尽向梨园曲里窥。是夜各园皆演《天河配》一剧。

## 岁暮吟

丙辰除夕余为《岁暮吟》一篇自述二十年前事，罗瘿庵和之，今又十年矣，更为此篇，以续前吟，惜不能起瘿庵再和之耳。

朔风催雪天欲雨，秋娘老去丁沽路。不知听歌人更老，题句瘿庵已丘墓。乱从丁巳召强藩，徐泗连兵入天府。群帅如罴复如虎，皖直奉洛继以鲁。黄河北来日相杀，矧复兵镶借索虏。祸连西北迄东南，地尽察绥放吴楚。岭表劳师渡湘汉，势成南北无沛羽、纷纷部曲人异谋，不各相杀则相觑。十州百姓死其下，民实何辜国焉祚。北客尔来十五年，戊壬我南止松扈。越庚及癸再言归，娇女已长弱妻妪。先墓萧萧阙洒扫，深山林密盗无数。不敢言老望归祭，曷反苍颜对封树。简岸我师卅年别，展谒汾江亲请语。人心风俗何以乱，不在政治与军旅。始于邪说终暴行，世乃一乱乱无度。由癸溯今星四周，去乡山川更修阻。坐观群儿戏北郭，一若雄鸡戴金距。日以同类伤爪嘴，不如猎狗逐郊兔。我独治诗远思古，陈王阮公谢鲍句。上及乐府诗三百，发为文章用笺注。岁阑百事尽废除，欲理性情为人与。可怜人共叹饥寒，群儿又作鱼龙舞。

## 十五夜无月

夜夜重阴世莫窥，今宵无月始惊奇。浮云落与人争渡，渔火明如海有涯。

万象至今仍仿佛，众山才隐复参差。高楼不待张灯坐，天末波光白上眉。

### 无题和张孟劬韵

三年臣里许邻东，度度窥墙隔几重。徒结中衣双绢白，可期沧海一桑红。高唐暮雨云初出，洛水微波佩岂通。只有无生能赠我，芳华虚自寤春风。

### 溷　絮

因诗盘意老犹能，着意牵肠弱不胜。溷絮恐无萍可化，沟冰重为水相凌。题巾语欲无言答，去骆情随一旦增。强似南来姜石帚，尚携红袖过松陵。

### 七月十五夜月初上

不缘黄日夺清辉，绿净林梢雨意微。云解天容青作黝，叶翻禽影住还飞。虚名箕斗看双照，破国河山揽一围。犹向点尘争失得，朱颜明烛使人归。

### 立夏后一日雨中迟秋湄看花之约未至

暗雨飘香落万家，小楼心远似奔车。寇来草木争先后，《礼记·月令》："仲春行秋令，则寒气总至寇戎来征。"春在阴晴去咄嗟。一夜泽蒲吹作絮，半天蜺茀看成霞。丈夫老矣情何限，千里秋斋秋湄斋名约为花。

### 感　事

闻道辽阳逼海氛，天戈倏止重修文。讵无杀贼关西将，不尽如儿霸上军。五利昔犹卑魏绛，一人谁为怒朱云。东风受吏诸公力，愿鼓先声待策勋。

## 陈　洵

陈洵（1871—1942），字述叔，广东新会人。少有才思，游江右近十年。以词著称，颇为朱彊村所推挹。晚岁教授于中山大学。著有《海绡词》，为近代岭南词宗。

### 浣　溪　沙

如梦风花赴镜流。舞杨无力倚娇柔。黛奁脂盝自然收。　　未必真珠全赚泪，断无罗带肯瞒愁。春光谁分薄于秋。

## 探芳讯

雪娘病起，重见江湄，一月讹言如隔世矣。

紫箫远。又凤翼飞軿，天风吹转。洗梦尘清泚，银河水深浅。人间百感冬温夜，教作良辰看。渐黄昏、隔水初灯，岁华深院。　　妆薄泪痕泫，有印粉窗纱，凝香罗荐。莫倚高寒，仙帔绀霞卷。熨怀暗堕金炉烬，漫借笙歌暖。正销凝、那更檐花怨断。





## 瑞鹤仙

才人河满赋此慰之。

暗尘惊转烛。送华堂归客，春波如麹。笙箫咽寒玉。有明妆窈窕，自伤幽独。庭花簌簌。夜潮生、东风又促。算游丝、飞絮牵萦，天远泪痕相续。　　枨触。长门买赋，词客千金，此情谁属？蛾眉漫蹙。今古事，几歌哭。但飘零休恨，天涯看遍，芳草无人更绿。问伊家、除了周郎，为谁误曲？

## 摸鱼儿

五月廿五日，重过故潘园。女道晖殇后一日也。

渐黄昏怨梅疏笛，飘零花片重数。辘轳先听薰风转，门掩翠阴前度。今更误。纵觅得、枝头青子还迟暮。流红漫溯。恁断索银瓶，泪铅金井，空惹坠欢古。　　闲池馆，多少红吟绿赋。遗香罗袜尘土。思量竟是无花好，随意野桥烟圃。天也妒。总不把、斜阳小驻留人渡。浮生太苦。悄一似秋莲，无人解道，春恨早分付。

## 无闷

岁暮，风雨怀人。

梅怯新箫，兰润旧屏，年色匆匆烛转。唤冷蝶幽衾，障天愁满。不恨红楼望阻，恨响乱荒鸡无人馆。问甚情、却向钿车径绝，素书云断。　　深绻。镜尘泫。想晕粉窄蛾，此时妆面。漫着破宫衣，暗翻铃怨。谁寤辞年泪点，第一是、无端南来雁。料未掩、端正风流，待稳两欢重见。

## 采 桑 子 慢

水滨初夏写兴

新萍荡柳，还是销魂江上。看飘粉楼台都尽，占了清凉。燕子归来，几家帘户闭烟塘。双鸳谁见，闲情正在，云影天光。　　小扇唤风，都随节换，何况斜阳。便休忆、绿阴前度，更有梅黄。叶叶罗衣，任湖西子又新妆。琅玕文簟，颇黎翠枕，惹梦菰香。

## 十 二 时

恼春心、更无寻觅，猜遍朝朝行止。觉到处、相逢难避。幻作千般明媚。晕柳生颦，扶花欲笑，看似愁还喜。惊骤落、出杏村帘，过客断魂，偏在斜阳流水。　　飘几多、楼台粉雾，赚得蝶情全坠。静选绿阴，悠然古梦，伴着娇莺睡。日渐长怎遣，随人卧也又起。　听一声、啼鹃烛外，暗想黄昏垂泪。去尽燕鸿，山河无限，事远将天比。忆汉宫不见，依稀画图人丽。

## 三 姝 媚

七月廿五日，与树园、橘公饮半帆酒榭，追话旧游，黯然题壁。

疏灯扶梦上。乱风花如潮，暝愁潜长。燕户莺帘，间未霜行柳，对门斜向。倦迹闲云，歌韵歌、孤飞还傍。印粉阑干，犹是当时，分无新赏。　　人事垆边凄怆。渐夜蝶黏窗，暗萤飘巷。便似离鸿，又几年秋到，悄然吟望。万感尊前，轻换了、风流疏放。付与寒蛩分诉，清欢自强。

## 氐 州 第 一

小除重泊，仍和《片玉》。

飞雪江梅，妆榭尚懒，花风似惜年小。画烛通春，行云载梦，心逐孤鸿缥缈。归草烟光，淡淡向、蒙鸥微照。永日游情，经过倦迹，渡头人老。　　渐苦辞年诗思少。最先念、翠围红绕。镜底逢欢，歌边感旧，准拟归闲抱。比佳期、天更远，帘帏下、重温语笑。一晌无聊，待追寻、花睎蝶晓。

## 南 乡 子

海燕逐春潮。寒食烟花尽放娇。无奈长亭栖暮雨，潇潇。那有斜阳梦谢桥。　　珠宇太无聊。芳信江南次第抛。心事蒙蒙残絮畔，吹箫。西北高楼雁已遥。

## 蓦山溪

薰风清弄，带树蝉成韵。夜色暗横塘，拥孤灯、凄凉客鬓。扁舟梦锁，杨柳自津亭，期无准，香销尽，寂寂潮回信。　　佳人重约，一箭流光迅。花后起相思，试新妆、小莲腻粉。罗衣换了，何处想腰肢？遥漏紧，疏星趁，枕簟都随分。

## 月下笛

萧寺探梅

罢酒园亭，飞空素月，镜边闲客。逡巡梦迹。翠羽啼春无极。带风篁、泉石自凄，小庭路钥幽径仄。算何郎渐老，东风多事，旧情难觅。　　当时俊赏，问蝶粉蜂黄，顿成疏隔。佳期又晚，坐对依然携笛。想银屏、自温岁华，麝篝护被欢正忆。怎教人，为说苍苔破屐浑耐得。

## 解语花

黄园红梅

霞笙怨别，雾阁移春，仙梦还寻到。翠蓬霜晓。东风事、唤起半窗啼鸟。新妆换了。应不管、波荒雪老。娇鬓华、熏麝霏烟，始信红情绕。　　还记尊前旧笑。向酣春青镜，游宴多少。素怀凄悄。抛铅泪、旋写魏宫才调。凌波路渺。惊冉冉、挂林残照。肠漫回、偏要朱颜，凭溯溪柔棹。

## 兰陵王

邻家燕巢既毁感赋

近寒食。烟水村南舍北。斜阳看、桥畔草花，时节相逢谢堂客。邻翁鬓早白。曾识。寻常巷陌。漂摇事、风暮雨朝，檐语双双世如隔。　　莓梁暗陈迹。但贴地依稀，茸唾狼藉。衔泥将子知犹力。嗟落絮身世，涨花漂荡，天涯何处梦再觅。断魂网窗黑。　　愁极。正岑寂。渐柳改春颦，梨泫秋色。沉沉社鼓思行役。问舞影灯外，盼波帘隙。年来年去，得且住，怎记忆。

## 阮 郎 归

秋夜宿山园

西风摇梦翠成绡。残萤和雨飘。檐花清瘦语灯销。蔬尊凉酽潮。　　萝薜冷，楚骚调。秋心一倍遥。晓珠圆定结红寮。宿妆楼上娇。

## 虞 美 人

芳菲冉冉辞鶗鴂。又作人间别。黄昏楼殿月冥蒙。一夜高寒相望断天风。　　宫衣瘦尽茗华在。不信连环解。无情辽水自年年。只有雁飞犹见旧山川。

## 宴 清 都

除夕，海绡楼小集，时文叔归自北京。

旧语年灯款。东风约、去来人事无限。梅扉冻粉，兰屏润绿，贮寒孤馆。金莺漫炙新簧。向梦里、香云自暖。趁万里、数遍春程，南烽正关归雁。　　凄凉故国平居，咸阳倦客，魂意先乱。西园载酒，东郊试马，趁时游宴。天涯更说今夜。任坐久、林鸦易散。愿后期、只似花风，椒杯又浅。

## 虞 美 人

黄杜鹃花

宫莺漫妒花颜色。蜀道魂无极。几时上苑与移根。不向蛮乡烟驿染啼痕？　　疏疏过尽斜阳雨。一任春归去。不如小鸟泪能红。只爱道人装束旧家风。

## 浣 溪 沙

濯粉池妆带雾收。泛兰双桨尚迟留。物情天气喜清游。　　吹梦楝风成旧暖，润香梅雨入新愁。燕归犹傍小红楼。

## 点绛唇

七夕

彩月侵廊，泛凉花树如轻绮。去来风意。天淡明河地。　　银烛深深，不照凭阑事。空憔悴。梦痕如水。重叠吴山翠。

## 齐天乐

木本园穿井，主人邀集试泉，声为此调。

西风先冷银床树，黄花自开三径。畅酒杯宽，狂簪帽侧，萧散临泉窥影。芳辰共永，浅一缕清寒，旧愁浇醒。梦锁空山，趁潮津鼓漫催暝。　　当时云意共懒，翠虬方卧稳，姿媚幽靓。旋讬微波，徐看溅玉，招隐诗声流咏。秋阴变景。但鲛织沉吟，蜃云销凝。素客重携，淡鸥能为领。





## 水龙吟

海绡楼填词图，往者彊村翁尝欲使吴湖帆为之，余曰："不如写吾两人谈词图。"吴画遂不作填词。今年秋，黄子静游杭，复请余越园为之，去翁归道山行一年矣。独歌无听，聊复叙怀，欲如曩昔与翁谈词，何可得哉。

看人如此溪山，等闲消与填词老。流尘换镜，天风吹籁，危阑自好。南渡斜阳，东篱旧月，古今怀抱。算承平去尽，笙歌梦里，浑昨日、非年少。　　金粉旗亭谢了。剩伤心、紫霞凄调。新绡故素，啼红泫碧，不成春笑。湖水湖烟，余情分付，又随风渺。望千秋、洒泪同时，怅断掩霜花稿。

## 玉楼春

野亭惯为寻春到。刻意怜春春太早。今年方喜见春迟，往事悠悠来暗抱。
酒阑无奈花仍好。醉里不知人已老。尊前日日愿花娇，花若长红人合少。

## 梦江南

拟牛峤

红绣被，叠起恨重重。枕畔放伊闲伴我，半床凉月半床风。无处觅郎踪。

## 相见欢

风声昨夜潮头。钓筒收。谁唤彩云明月下莲舟。　　笙歌送，都如梦，几曾留。唯有一川鱼鸟替人愁。

## 渡 江 云

彊村先生沪上书来询游约，且为词以促之。敬酬一解。

晴空分海翠，举头见月，怅望两天涯。素心尘事少，甚处相携，有约便移家。东篱旧色，爱晚节、同采秋华。千万输、买邻无计，淡淡始怜花。　欢赊。吴云东驻，岭雁南回，指沧洲如画。凭寄情、腴秋鲈脍，深棹蒹葭。年时梦向今宵说，对满庭、花影阑斜。良会永，因循去日休嗟。

# 二　当代诗词选

# 刘世南

刘世南，1923 年生，江西吉安人。江西师范大学文学院教授。著有《清诗流派史》《在学术殿堂外》《大螺居诗文存》。

### 谒邓钟伯先生话旧

风流前辈几追攀，聊接清尘破俗悭。猨鹤之中惊浩劫，沧桑而后得余闲。
已更多故人强项，自有千秋昼掩关。同调还寻彭泽宰，低徊故里望南山。

### 卧　病

跃马龙泉更臂鹰，飞扬意气记吾曾。身强那蓄三年艾，病在方知九折肱。
岂有万言书左腕，已妨一卷倚高灯。横窗风雨无穷夜，千笏青峰想独登。

# 劳思光

劳思光（1927—2012），本名劳荣玮，号韦斋，笔名思光，湖南长沙人。台湾大学哲学系文学士。香港中文大学哲学系荣休教授，台湾华梵大学哲学系教授。著有《新编中国哲学史》《中国文化要义》《思光诗选》等。

### 澳门孙中山故宅

老树浓阴掩壁尘，止庭黄鸟尚啼春。更谁共读开天记，到此方怜去国身。
棋局半残仍作艰，泽流二世已无人。玉鱼瓦砚何萧瑟，名士纷纷正美新。

### 太平山晚眺

淫霖未息暮云稠，信是春时令作秋。大地烟沉风北渡，一峰骨立水东流。
宁无俊杰供青眼，自有文章伴白头。龙血玄黄哀闭隐，书生忍悴稻粱谋。

### 惊　梦

含笑相看忽断肠，梦回惊起夜苍茫。漫言白傅歌长恨，竟似微之叹悼亡。
河鼓天孙伤语谶，锦裳罗袜锁尘箱。剧怜旧巷前宵过，满架花枝失旧香。

### 甲辰秋应崇基聘，戏柬谦老

历劫禅心井不波，马牛呼应久成讹。抱关末世情无憾，伴食朱门辱转多。
渐陆暂为高枕计，在田休唱大风歌。频年桃李天涯满，憔悴文中欲奈何。

### 壬戌八月，慕寰先生荣休，同人饯于雅苑。席间出示近作长句相示，遂步原韵奉答

蹈海孤怀老仲连，肯从傀儡问媸妍。屠龙志在思啣石，射虎人归梦控弦。
几见桐根能免火，久怜榆荚误呼钱。南溟烟雨容高卧，但得无求不学仙。

### 戊辰夏应清华之约，来台作专题演讲。晤济昌思恭于台北，品茗小谈，遂成一律

退居犹未免仓皇，再渡蓬莱拟故乡。晚市楼台疑海蜃，故人眉发证沧桑。
坐听啼鸟前尘逼，醉策屠龙旧梦凉。三十三年哀乐意，苦茶相劝涤愁肠。
注：予自乙未赴港，即未再入台。解严后方作此游，计三十三年矣。

## 陈永正

陈永正，1941 年生，广东茂名人。曾任广东省书法家协会主席、中国书法家协会第四、第五届副主席。现为中山大学中文系教授、中山大学——香港中文大学华南文献研究中心主任、广东中华诗词学会副会长。著有《沚斋诗词钞》《岭南文学史》等。

### 奉题吴静山九寨沟图卷

造化壮兹游，天巧九寨设。挥洒开鸿蒙，尺幅出奇绝。岷峨势腾奔，至此为结穴。冰峰峙西北，晶晶群玉洁。斫地谁能平。镵天谁能截。海子蛰巨龙，噏张云雷掣。梯湖吐瀑虹，坌涌石凹裂。当作长江源，在山已千折。阴壑敛森沈，冷光洞寥泬。磴穿颓岩腹，藤纠老鹃血。回风褰雾帷，木末微阳瞥。幻影荡空翠，迷彩层复迭。绛红间轻紫，霏霏金坠屑。万象集笔端，一纸天机泄。吁嗟乎吴子，胸积太古雪。

### 黄河壶口瀑布放歌

沧海泻杯河倾壶，悬流挟势群山趋，坼裂层岩陂坨粗。盘涡里外黄白殊，

水争石夺不肯输，神划鬼剜得乘虚。巨浪扑噬若于菟，百里震震惊聋懦，激电翻霜俄纷如。游客骈首目睢盱，欲近还却三踟蹰。阴洞螺磴下窥觎，水府凝冷森发须。乱溅亿亿摩尼珠，日影飘瞥虹影弧，一珠万象才须臾，已历娲羲抵盘瓠。不周触陷东南隅，赤帝挥手众灵驱，竟移太行塞当途。浊流逼仄无完躯，河伯色怒掉狂车，秦晋蹴踏中原屠。镕铸大钧一洪炉，水火漂焚无贤愚，黄土所抟皆为奴，仰天莫问民何辜。噫嘻嚱是欤非欤，长安闹市百六闾，贵人恃恩持左枢，舞紫歌红群讴俱。欲攀龙髯祠鼎湖，欲犯帝座踞清都，于此乘槎溯天衢。九牛力挽麾千夫，柁倾桨折骇且呼，一堕不救失头颅。浮生扰攘一蘧庐，增之不足减则余，身世相雠悔其初。今我七十何所图，自保一身惭妻孥，去去流年疾逃逋，口钳形解胡为乎。观我生兮道未孤，及吾衰矣道已污，有心无力心可诛。壶水当酒能醉吾，阮家老兵不识渠，招来对饮晚及晡。微阳在户月在除，豪素满几聊可娱，毋用局束气不苏。神州百年终丘墟，休嗟微禹吾其鱼，泪墨淋浪笔于书，我泪未竭河已枯。

## 梦登天柱山

一身无所寄，下瞩扰尘昏。崩坠犹孤拄，嵯峨敢自尊。
云开遵故道，水尽得真源。亘古幽潜意，中宵孰寤言。

## 香港二十世纪旧体文学研讨会奉和黄坤尧教授

饮冰聊解我心熬，兴灭扶颠亦足豪。几代遗民千劫尽，百年长夜众星高。微言已绝犹存雅，太息能舒或近骚。文献丛残待收拾，但期香海静风涛。

## 暴雨当涂呈文彬先生

吾道元艰阻，行行骤雨风。迷楼时入望，沈陆尔何从。路已东西误，源犹左右通。横流安此处，容待晚霞红。

## 苏　武　慢

坠叶旋秋，团鸦噪冷，霜讯天涯凄近。欺人蜡瘦，款夕蛩沉，鬓影隔帘曾见。风起横塘，步失凌波，断魂吹转。叹醉醒何世，少年清夜，十年同贱。
休更问、日日相思，江间消息，空伴老红流怨。荒凉丛菊，迢递青山，回首芳韶都变。闲数梦华，万感平居，故园长睠。黯倦怀凭晚，残画沧州历乱。

## 烛影摇红

汉国宫黄，奈何偏向高楼住。银瓶相贮自亭亭，只待东君主。婉娈人家帘户。愿欢愉、朝朝暮暮。阳台漫倚，乞得宵来，几多清露。　无限悲凉，峭风横卷天花去。春光底事向人间，一霎成今古。须信人天同妒。悔当初、芳心辄许。小庭孤对，断魄残魂，大招难赋。

## 鹧鸪天

涯涘长妨浩浩流。古时山障百年羞。伊人别后无芳草，游子归来见石头。　柔橹语，蜑家讴。珠江横亘网罗愁。重寻只影经行地，得似遮灯话小楼。

## 西江月

敷径千竿竹影，摇漪一沼风荷。流红未必怨横波，自爱风前飘堕。　相见都如梦里，人情奈似云何。月华开了渐凉多，谁分良宵清坐。





# 曾楚楠

曾楚楠，1941 年生，广东潮州人。现为潮州政协诗社社长、韩愈研究会顾问。

## 敬步尚永亮先生《谒韩词》绝句

迁谪八千里外村，熏风三度启南云。文坛果可称王国，谁是臣来谁是君？

注：韩愈一生三次来广东，韩词中有“三启南云”牌匾。

## 郊行见木棉花絮裹挟籽粒漫天飞舞

敢向云霄织锦霞，英雄美誉岂虚夸。缘何转作逐风絮？只为儿曹未有家。

## 自况（二首）

奇言怪论竞纷纭，老眼观书意未昏。扪虱高谈居闹市，望风大嚼过屠门。痴情每被矫情诮，字纸何如钱纸尊。不悼千篇终覆瓿，驰笺泼墨且销魂。

煮字熬文薪未停，逢人怕说稻粱经。青春背我追难返，黄卷笑侬顽不灵。

搔发原知霜渐重，拥衾却恨梦常醒。年来一事差堪慰，反语颇能作正听。

## 陈文华

陈文华，1946年生。台湾师范大学文学博士，淡江大学教授。著有《珍帚集》《杜甫传记》《唐宋资料考辨》《海绡翁梦窗词说诠评》等。

### 滞　雨

滞雨衡门夜，伏枕听呼啸。平明开轩视，万类困凌暴。结庐都市中，堂坳可垂钓。焉得射潮弩，暂息众嚣叫。版筑与天争，建地寸寸剽。一日伐树木，二日平山峭。三日植钢筋，倏忽飞甍耀。青青土之衣，剥尽天则诮。雨来本润物，乃以污浊报。寄言利涉徒，祸福实难料。

### 题溥心畬古木幽岩图

二树仰首与天齐，二树夭矫低俯水。树底岩石纷嵯峨，藤纠萝缠散成绮。何人辟此桃源境？幽寂真可沁心髓。西山逸士故王孙，不披金紫披葛藟。心空六翮恣天游，腕底松风谡谡起。灯前坐对渺予怀，待策杖藜呼山鬼。

### 至善园牡丹

沉香亭北发艳时，龟年檀板谪仙诗。太真笑酌西凉液，解酲便待折一枝。禄儿大腹不解事，锦棚浴罢翻怀贰。名花倾国更何有，野鹿啣残黄裙坠。千年俯仰隙过驹，封蜡移根落蓬壶。炎方风物那曾惯，观者阗填汗濡濡。万里重阴非旧圃，捻痕宛在今犹古。怕识春风无限恨，倚栏不作霓裳舞。

### 庚　辰　秋　感

从来兴废是人谋，丹陛居然又沐猴。三尺侈言斩白帝，万民坐看溺洪流。金声瑟瑟宵侵户，荧惑煌煌夜照楼。载覆之间可有畏？悠悠一水验沉浮。

### 春　兴

东风次第到衡门，柳密花繁入眼温。百物能蕃总春梦，一身犹健是天恩。羞言鸿鹄他年志，且认江流旧日痕。不爨劳薪甘食素，从教鶗鴂送黄昏。

## 春　寒

世途难觅一枝安，欲上高楼怯倚栏。极目云天余晚照，关心消息是春寒。酒阑莫问明朝好，梦觉从知去日欢。沧海横流非我要，此身所欠剩加餐。

# 曹　旭

曹旭，1947 年生，江苏金坛人。复旦大学文学博士，上海师范大学教授、博士生导师。著有《诗品集注》《诗品研究》《中日韩诗品论文选评》《古诗十九首与乐府诗选评》等。




## 初见日本樱花

鸭川江畔独行吟，渐远家山云外轻。忽见樱花如雪海，故乡明日是清明。

注：鸭川，京都城中河，两岸古樱千株。

## 梦　樱

清明草色绿如裙，游子携壶半已熏。梦里千山飞绛雪，樱花涨断一川云。

# 杨启宇

杨启宇，1948 年生，四川自贡人。现为持社社长、中华诗词学会常务理事、四川省诗词学会常务副会长、《四川诗词》主编。著有《杨启宇诗钞》等。

## 黄　龙　印　象

娲皇炼石嵌天处，石尽空余五彩池。相像瑶姬梳洗罢，黄龙脊上画蛾眉。

## 和　人　感　怀

落寞情怀落寞秋，斜阳黯淡倦登楼。海枯鱼烂成今日，滓泛渣沉搅浊流。浩劫九州谁铸错，浮生百味总宜休。天堂地狱皆无谓，惟有人间不自由。

## 贺仁德六十华诞

犹记初逢锦水边，陈郎风度最翩翩。天荆地棘成今世，壬转辰回值寿筵。与尔乍销愁万斛，愿君且饱日三餐。更留老眼观沧海，长爪麻姑有预言。

## 北川废城地震遗址

断壁颓垣吊废城，念中多少未招魂。凄风冷雨空山里，红萼无言寂寂春。

## 读澄碧草堂合集漫题二绝

如此江山几霸才，飘零坛坫劫余灰。分明一点灵犀意，益我苍凉四顾哀。

潇湘云梦水云闲，终古骚心属芷兰。修到华鬘千劫后，天风吹袂返蓬山。

## 渝　游　感　怀

东去涛声失莽苍，鱼龙潜迹水云凉。摩天霓彩烘新景，沸地红歌复故狂。大有佳儿金作粟，尽多来日海生桑。悲秋吊古皆无绪，曼子台空蔓草荒。

# 颜昆阳

颜昆阳，1948 年生，台湾嘉义人。台湾师范大学国学博士，淡江大学中文系专任教授。著有《颜昆阳古典诗集》《平林新月——唐宋诗选析》《李商隐诗笺释方法论》等二十余种。

## 诺谔行赠戎庵

丁巳解甲，戎庵招饮，见贻短古一章，有“捉尘继谭龙，封侯属屠狗”句。为赋诺谔行。

诺诺复谔谔，于喁争齐作。燕石隋珠一绡囊，我行清浊亦何托。闻君有木真堪材，葳蕤胡为树广漠。误在尘网中，背俗常脱略。世情类饮酒，与君细斟酌。昔笑孟轲迂，凭谁论天爵。狂飙不返云，枯蜗徒高著。或为足底尘，或为九皋鹤。物态各承因，我生常自若。君为乱离人，久与虎狼搏。四十年间行万里，书剑风尘说如昨。气骨尚自凌海清，翰墨犹批世道薄。我今作意为君歌，倚剑风回春花落。他日倩谁为我歌，疾雨霖铃梦萧索。当歌不须泪，且分千杯乐。白发行欺君，青山犹夙约。吾辈户牖亦人间，常心惟肯专丘壑。谁能龙蛇间，诺诺复谔谔。

## 云　海

吁嘘，谁倾东溟之水至，跳沫纷纷鱼龙沸。非也。或是帝其布网罗，鹞鸷窜窜争鼓翅。非也。或是天女群出游，仙袂飘飘乘鹤戏。非也。或是鲲鹏抟扶摇，或是九龙噫大气。或是织妇张其机，或是六军扬其帜。非也。君不见其势列冈峦，其色雪敷地。媾则素绫缠，翻则梨花坠。风高牛羊奔，日烁珊瑚萃。已遏秦青之歌，更状郇公之字。噫嘻，云成海，海弥天，含水得气出山川。我命银翼凌太虚，冲涛如行天上船。乾坤一混沌，俯仰何茫然。随槎将焉至，玉宸入遐观。层楼叠阁俱如幻，轮囷龙马各成烟。眼下物色空驰骤，休将红桑插海田。





## 闻　蝉

高抱竟何待，千年谁解音。我怀真净水，独夜坐鸣琴。声尽宫魂冷，歌残夜色深。喧喧同此夕，寂寞一生心。

## 无　题

松园清夜一帘风，小室瓶花默默红。待梦云来山翠外，采兰人在月明中。孤香竟许盈怀袖，心事惟能付雁鸿。不信相思都化烬，高台垂柳正青葱。

## 哭刘公中和二首

不返鹤魂须更哀，余生毕竟葬鲲台。曾期干莫费心铁，只向风骚成轶材。超象可能从蝶化，悲时尚想待春回。诗人去后真何世，一碣宁知疾雨来。

常从说杜坐垣庭，剩对溪声不可听。园树悬香虚作色，邻鸡哭夜只残星。诗人许是暂沦谪，泉路谁知真窈冥。身后若论公寂寞，文山想见一灯青。

## 戊子清明已过风雨如晦因思梦机近多忧世之篇北向而望爰有此作

已过清明冷未春。山风海雨乱花辰。高楼北向失败群雁，叠嶂东陲思故人。可惜诗家逢此世，何如贾道托浮生。野云恐是知天意，横卧无言自屈身。

## 熊盛元

熊盛元，1949 年生于南昌，江西丰城槎市（今属樟树市）人。现供职于江西省社会科学院。著有《晦窗吟稿》《晦窗诗话》等。

### 辛卯重阳前一日游龙华次蒹葭楼韵①

苍葭白露空凝想，解缆何人与溯游。海竭尘扬垂百载，萸肥菊瘦耐三秋。天心渐死休呵壁，狐尾将濡自首丘。甚矣吾衰遘阳九，茫茫雾掩仲宣楼。

### 癸巳早春和梦芙兼柬伤隐战前

绕树惊飞鹊未安，四围霜气避应难。同归也欲憧憧往，嘉遯争禁漠漠寒。阙下人惭三语掾，炉中药转九还丹。北楼轻命东风湿，春夜伤心独倚栏。

注：《周易·系辞传》：“易曰：‘憧憧往来，朋从尔思。’子曰：‘天下何思何虑，天下同归而殊途，一致而百虑，天下何思何虑？’”义山《北楼》：“春物岂相干，人生只强欢。花犹曾敛夕，酒竟不知寒。异域东风湿，中华上象宽。此楼堪北望，轻命倚危栏。”

### 壬辰元夜感怀（二首）

恣情同好恶，万态一时更。霜冽知春远，楼高碍月明。广衢灯媚客，枯树鸟无声。欲唤姮娥下，喁喁诉不平。

且置湘累问，来从象罔游。玄珠惟暂失，绿萼肯长留。挽梦云千里，清心茗一瓯。灯飘髡柳外，隔雨望红楼。

注：王阳明《传习录》：“妒贤忌能而犹自以为公是非，恣情纵欲而犹自以为同好恶。”龚定庵《歌哭》：“阅历名场万态更，原非感慨为苍生。”又，《夜坐》：“平生不蓄湘累问，唤出姮娥诗与听。”《庄子·天地》：“黄帝游乎赤水之北，登乎昆仑之丘而南望，还归，遗其玄珠。使知索之而不得，使离朱索之而不得，使吃诟索之而不得也。乃使象罔，象罔得之。”

---

① 黄晦闻《九日登龙华塔同诸贞壮、邓秋枚》：“九日龙华车似水，客中聊复作清游。一江入海浑成瘴，百里无山只见秋。强欲登临过此日，未须流涕对高丘。茱萸各有乡关感，难遣天涯共倚楼。”黄氏此诗作于光绪三十二年（1906），去今已百余年矣。余尝有诗曰：“干柴烈火照棋枰，局势而今似晚清。梦到林岩归隐处，一溪风月伴潮生。”

## 临　江　仙

听歌有感

流水潺湲情惝恍，歌台醰醰春温。返生香袅玉梅魂。东风如有约，北渚自凝神。　一任青衿飘梦雨，哀丝暂驻行云。醉边灯影认前尘。丁香空际幻，不见缟衣人。

# 莫砺锋

莫砺锋，1949 年生于江苏无锡。南京大学文学博士，南京大学文学院教授。著有《古典诗学的文化观照》《莫砺锋诗话》《唐宋诗歌论集》等。



## 化学系朱永教授来旁听予之杜诗课且赐以诗稿赋一律赠之

学道蓬莱术已精，归帆万里渡沧瀛。岂知马帐成牛圈，却变吴歌作楚声。论句君同钦杜甫，说诗我自愧匡衡。华章读罢还三叹，从古人间重晚晴。

## 寄天水杜甫讨论会诸公

少陵诗里识秦州，苜蓿葡萄塞上秋。三月寓居留胜迹，千年诗笔壮山丘。前临蜀道千重险，却顾中原万斛愁。今日群公凭吊处，滔滔清渭自东流。

# 王蛰堪

王蛰堪，名景泉，字季洲，号蛰堪。1949 年生于天津，原籍河北霸州。早年从寇梦碧先生习诗古文辞，词宗南宋。现任职于天津市民俗博物馆。

## 台　城　路

闻歌有感

百年风物归残劫，沉疴问谁能起。一旨承天，三军列甲，钦此都成民意。长城既毁。便重赋招魂，枉抛心计。一片歌欢，断红宁醒祖龙睡。　强权祇今剩几。去来春渐远，王霸难继。南海风潮，中东战伐，莫把人心旁置。残山剩水。怅明日黄花，着愁无地。坐看窗云，柳烟斜照里。

## 水 龙 吟

过山海关

一关雄锁辽东，梦回桑海余长叹。秦皇霸业，唐宗伟略，都输闯献。可惜袁公，风波两度，当时谁辨。为红颜一怒，吴郎意气，百年事，成恩怨。　漫说朱明运断。讶千秋、烟云重幻。盈虚消长，幽思无尽，悲欢相半。独悯苍生，吟边每是，乱怀难遣。正残鸥数点，斜阳影外，向蓬山畔。

## 鹧 鸪 天

辛卯春正二首

去日惊回又一春，只消帘月与温存。无端病酒还供泪，几许深衷可语人。
残客梦，苦囚身。不堪回首溯前尘。他年了得今生债，宿世凭谁问果因。

谁解平生未了缘，都来恩怨怎消删。情方炽处嗔犹好，酒半酣时恨也难。
怜并蒂，指双鸳。愁痕无处不相关。且教闲却熙荃笔，一任芳缣独写兰。

## 鹧 鸪 天

过泸定

大渡奔涛气势汹，依稀影事认从容。庸才已铸千年错，绝域徒教一堑供。　骄汉武，蔑唐宗。漫凭成败话英雄。江山百代余残劫，独对遥峰夕照红。

## 齐 天 乐

都门秋思

笛边孤绪惊秋早，吟怀怕拈愁思。乍冷还温，将晴未雨，时序攸关天意。衰年剩几。渐充耳商声，不消沉醉。败柳垂霜，夕阳无语任西坠。　空嗟载舟覆水。例逢琼岛宴，无碍高会。碧澥潮汹，红墙梦稳，依是宫门幽闭。骚魂叱起。要霹雳重开，九州生气。一曲谁歌，唤人深睡里。

## 钟振振

钟振振，1950年生，江苏南京人。南京师范大学文学博士，南京师范大学中文系教授。著有《东山词校注》《北宋词人贺铸研究》《词苑猎奇》等。

### 论　词

向来说词者，议论殊纷杂。或主重拙大，或主轻巧狭。或与婉约亲，或与豪放狎。一是而莫衷，葵丘盟难歃。固哉瑟胶柱，所见未云洽。试观词源水，分流孰可闸。天地有至理，文章无定法。浮云任舒卷，变态元不乏。轻如蛱蝶翻，重如碓硙压。缓如泉泠泠，疾如风飒飒。巧如天机锦，拙如寒僧衲。曲如河九回，直如江破峡。悲如泪凝壶，欢如酒倾榼。弱如舞羽衣，强如擐戈甲。清如燕舌啭，浊如马蹄远。疏如楹立庙，密如针补袂。留如鹊南飞，绕树成三匝。去如脱弦箭，径向天山插。静如游丝罥，香篆吐金鸭。动如鞭雷电，高陵忽崩塌。正如亚夫营，壁垒峨嶪嶪。奇如曹沫匕，竟指齐侯胁。夷如野之旷，张乐容千榻。险如峰之巅，穿云耸层塔。柔如杨柳枝，花影卷帘押。刚如莫邪剑，寒光初出匣。婉如采莲女，菱唱互应答。豪如郊猎歌，东州壮士踏。骈如夏荫浓，青蚨悬榆荚。散如落红漂，群鳞争唼喋。小如芥子微，犹将须弥纳。大如海汪洋，百川都一呷。面目虽若离，神思总相合。所贵意匠新，门户自开阖。不似驽在辕，跬步拘辔鞥。不似明皇谱，李謩笛偷擪。更有三字咒，经纬万世业。曰真曰善美，赤简秘玉柙。何妨沿周蜡，何妨改汉腊？但能造此境，即享千秋袷。

## 邓小军

邓小军，1951年生于成都，陕西师范大学文学博士，首都师范大学文学院教授。著有《诗史释证》《儒家思想与民主思想的逻辑结合》《唐代文学的文化精神》等。

### 读章太炎衡三老

太炎衡三老，船山为最清。亭林开朴学，虏世假其名。梨洲导浙派，难以寂其声。惟有船山独完发，始知此老齐嵩衡。君不见南岳之高回飞雁，何况榛莽隔膻腥。君不见南岳之南有瑶峒，瑶峒之天犹汉宋。胡尘天下已澒洞，四岳为轻南岳重。

## 癸亥冬读熊十力先生新唯识论

应与先生有宿缘，绝编照眼出丛残。似来活水共云影，如坐春风忘岁寒。秦火劫余周典籍，金源变尽汉衣冠。江河万古斯文在，瑶洞龙场一例看。

## 菩　萨　蛮

小窗一曲惊莺燕，春风也共垂杨叹。弦语吐幽香。歌云载恨长。　　一帘侵晓月。犹照伊颜色。双桨滞江南，梦中春水蓝。

## 玉　楼　春

别书城师

江南未作从容驻。点点飞红相伴去。魂消黄鸟两三声，情系绿杨千万缕。天长地远归何处。生小峨眉山下住。门前春水縠纹平，流向江南如尺素。

# 刘梦芙

刘梦芙，1951 年生，现任安徽省社会科学院文学所研究院近现代文学研究室主任。著有《啸云楼诗词》《二十世纪名家词评述》《近现代诗词论丛》《二钱诗学之研究》等。

## 读　孟

德述唐虞祖六经，尊前谈笑藐王庭。厩多肥马君宜乐，泽有哀鸿国岂宁？浩气两间辉日月，大音千古震雷霆。尼山一脉今谁继，蒿目神州夜正冥。

富贵难淫七尺身，儒门风骨自嶙峋。交征上下惟趋利，独立乾坤首重仁。桀纣可诛皆盗贼，圣贤遥慕若鸾麟。重温典籍传薪火，长煦灵台一片春。

## 甘　州

中秋无月而雨，偶感时事，乃作。

甚今宵空自倚楼台，瑶光闷重阍。悯香消丹桂，枝零黄叶，栏外纷纭。卧听窗纱雨滴，孤枕总难温。应是姮娥泪，洒遍乾坤。　　忽报东溟浪起，讶长鲸吐沫，怪蜃嘘云[①]。正神州耀武，一局赌棋新。灿荧屏、红裙曼舞，献琼浆齐颂玉皇尊[②]。须沉醉，共苍天老，秋梦无痕。

## 鹧鸪天

蛰堪兄自题《半梦填词图》，意殊萧瑟，次韵寄慰。

曾向词坛展壮图，补天休怅此身孤。龙渊洗剑犹腾电，人境诛茅可结庐。
哀浊世，葆真吾，寸心照夜化灵珠。古今帝业浮云散，占得江山片土无？

注：朱子云：“尧舜事业如一点浮云过太空。”永恒之价值，唯在人文，华夏诗词之真善美，万古不灭也。





## 齐天乐

读和轩词，怅触往事，因次原韵，与题图之意无关也。

焦桐漫理朱丝涩，秋宵悄增愁思。调谱求凰，歌成化蝶，当日春心曾寄。花飘碎绮。剩一缕幽馨，半函珠泪。渺渺前踪，不堪回首劫尘里。　灵山迢递路阻，几时能换骨，衣似蝉蜕。贝叶聆经，莲台礼佛，那识如来真意。浮生未已。任沧海茫茫，忽为沤水[③]。万象皆空，落红埋梦底。

## 台城路

读老辈劫中诸作，纵笔书感，未能幽婉，不足言词也。

一编青史斑斑血，书生竟成牛鬼。赤焰烧空，玄冠压顶，微命刀环牢系[④]。兰枯蕙死。甚犹抱焦桐，素心无悔。午夜悲鸣，数声迸裂墨云里。
残阳终见化碧[⑤]，长安棋局换，今又何世。妙术营金，新妆傅粉，同乐承平歌吹。骚魂唤起。听鸾背箫音，昆仑高倚。那得河清，雪莲开万蕊。

## 前调

寇公梦碧逝世廿一周年，词以祭之。

---

① 《环球时报》载，中日因钓鱼岛海域主权事交恶，双方剑拔弩张，互称制裁。欧美诸邦遥观虎斗，舆论推波助澜。

② 中央电视台正与芜湖电视台联播中秋晚会。

③ 《楞严经》云：“空生大觉中，如海一沤发。”沤，水中气泡也。

④ 先君诗：“一顶玄冠重泰山，十年生命系刀环。友朋冰炭无相契，亲戚参商少往还。”又云：“曾着南冠类楚囚，亲朋相见总含羞。未能仙去同鸡犬，一任人呼作马牛。”

⑤ 寇梦碧先生诗：“病叶零蝉渐不支，战秋魂气尚如丝。林梢一抹残阳血，看到幽幽化碧时。”

水西庄畔扶筇望，离离故家禾黍。断碧分山，裁红续梦，一老词坛撑拄。人间喋语。奈灵鬼蟠胸[1]，刑天奇怒。电掣虹飞，剑芒凌轹稼轩句。　骑鲸仙去廿载，暮烟凭吊处，来约鸥侣。酹酒风前，修箫月底，都是苍凉心绪。霜华旧谱。幸麝墨新镌，馥留千古[2]。九畹滋兰，晓丛含翠妩[3]。

# 林英男

林英男，号平沙，祖籍福建丹诏。1952 年生于闽南，长于粤东。1982 年毕业于中山大学中文系本科。其后十年大学任教，十年经商，旅居南洋。今退休，定居羊城。

## 读　史

赋到沧桑动楚吟，风云歌哭付浮沉。天龙唯信九还药，碧血长凝百结襟。梦托殇魂迷北冢，鸡荒霜月舞东林。无言天地翻陵谷，一念三千铸古今。

## 步陈寅恪先生《七月七日蒙自作》韵

孤注江山宿数多，斗移海涸又如何？神州场负盲翁鼓，《柳传》魂销麦秀歌。野火愁根烟惨淡，井绳蛇影岁蹉跎。一腔余血宁空剖，铁节雨中天砺磨。

# 周裕锴

周裕锴，1954 年生，四川成都人。四川大学文学博士，四川大学教授。著有《宋代诗学通论》《中国禅宗与诗歌》《文字禅与宋代诗学》等。

## 玉颜红叶行

君不见待兼山下多丹枫，露润霜滋色愈浓。黄栎青松争点缀，共入锦绣画图中。锦里佳人愁岁暮，却看红叶喜初遇。凝眸含笑忆芙蓉，叶底徘徊不忍去。一夜秋风掠海滨，飘飘万片委清尘。行客踏来浑不顾，恼杀路旁爱叶人。驻足长街秋树下，追拾残红暗成把。归来斜插锦瓶中，清水一掬供潇洒。坐对丹枫理晚妆，妆成眉黛映霞窗。鬓边灼烁秋无恨，枕畔氤氲梦有香。生憎寒鸦

① 龚定庵诗：“庄骚两灵鬼，盘踞肝肠深。”

② 寇公《夕秀词》由黄山书社绣梓行世。

③ 寇公门下蛰堪兄多有弟子。

惊梦起，晓容寂寞慵梳洗。却伤红叶萎瓶间，便觉玉颜衰镜里。镜里瓶间两动情，韶华无奈易凋零。卷帘忽悟霜林色，胜似春花二月晴。玉颜红叶任憔悴，叶自凝丹人自媚。闲拈红叶作书签，只染柔情不染泪。

### 重游待兼山有感

醉入瀛洲秋味醇，梦迷佳景幻佳人。碧池待我留青眼，红叶为谁点绛唇？最爱流霞能织锦，可怜罗袜不生尘。枫窗曾记乌啼夜，月落千山伤客神。

### 水龙吟

访射洪金华山陈子昂读书台

涪江一派南来，抱山环镇清如许。壁丹门宇，苔青庭院，闲行轻履。画阁烟凝，危亭风细，寂无人语。试循碑辨字，遗踪犹在，怀浩渺，思飞举。
不见来今往古，问苍茫倩谁为侣？西川剩有，匡山暮霭，浣花秋雨。冠冕三唐，驰驱万卷，雪萤寒暑。对无边落木，高台独上，望天涯路。

### 鹧鸪天

咏荷

邂逅无言柳影长，亭亭摇曳意彷徨。已愁怯露风裳薄，争忍凌波舞袖凉。
消翠盖，褪红妆。晓来秋雨过池塘。玉容斜坠千行泪，不待回眸已断肠。

## 段晓华

段晓华，1954 年生于江西省南昌市。江西师范大学文学硕士，南昌大学教授。著有《红土·禅床：江西禅宗文化研究》《清词三百首详注》等。

### 澹归和尚偏行堂前后集校勘本梓成

六载丹铅一欠伸，落霞秋染大江滨。但收劫火焚余骨，自赎残丛溺后身。诵偈犹悲心窈窕，逃名难掩气嶙峋。再持孤本当窗看，纸上光流古碧皴。

### 修人先师百年祭同门筹议整理出版夫子学术论文集

奔电流云拱大星，拜山楼外总青青。著书愿拭秦民泪，托梦频牵楚畹馨。

风气百年沦典雅，苍坚两宋警顽冥。爨余犹有心弦在，一揳灰红试起听。

## 偶检书簏得旧札有寄

时维入挚敛，无雁过疏棂。高月萧骚白，西山惨淡青。相忘皆野水，自照只微萤。此日江楼上，因君展旧馨。

## 辛亥百年书怀

走马灯回戏里春，粉灵烟魅色难新。不消说者天朝事，姑忍居之魔刹尘。动地噫风愁折羽，刳心换药岂无人？一尊老瓮望苏渴，破碎方知醪渐醇。

## 庚寅惊蛰日大雷雨

捋动帘波紫电斜，云门何事忒喧哗。三危拟进驻颜药，九府纷驰绣羽车。搌管吹春身欲举，传杯舞剑色犹遮。却将高处群仙戏，说似平头百姓家。

## 天柱年禊先寄淑萍姐

把臂能兴几度游，因君一语湿双眸。棘丛鹦羽难超海，泥底莲根总耐秋。未忍无心观冷热，已从多劫外沉浮。居山懒问赤松事，葺圃课孙也自由。

## 洞　仙　歌

沪昆天蟾舞台观《长生殿》

捻丝吹竹，听双星私语。水袖霓裳旧歌舞。紫氍毹，敷入天外瑶台，千秋事，但说分钗擘股。　　算来皆似戏，镜背栖尘，妆尽悲欢粉生蠹。绮梦喝醒时，未许牵裾，牵裾际、夜沉三鼓。甚尤物从来凤毛轻，更不抵痴鹃，白头江浒。

## 浪　淘　沙

几二十年不见梧桐小院绿化新种一株

伫雨更招风，谁种青桐？略分碎语入帘栊。结籽离离残照里，不是花红。　　阔叶渐飞空，此夜无鸿。秋深相慰剩渠侬。可可一痕清瘦影，写上墙东。

## 陈和世

陈和世，1954 年生于湖南城步，现居长沙。著有《文华堂壬辰杂诗》。

### 无　题

漫漫长夜盼新元，蕉鹿无寻剧可怜。殿陛还依宗社党，郊原不荐绕朝鞭。连枝同气三株树，蹑景追风五纪年。百二秦关焉属楚，皤然徒诵袖椎篇。

### 惊蛰前夜再和梦芙先生十四寒韵

官监民瘼未相安，欲振尧封蜀道难。投止人怀捣练子，行吟处听锁窗寒。红羊勿忘千年劫，应惜青衿一寸丹。安得琼章碧纱盖。和平奖作护心栏。

### 齐　天　乐

月夕寄蛰堪先生并呈安知晦窗虞廷诸子用半梦庐韵

隔篱谁诵张孤雁，凄凄动侬幽思。露冷残荷，蛩吟老柳，冰魄尤添清意。明河问几。叹琼苑椒浆，不醒天醉。底事华鬘，却从尘海任凋坠。　　无情更怜渭水。奈何违桂楫，难聚期会。万里桥西，千寻蓟北，津隘重重壅闭。凭谁唤起。待振起河汾，再开风气。一曲关情，素心萦梦里。

## 杨子怡

杨子怡，1955 年生于湖南省新邵县。广东惠州学院教授。著有《韩愈刺潮与苏轼寓惠比较研究》《中国古代文学人物形象辞典》（主编）、《木雁斋诗赋选》等。

### 无　题

白发恚吾潘鬓先，蒙庄好梦蝶边眠。十年秦火余毛选，半卷唐诗缺郑笺。弹铗呼鱼羞媚灶，登龙有术喜逃禅。宁牛际会何须羡，最愧耽诗少刺篇。

### 次韵杜甫秋兴八首选一

霜叶矜红醉诩羞，荻花半老气萧森。吟蛩才唱欧秋赋，过雁偏寻桃柳阴。楼笛频船家国恨，仙槎每系故园心。杜陵忧患谁能解？梦入巫山听暮砧。

## 晋升教授口号一律寄友人

教授忝居梁颢先，浮名浪得逝华年。笔耕经史三分地，诗写灵魂一片天。负笈不知求玉冕，敲门应悔少金砖。暮年怕读秋声赋，觅句强为老骥篇。

## 南　乡　子

鄱阳湖即景兴怀

何处觅兜鍪，拍岸涛吞百万貅。虎战龙争书里事，休休。水映残阳带血流。　　千里作仙游，寥廓江天数白鸥。笑看浮生排蚁阵，羞羞。明日鄱阳钓晚秋。

# 景蜀慧

景蜀慧，1956 年生于重庆市。四川大学历史学博士，中山大学历史系教授。著有《魏晋诗人与政治》等。

## 无题二首效李义山体

帝子深宫禁漏长，承恩彩女斗新妆。已垂珠箔朝王母，争说莲花似六郎。满目绮罗空绝艳，十洲仙岛久微茫。只怜江令春风笔，独吊荒陵月色黄。

底事春残恨未销，天涯芳树望中遥。冤禽填海迷归路，王子吹笙杳赤霄。哀郢空垂迁客泪，倾城竞效楚宫腰。汉滨无女遗环佩，玄圃高丘两寂寥。

## 戊寅冬至二首

岁暮谁为霜下杰？天寒独对酒杯深。情怀至日尤萧瑟，心事中年渐陆沉。

舞乱鱼龙随幻化，弦危征羽变哀音。可怜空负澄清志，仰觇玄云起昼阴。

## 浣　溪　沙

银厂沟夜宿

银汉轻流玉柄横，仙槎无影暮山青。纤纤新月魄初成。　　风过林花飘似雪，夜阑春露冷如冰。梅边笛里暗愁生。

## 徐战前

### 贺兰雪

西风残照塞云边，百二关河路八千。大野之中独余我，朔方以外更何天？燕来雁去天骄国，昨是今非莽少年。蓦地诗情来一片，起看快雪落银川。

### 送杜大西行宁夏

宦海云程西复东，鸿飞南北太匆匆。吴门揖别簪花客，塞上重来失马翁。咫尺光阴千里共，天涯消息一杯中。气寒朔漠人行健，曳落河能唱《大风》。

### 自　况

三生孰是去来因？落落襟期自主宾。斗室风云烟作阵，洪荒天地古为邻。偶逢灵感知诗格，忽悟童心觉酒真。不放春秋佳日去，又驱匹马向风尘。

### 太　行　山　上

荒荒岁月垂垂了，历历风云种种多。谁与愚公同一志，重新收拾旧山河？

### 帛琉海上杂诗

海云莽莽压天低，鸥鸟盘旋靡所栖。废垒沉船无一语，夕阳红到大洋西。

## 龚鹏程

龚鹏程，祖籍江西吉安，1956 年生于台北。历任淡江大学文学院院长，台湾南华大学、佛光大学创校校长，美国欧亚大学校长等职。现为北京大学中文系教授。有文史哲宗教艺术著作八十余种。2004 年起，讲学于大陆各处。

## 安庆杂诗（二首）

山谷精舍

精庐幽契澹忘归，销尽茶烟冷翠微。闲坐偶然询野老，报知新笋雨前肥。

新　农　村

篱落铭文颂党恩。妆成新样小江村。康衢父老无歌曲。迎送嘉宾到日昏。

## 辛卯重阳，杭州叶明先生大集诸友，夜航邀月、持螯闻香、纵酒听琵琶，为作四绝

重阳旧例风兼雨，今夜湖中但月明。此举未妨称绝调，登高乃入月湖行。

湖上花香破酒香，美人挡乐涩流光。吟诗画字神仙会，辟世无情暂作场。

对菊持螯品至清，不需浓艳说生平。闲中便有渔樵意，隔岸风波看洛城。

闻道西湖晴雨好，大观孰似夜行船？鱼龙渐寂虫沙定，廓尔无言太古前。

## 送兴武南归

囊剑荷云遂出京，买舟南寄客儿城。中流歌啸多余兴，壮岁旌旗更一擎。处世莫怜生气少，读书当与古人争。嘤鸣我欲弹同调，秋水蒹葭未忍情。

# 张宏生

张宏生，1957 年生于江苏省徐州市。1989 年获南京大学博士学位。现任南京大学全清词编纂研究室主任，香港浸会大学中文系教授。著有《江湖诗派研究》《清词探微》《全清词·顺康卷补编》等。

## 武大访千帆师故居二首

珞珈书诵在，青霭向微茫。北麓松枝劲，南窗竹影香。死生真契阔，出处总炎凉。信是高秋节，楚天万里长。

风光日夕殊，浩浩见东湖。莺老声犹健，柳寒叶不枯。涵虚成玉鉴，际盛问冰壶。拍手出门去，投诗得复初。

### 入秦

无边关塞动微茫，陇上风尘渐老苍。泾渭分明皆浊水，山川相属共寒光。千年争战鹿谁手，万里竞奔蚁数行。人哭人歌沧海变，悠悠羌笛满平凉。

### 蓟县

天高风急过渔阳，老木萧萧古战场。鲁国衣冠空济楚，幽州兵马总强梁。山川遥变旌旗色，珠泪暗销玳瑁光。兴废休云无定数，治平究竟在萧墙。

### 高阳台

与诸门人游西湖

翠叶凝珠，老鱼唼浪，长堤落日飞烟。廿载重游，跳珠白雨依然。雷峰窈窕青山外，影迢迢、映月澄潭。最欣然。雩舞随风，湖水如蓝。　　金樽正祝双红豆，但广陵花信，白下晴岚。油壁香车，依稀忆得华年。英雄身手凭谁问，杜鹃血、一样孤山。杏花栏。飞去莺皇，不尽缠绵。

### 鹧鸪天

赠友人

故国何堪理旧狂。高江急峡入苍茫。长空阴雨频遮日，小苑丛兰已半荒。　　扶岱岳，走潇湘。书生胆气总飞扬。忍将沥沥青春血，换得萧萧两鬓霜。

## 陈　默

陈默，号如是庵，广东潮州人。

### 无题

门外天涯雾未开，望梅心事任风猜。青灯挑老无双影，冷月嘘寒彻底哀。午夜围炉真似幻，余生抱柱信成灰。谁知埋尽相思子，依旧相思破梦来。

### 迭衔阙子冬至韵

黄钟大地音，偶尔亦浮沉。南北终行度，春秋不改心。移炉招老月，秉烛救霜蟑。坐觉初阳动，门前任雪深。

## 洪君默

### 观变脸表演

上台全靠十年功，未露玄机曲未终。脸谱随时翻黑白，衣冠着意转雌雄。人沉声色狂欢里，事在风云变态中。演尽古今多少事，臣民到此已穷通。

### 初 春 即 事

小航初出趁江湖，无主苔痕绿板桥。柳不藏莺春眷眷，心同放马野迢迢。天边远岫逐云出，水底晴光带树摇。青垄耕夫谁惜得，鹃啼播谷已连宵。

### 步国华兄初春

乍寒还暖柳初醒，春到溪桥涨有声。日抱乱峰天借色，烟牵远树鸟含情。才经村肆沽新酒，又邀邻翁践旧盟。眼底江山闲不得，红从儿女脸边生。

## 赵松元

赵松元，1961 年生，湖南武冈人。现为广东韩山师范学院中文系主任、教授，中国韵文学会常务理事、中华诗教学会常务理事、广东国学学会常务理事、广东中华诗词学会常务理事。著有《古典诗歌的艺术世界》《慵石室诗钞点注》《选堂诗词论稿》等。

### 草 原 日 出

江南报晓鸡犹梦，塞北霞飞天欲丹。守得高原红日出，苍茫独立任风寒。

### 游三祖寺石牛古洞

古洞无尘探眇幽，濯襟自在引泉流。何须散发江湖上，且共清风坐石牛。

## 东丽湖枯荷，用曹旭教授《读龚自珍集》韵

徘徊湖畔意迟迟，忍看枯荷瘦若诗。白鹭不知何处去，倩谁同咏绿波词。

## 天　涯　海　角

身到天涯外，依然觅自由。涛声清俗耳，椰影画高秋。鱼跃心同远，鸥翔意共游。行行沧海向，破浪御飞舟。





# 汪茂荣

汪茂荣，1962 年生，安徽桐城人。现为安徽桐城天城中学教务主任。

## 友人张君以《米芾墨迹大观》相赠，感其情，厚其意，作五古一章以报之

大哉米襄阳，书执宋牛耳。特立抗前贤，纷纷任臧否。集字信多能，步趋公深耻。熔铸欧王褚，驱遣颜徐李。八面马追风，强弩射千里。昂藏出风尘，倔强终立己。藏器非其伦，狂狷圣所喜。恶劄扫二王，快语良有以。俯视元明清，等自郐下矣。色相竞管城，希风愧承旨。遂使群儿愚，高山空仰止。蹉跎逮当今，伪体堆盈几。脱屣古真传，夺朱矜魏紫。天丧斯文欤，纷纷孰疆理。中夜虚室叹，区区徒忧杞。念我生不辰，未接前修轨。心焉向往之，发轫自米始。墨海藉梯航，欲摩魏晋垒。叵耐乏真藏，仿佛几行纸。终似镜中花，依稀难窥蕊。汲古无修绠，安能得真髓。呕血捶胸青，痴想吾欲死。何物五龙膏，针砭劳张子。惠我一卷书，霍然沉疴起。展轴烂生光，种种皆至美。盛名信不虚，人书相表里。篝灯澡性灵，写壁摹原委。费尽纸三千，墨翻一池水。顾惟鲁钝姿，成功讵可俟？书此长念君，游艺共乐只。

## 家藏端砚铭二首

沧海桑田，万劫犹在。倚伏有时，默契我待。珍于拱璧，尊如真宰。曰友曰友，始终不殆。

端砚堂堂，外圆内方。君子语默，乾坤柔刚。盈虚云雾，吞吐天香。濡毫伸纸，霜风浪浪。

### 无题（二首）

朝暮诛求那计年，黔黎何处可逃捐。先生春睡且休美，黄册渐将科砚田。

社鼠城狐几辈多，因循国计总蹉跎。可怜夜半虚前席，纵问苍生又若何。

### 安庆集贤关谒陈独秀墓

蔓草轻烟手自披，云山气象挹芝眉。拓荒业逐江流远，觉世文争林壑奇。一眚难征董狐笔，千秋肯著党人碑。埋忧地下差堪慰，酹酒行看草木悲。

## 魏新河

魏新河，1967年生，河北河间人。现为空军特级飞行员。著有《秋扇词》《孤飞云馆诗集》等。

### 访泾县桃花潭

潭水依然千尺深，风尘海内此登临。如今来去无人送，莫怪桃花别有心。

### 访乌衣巷长干里

里巷人烟尚俨然，横塘双桨梦中还。凭君莫唱西洲曲，何处江南可采莲。

### 画纨扇仕女图就酌句题白

赖有飘零笔未疏，大千万象集吾庐。得佳句胜添新舍，对美人同读古书。云出无门如示意，山呈皴法或私余。如今学就忘筌术，只是当时未得鱼。

### 满　江　红

听诸生论两家后主及宋道君事

生汝来前，些个事，听吾语汝。君不见，成名唯智，成功唯武。此地浪传天下士，斯文向作人间土。问茫茫千古有谁知，多情苦。　李家破，赵家树。旋复见，胡儿舞。算江山本是，无情者主。我已重怜陈叔宝，尔休但骂韩擒虎。看悠悠汴水接秦淮，都无语。

## 王　勤

王勤，女，1970年生，安徽合肥人。笔名风清。现居安徽省合肥市。

### 蝶　恋　花

游安徽凤阳中都古城遗址感怀

六百春秋如在目，旧址荒城，一部风云录。天下纷纷争逐鹿，斜阳蔓草惊翻覆。　轻叩青砖心似束，故事摊开，页页残边幅。字里兴亡墙上读，霜弦冷月苔痕绿。





### 摊破浣溪沙

七夕

万古秋冥一水涯，别离情绪织成纱。天上人间许长绕，梦如花。　牵手星桥闻鹊语，窥人眉月到枝丫。今夕几多儿女泪，可浮槎？

## 李舜华

李舜华，号复庵，1971年生于江西省广昌县。北京师范大学文学博士，华东师范大学中文系教授。主要著作有《冰栀楼剩稿》《复我庵吟稿》（未刊）、《礼乐与明前中期演剧》等。

### 高　阳　台

癸未夏，与涣斋同返盱江故里，归而有作。

一水烟程，千山云迹，倦鸿重认兰堂。新燕争知，江湖十载堪伤。寒陂谁引秋风笛，恍当年，帘影侵裳。甚憨痴，梦遍芙蓉，立遍虚廊。　少年心事知何处，但埋红斫绿，换尽新墙。囊箧重开，可怜残墨犹香。旧愁新悔都闲事，算人间、难论雌黄。任仓庚，催断行程，望断春阳。

### 鹧　鸪　天

课中授“惊梦”“寻梦”二折，缱绻无端，发而为辞。

一自西园赋牡丹。哓哓众口总无端。芳闺争许游蜂绕。幽意难凭锦瑟传。　　红幻海、绿成烟。人间二月尽啼鹃。拚教立断春波影，不放夭桃到梦边。

### 浣　溪　沙

诵莫砺峰传程千帆先生文有感

万市齐喑过白门，西风骤起碧云根。可堪珠玉尽同尘。　四海斜阳供涩眼，半陂芳色慰痴魂。已阑秋兴更谁论。

注：四、五句用陈寅恪“平生负气成今日，四海无人立斜阳”及辛弃疾“春在溪头荠菜花”意。六句复指杜甫《秋兴》诗。

### 满　江　红

庚寅暮春重返粤中，过厓门感文信国（天祥）往事

秉烛清游，看遍了，镜中空色。春槛外，落霞流水，碧桃成雪。谁是人间相思使，错教千里迷蝴蝶。莫回首，闲了少年筝，空悲咽。　　倚长剑，天地裂；风雨晦，音尘绝。但心光一点，烁然难灭。自古兴亡争底事，男儿慷慨都如铁。到此间，潮去又潮来，听明月。

## 孔令彬

孔令彬，1970 年生于河南开封，文学博士，韩山师范学院副教授。主要从事明清小说及俗文化研究，在《宗教学研究》《红楼梦学刊》等刊物公开发表学术论文四十余篇，出版专著一部。

### 送富鹏君之韶关

韩山有意难留客，韩水无情我送君。五岭闻知梅尚早，到乡还寄一枝春。

### 凤凰山早行

野径新筠绕水生，山深月冷早人行。莲花峰在岫烟外，刺破南天意未平。

## 殷学国

殷学国，1973年生，副教授，文学博士，主要从事中国诗学研究。

### 哀劲草

春寒折蕙恸王孙，堂课曾于细论文。洙泗弦歌成往事，风雷沪渎乍飙轮。终身惭愧对漂母，上蔡苍黄归里仁。夜雨今宵独杯酒，他年匹马过君坟。

### 二零一一除夕居留潮州荐旧迎新

赋诗感怀兼呈寂潮夫子新元奉贺

岭海梅新一一阑，天钧无意少冬寒。半江灯火送流派，一瓣心香向故园。天地人生恒作客，古今物变暂为然。光阴烛刻催杯酒，拚却酡颜入始元。

### 纪念《人间词话》诞生百年赋诗

铠甲屡穿龟甲铦，红楼戏曲唱人间。昆湖一碧沉沉恨，遍地英雄少仲连。

## 张青云

张青云，字寒枫，号梦渔。1973年生，重庆云阳人。现为上海市金山区《枫泾》报记者、编辑。

### 迎江寺振风塔登眺感赋

浮屠高岌嶪，百尺壮山邱。划地江淮小，行天日月遒。青徐分蚁蛭，楚汉限鸿沟。扬子东流去，能淘亘古愁？

### 秋晚富春江畔浩然作歌

富春霜冷说枫鲈，辞赋江关意已疏。九派争流瓯越境，千帆纷落野航图。荻花白俊延骚客，乌桕红时老钓徒。我醉临风吹铁笛，余音袅袅到桐庐。

### 旅夜抒怀

枫叶回丹侑咏觞，又看徂岁去堂堂。乡心托付篱边月，生味栽培鬓上霜。

寄庑三年悲屈蠖，间关万里感回肠。红巾不揾骚人泪，起听商声啸八荒。

### 侍周明道吟丈登杨岐山绝顶

岸帻披襟上泬寥，吴根越角莽萧萧。呗清灵隐闻朝梵，浪白钱江涌暮潮。击磬空嗟陵谷变，伐檀徒羡野人樵。也知逃世非长策，红树青山计已遥。

## 苏　俊

苏俊，1975 年生，广东高州人。著有《石斋诗词》。

### 春　感

梦里锄香醉里歌，定中花事雨中过。百家文字回春少，一代人材落絮多。昌谷迷魂知不返，子山流涕竟如何。蝶沉莺悄园林暮，留得鸣蜩抱旧柯。

### 临　江　仙

记得阿婆驼背上，儿歌听食槟榔。夜凉如水月如霜。入窗虫语细，梳梦柳风长。　　三十三年尘土客，回头海已栽桑。世间何处最难忘？茅檐葵扇影，萤火藕花塘。

### 满　江　红

默忏平生，原自是、啼莺病凤。偏更着，月愁花恼、酒围诗拥。九十日春沧小劫，三千仞岳扶残梦。骤惊回、急雨打空舲，银泷动。　　灞桥路，肩双耸；吴市夜，箫孤弄。更英雄事业、水流云送。白发青衫携皂帽，红尘紫陌飞金鞚。却归来、柳认主人无？当时种。

### 念　奴　娇

寄李永新

千峰入定，记挑灯同听、苍龙嘘壁。来者古人俱不见，目断浮云西北。万里关河，百年担负，莽莽填胸臆。星垂平野，一箫吹破空壁。　　谁信风帽尘衫，江清木落，吟望头先白。春鸟秋虫声自苦，说与儿曹未识。柳下分湖，亭前赌唱，天背骑鹏翼。梦痕如水，月明斜映芦荻。

# 李永新

李永新，号易庵，又号樊山楼主。1980 年生，广东广州人。现供职于中山大学中国古文献研究所。

## 客有惠文竹者穆然有君子风晨昏伴读亦一乐也

峭峭龙孙小，猗猗凤尾般。名虚登禄阁，志岂在青云。托迹同樗散，栖心谢斧斤。案头方寸地，归与百城分。

## 纪梦（二首）

簇簇玫瑰袖底温，柔风腻雨立黄昏。市桥携手痴无语，一伞圆遮两颊痕。

无情不悔悔多情，已误青衫更误卿。人意争如春意好，落花相送有啼莺。

# 陈渺之

陈渺之，1982 年生，广东潮州人。现供职于韩山师范学院饶学研究所，著有《岭东二十世纪诗词述评》《选堂诗词论稿》（合著）等。

## 杨　花

吹老相思坠梦愁，飞飞临去几回眸。化萍惯是逐流水，渡尽荒波始自由。

## 感怀（二首）

防川有术巷谈空，世贱贤愚废异同。一管聊窥斑似豹，十年勿用恐成龙。
荒村冷月交加白，故国霜林惨淡红。掩卷苍茫天作哑，古今都付马牛风。

一色迷红目欲盲，忍看刍狗弄群生。放言四海无容地，破梦千星有坠声。
捐尽自由同草贱，待焚思想禁春萌。年来已断乘桴愿，残戟西风举老兵。

### 剪 湘 云

古意

枕泪成冰，销春作絮。怕守断天涯，命薄无据。纵有禅关千万锁，未抵倾城一顾。恨东风、无力护残花，更摧黄昏雨。　　记得扈芷重来，涉江微步。共惜取、愁笺洗尽成素。拼到今生和梦住，却恐他生还误。忍飘灯、露冷湿蘼芜，送君南浦去。

## 陈 彪

陈彪，字革之，号衔阙子。1986 年生，广东澄海人。现从事媒体工作。

### 松赠如是庵

孤山壁立似金刚，万里荣枯见断常。一树精神余水墨，半身霜雪答炎凉。他生虎魄从何忆，终古松花不肯香。风月岁华辜负尽，自持痴绿到天荒。

### 冬 至

枕石切泉音，殷殷地脉沉。北归收望眼，冰至定波心。短日仍为照，初阳正努蟫。贞青松有节，报答雪恩深。

### 和如是庵《无题》（二首）

时间解药毒弥深，如鸩幽情独自斟。炉火无无明尽处，块然榾柮化灰心。

耗尽客身知北游，游魂肯与约千秋。秋星不向人间落，落叶温温抚白头。

## 戴寿泉

### 访彭德怀故里

乌石春光健，杜鹃红满枝。园新翻记忆，树老作传奇。强项原非罪，横刀赠有诗。英雄桑梓地，布谷正当时。

## 刘瑶兰

刘瑶兰，字子若。1988 年生，广东潮州人。现居深圳。

### 赋江边小花

羽裳楚楚叹蜉蝣，又别江春古渡头。忽感卿卿着我相，还噙清露替奴愁。

### 答陈师渺之《和子若三过荷塘，无花乃赋》

解落擎霜骨，遥听草木声。流萤衔古韵，秋雁牧愁兵。檐梦铃风瘦，茗烹夜露莹。星光旋作引，足可谢枯槳。

### 和陈师韩江楼

岭外霜风继，菊从黄里忧。茗烟依梦尽，古调转风柔。泣露披残夜，燃灯暖素秋。江南红壤瘦，可堪种闲愁？

### 鹧　鸪　天

独把红炉小火温，聊分圆月释冰魂。依依风影终凉薄，簌簌飞花俱笑嗔。　拾片语，白流云。倩谁凝睇待新晨？今宵无绪梳长忆，且放残思再梦君。

# 三　当代网络诗词选

## 晚　成

晚成，本名周进，现居泰州。芸香诗社、留社中人。活跃于网上各诗词论坛。

### 迎　春（三首）

仰看白日各如瞋，脱手流年入巨沦。别恨天心终不改，斯人美里过新春。

曰搬曰折曰垂仁，尧舜能令风俗淳。爝火那堪争日月，斯人泉底过新春。

维权未与况维新，上国何曾吝逐臣。应把素衣回面哭，斯人海上过新春。

## 莼　客

莼客，本名钱之江，1973 年生，浙江杭州人，留社社长，现为浙江古籍出版社编辑。活跃于“诗三百”论坛。

### 己丑端阳西湖诗社茅家步雅集分均得真字

环珮临江渚，烟波看未真。终朝搴杜若，寄意在灵均。三献亦云至，孤衷难重陈。长归阴岫去，日色闷寒筠。

### 上　元　感　事

句芒肇其政，焰火为驱除。所向层冰泮，终还明月居。两间存易简，只手辟籧篨。吾道有如此，山川其舍诸。

## 军　持

军持，本名秦鸿，1967 年生，江苏泰州人。留社、芸香诗社中人。活跃于网上各诗词论坛。

### 饮　酒　作

髡柳一丝丝，悲歌冷浸陂。坐山多智叟，说梦尽痴儿。皓月狼嚎野，清风鬼唱诗。可怜今夜露，生计附园葵。

## 生查子

离魂不用招，只在衰杨里。所托郑家兰，不着当时地。　闲愁积作山，出入何其累。我是北山愚，谁是夸娥氏？

## 朝中措

辛卯大雪冷雨连宵

冻云鳞甲色苍苍。无语黯骖翔。洒落长街万点，华灯不是潜阳。　两肩风露，一腔冰炭，只手星光。竚看楼前沤沧，霎时如许兴亡。



# 季惟斋

## 崇祯甲申祭

槐月常悲客，泉台未扫尘。林深藏石介，海覆荡车辚。疾日追陵替，人谋付鬼神。磨轮蚁聚处，只见骨嶙峋。

## 夜宿西天目

霜钟沉地络，天目望迷津。结穴收松骨，伏身入汉辰。忧穷何若道，卜世莫须麟。龙笛今安在，荒山大麓人。

## 逍遥谷濯足歌并序

太室诸峰之下，嵩阳书院之邻，有山谷号逍遥者，清溪潺潺，暑日至此，不啻仙府，人恒忘归。愚盘桓三日，亦生兹念，既不可得，聊歌以自解云。

信天瑞之瑰奇兮，生万岁之兹谷。寒流觱沸而无绝兮，容山人以踯躅。瞩太室之旁薄兮，任松风以入我足。谂巢由曾洗耳兮，想卢鸿之飞瀑。吾其披发以邅回兮，纵为客又何所求。彼不睹前圣兮，皆蘁靡而水流。何悼一瞬之短兮，喜百世之淹留。悲群虱之死于裈兮，其自智以为优游。孰如解衣而箕坐兮，惟梼昧若无猷。水冰玉以洁静兮，树滋荣而峻茂。卧石床以磐礴兮，信天下其如在宥。曷祛囿而去智兮，翳消摇以终寿。山林其吾神兮，市隐讵以为陋。使淑气之所钟兮，余学仲尼之待售。其非有造作兮，亦白云之出岫。

### 戏赠鼾道人

浮丘洪崖兮古仙才，物以类合兮金银台。忆昔共宿西天目，道人鼾声响如雷。此老蓄兰乃花痴。兴至挥翰三两枝。炼得中锋金刚杵，博我一篇游仙诗。浦阳人物古来众，祖祢骏脱诚可诵。道人曾叔祖茀之氏，善画为巨手。尊人吴战垒氏，博学善诗词。老木虬踞神明功。香叶至今宿鸾凤，长日酣眠北窗旁。凉风暂至冰壶洞，道人居湘湖之畔，其邻有一巨樟雄绝，观之骇叹，信为杭郡之冠。道人性刚善怒人，米芾元镇皆喜瞋。此善怒人乃谓善使人怒也，道人诚今日米、倪之流。近日忽参柔弱义，恍然不辨笔法纯。古来善忘真有道，拳法乃化此顽身。道人书法取法乎上，昔日于用笔极自信，自师孟宪民先生习太极拳以来，恍然不知如何措手。乃有妙悟。日后倘得飞升术，莫忘四海苍生疾。色难腐腥天性然，亦须遍照同杲日。吾侪仙窟归来莫等闲，拔剑斫地任人嫉。



## 碰壁斋主

碰壁斋主，本名卢青山，1968 年生，湖南岳阳人。

### 五月七日未明肖处醉起，忽忆宁乡所拾丑石，久欲作诗，因循未就，乃成是篇。酒人恍惚难明，聊记所感而已

灵山胜水开盘古，日月推转羲娥苦，造物不惜神异功，为吾万岁召雷斧。清溪远自群峰苍莽之中来，漱山之骨地脉开，精金美玉安足贵，淘洗冲砺出此孤奇材。女娲久死神肠腐，补天可笑费炉灰，岂知元气驰荡化万化，遗此俊石悲九垓。固闭幽凉掩后土，煤炭为群石油友，昔为恐龙磨利牙，后为猿人击封兽。屠沽鸡狗不称心，怆怀怒欲诉苍冥。今来者谁云溪落拓坎壈壈子，势能拔尔韬光孤愤崔嵬灵。沙光含日辉金鳞，细流曲曲绕矾鸣，清禽出树芽茁土，东君跃跃试春襟。践水踏沙二三人，穷挑细濯沙水滨；不能为诉万古事，唯余丑皴记酸辛。人邪石邪迷难分，异躯共作摧颓魂；我亦流落无可语，感子清泪盈眸睛。从今入我幽人室，淋泉滴水养朝夕，古怀深梦怅可忘，长歌短句欣相识。百年我亦归丘山，子将辗转流人寰，我埋似子子何似？似我漂泊地天间。

## 厂外卫生所侧，薄有小林，有树久为斧伐，但一根蔸，上残数枯株而已。予出此抽烟，忽见枯株生菌，轮绕而上，枯株尽为所覆，其美盖不可名状，因为赋此

太古之精光矇瞳，絪缊盘荡游鸿蒙。芒兮芴兮不可睹，万物漾漾屯其萌。随心而作偶一化，乾坤磅礴开虚空。犹有余灵势未尽，肆汝嬉戏乎万物之畦畛外，摇曳乎万物之有间中。或幻霓虹变灭明苍穹，或为飞蝶驰西东，为人之梦诗之思，为海之蜃蓬莱宫；为恢诡神奇无用物，以其莫测摇吾胸。前宵忽自天中堕，来向枯株附云朵，叠叠为群争昌姿，盘旋而上推汝我。东取扶桑之古干以立其骨，西摄王母灵芝之神爽以写其躯，反飒肃之西风而为其露泽，孕藐姑射仙人之清腴。或如丛楼拔地起，高携低倚相将扶；或如群女妆束罢，此偏彼侧相评估。得汝之灵枯木活，秋中忽出三数叶；老干嶙峋衬汝柔，新萼盈盈拂汝额。一丈之外即通衢，路人急进无停车。汝亦何惜乎此辈之毁誉，我与我周旋之不敷，自游自戏真如愚；风波之民讵能识乎此，此中自有大欢娱。我来四绕留半日，观汝百态翻历历。不抚汝身扰汝欢，不移汝根入我室。知汝瑰丽之美不能有其匹，知汝朝菌之身不能及乎日出——我固知乎此，不能为汝泣。知汝无方之游，遍寰区而为域，知汝无尽之游，即终古而不息。异日相逢当屡屡，我非我兮汝非汝；嗟我死生犹旦暮，怅不能携逝兮窅渺之宙宇。

# 咏馨楼主

咏馨楼主，本名冯永军，1976 年生，河北深州人，现居上海。留社中人。活跃于“诗三百”等论坛。

### 杂诗（十首）

人言廿世纪，无复容帝制。吾生幸已迟，差免拜秦帝。

人言卅世纪，无复容专制。吾生何太早，况无避秦计。

窈窕枝上花，莫惜波中影。一朝风雨来，终作波中景。

瓶花已成尘，案头香未变。尚想绰约姿，如读先贤传。

我亦怜白云，山中散复聚。不肯与山离，更作山头雨。

深宵扶梦来，湖柳尚相候。笑我近痴肥，不复和伊瘦。

莫扫阶上苔，犹留旧行迹。万一梦飞来，和泪认畴昔。

花犹傍水开，安知非昔水。花亦非昔花，邂逅乃如此。

砣砣欲何为，悠悠泯得丧。怜君种树心，不为风雨谅。

病起春亦残，伤春岂刻意。已分闲处老，坚坐看花坠。

## 潘乐乐

潘乐乐，1973 年生，安徽巢湖人。留社、持社中人。活跃于“诗三百”等论坛。

### 重登历阳镇淮楼，忆少年时与此邑寒玉、阿奎、赵胡子数友订交，盘桓十余日方去

少年歌酒飞扬地，踽踽重来剩此楼。觅迹苔封嗟旧梦，撑空木老卷新秋。风蝉忽记轻狂语，衰草还嘘断续愁。天末飘零各何在，疏林斜日下悠悠。

### 过米拉山口

人间履迹最高层，来俯荒寒万感增。一径穿云风莽荡，数峰戴雪石崚嶒。病怀更觉人将老，猛志空嗟力未能。今古浑茫俱不见，经幡猎猎卷苍鹰。

### 鹧　鸪　天

秋蛩

祗汝情痴唤去魂，湖山暗谱几秋痕。平生无梦栖花底，一夜将愁泣草根。欢易灭，誓空存。当时哪信散如云。声酸缕缕残宵织，不系香车渐远人。

### 鹧　鸪　天

秋燕

病羽惊寒迹已遥，高台曾点百花娇。更翻云雨成新局，谁惜风霜覆旧巢。今古事，去来潮。湖山一笛付渔樵。春深梦短烟波外，漫忆斜斜碧柳梢。

### 台 城 路

过柘皋北闸老街，李鸿章当铺故屋圮于风雨矣

一椽留梦沧桑影，堪怜梦还吹去。草积虚栏，苔斑颓壁，谁认花深前路。秋虫最苦。正篱角微霜，海天重诉。泪洒春帆，断魂雪浪更何处。　　烟寒翠篁漫倚，对荒檐瑟瑟，能几风雨。燕别庭空，星垂木老，剩拾愁痕无数。残天未补。甚寂寞枯坪，恨余今古。夜气沉沉，乱云嘘暗浦。



## 静玄子

静玄子，本名刘雄，1977 年生，四川自贡人。留社中人。活跃于“诗三百”等论坛。

### 新赁屋山中

问舍求田计已虚，壮年依旧野僧如。幸能避雨椽中住，便可看云岭上居。喔喔鸡声戒寒夜，星星草树坠前除。差堪一事慰贫病，家具犹饶四壁书。

### 赴联谊会途中次韵天许兄

人生堕地始，便不厌奔走。此路究何极，思之手可袖。海内有高朋，道途阻且右。经时展良觌，音书劳黄狗。圣人云三立，此事当不朽。何妨作畸人，笑看肘生柳。底忙不肯来，印空须我友。浮生一梦耳，不辞穷独叟。梦中尽君欢，尚萦心五斗？颠簸客车中，往事频回首。日新君子德，结实想秋藕。悔吝象忧虞，剥复值阳九。反本葆天真，浮云吾何有。莫同虫语冰，且望月凭牖。止酒已多时，会引茶盈缶。

## 小 眉

小眉，又名发初覆眉，本名许方冬子。1986 年生，上海人。活跃于网上各论坛。

### 卜 算 子

寄人两则

昔本木芙蓉，生在西风陌。君自山中偶尔来，遗此人间诺。　　才道发深

秋，况值秋零落。君自江南去不归，一种愁如昨。

今是水莲花，此意谁教改。传说生生八百年，我佛蒲前拜。　　腕底浅相看，准拟深相待。兹夕持君一瓣香，明日相思外。

## 蝶　恋　花

写在情人节前。

漠漠深寒花夜缟，婉娩流年，消得眉枯槁。长似莲开颜色好，有人传说江南老。　　去住成悲归远道，采采终朝，所思心如扫。遗我风中香一抱，是谁种作情人草。

## 临　江　仙

夜梦前身，用兰之旧韵。

谁伫芜涯荒野里，凉眸一瞥倾城。天衣羽动水裳青，莲摇虚白影，开出有无声。　　如蜃如花如此幻，月华乘梦飞萦。依稀唱远梵音轻，去随星子落，陨作枕边听。

## 沁　园　春

观莲，寄妹冷月清霜。

一柄清华，移步瑶池，蘸影野塘。爱恹恹迟日，枕波低睡；盈盈向晚，照水轻妆。半抹微红，三千深碧，曾见人间沉醉乡。消凝处，正风摇星乱，萤挑灯黄。

为谁漫卷芬芳？是一脉心痕一脉香。记耶溪旧约，倾城倾盖；鹭鸥前盟，莫失莫忘。佩水情长，裳风梦冷，不合此生相对望。花无语，剩好天良夜，有月初凉。

## 沁　园　春

曼殊沙华

三界之中，有曼殊花，如是我闻。想光明彼岸，水风吹烛；夜深此地，野火招魂。瓣祝名香，天生绝色，怪得人间无化身。幽冥路，把地衣一炬，碾取烧痕。

春分换了秋分，有暗地妖娆看不真。趁鬼灯一线，照将人面；惊红万点，祭罢青坟。月出生兮，露滋谢也，肯放华心垂死温。千劫后，尽芳菲刹那，开到缤纷。

## 薇　室

薇室，留社中人。活跃于“诗三百”等论坛。



### 与峻石兄同游太湖期以江天暮色盘桓尽成诗敢以呈之

哀乐深成七年病，枯趺宁似少时游。江天暮色盘桓尽，嘉树寒蹊特地留。晚代功名真一吷，沧波归思复三秋。海鸥狎世非初志，终要从公老巘邛。

### 偶　得

婉娩春心共春死，春梦那能芳草长。朔易徒堪新物态，眼枯终自到沧桑。风枝尚带书空恨，桃李争为倾世香。忧不能言奈酒若，事关天力几淋浪。

## 梅兮若

### 定　风　波

熨衣裳

六曲屏山一夜笙。美人歌吹举青冥。输却腰肢堪一搦。愁著。一池春水任倾城。　　未证思量深几寸。来忍。云烟垂架旧痕蒸。柔缕暗丝香散处。偏误。此中曲意抚难平。

### 蝶恋花（二首）

已自十年遗忘恨。水隔天方，未许音尘讯。影月移窗花渐损。空香印屐秋先问。　　卷底相思容易隐。奈是眉间，不自思量近。赚得眉间宽一寸。除非折钿还情分。

最是东君留客恨。不许商量，吹落香尘近。赚得多情都减损。残红可奈卷帘问。　　预借新来憔悴隐。做个无情，做个无情讯。收拾温存封一寸。来年吩咐愁无分。

## 鹧　鸪　天

戊子杂感

一册天书久拊摩。两肩风雨病山河。扣窗消息经年少，支枕寒潮向夜多。　　因若定，果堪何。冲寒唯有雪中蓑。此生比似投荒雀，却恐来生又入罗。

## 于　中　好

莫放心情片纸传。须知濡墨背人难。双眉欲翦春溪月，一叶全收况味天。　　将乍暖，转轻寒。何堪病枕卧秋山。阑干尽日来偎倚，万一明朝到客船。

# 李梦唐

## 邓丽君墓有吊（三首）

筠园孤冢小沧桑，旧日声名敌国倡。海内今多歌舞地，花前犹唱夜来香。

攻心战起用韩娥，万户争传子夜歌。绝似春莺来海上，一声光复旧山河。

洗尽风尘曲更新，偏安旧事等浮云。我来一默焚香祷，不吊英雄只吊君。

# 和　轩

## 燕

东风渐染故山青，何处差池斗影轻。掠水乍疑天镜破，窥帘真觉眼波明。呢喃梁上应无梦，零落人间别有情。拼得此身长作客，飞飞终不负春盟。

## 蕲春三江度假区漫兴

山幽云气清，夜静松露响。微风拂我襟，翛飒致精爽。拾级登西岩，蟾魄忽东上。万物承辉光，一一谢尘块。何人坐谈诗，謦欬散林莽。对此泬寥境，悠悠动远想。

## 鹧鸪天

敬题半梦填词图

一纸浮岚接古春。谁将桐梓种当门。孤灯炙夜愁同艶，冷绪笺天梦不温。　　沽渎水，帝京尘。都来影事幻于云。依稀认取幽痕碧，知是词魂是画魂。

## 虞美人

簪

延秋蝴蝶蹁跹去，珍重双飞路。肯教斜入镜中云，替绾青丝十万护愁根。　　妆成并髻连环玉，淡衬眉烟绿。夜来还向枕函栖，却怕梦边春恨被人知。



## 霜叶飞

癸未戊子间，梦翁于沽上南斜街倡立梦碧词社。壬戌之秋，翁感恨旧游零落，遂请十二石山堂主人姜公毅然为作斜街唤梦图，并自题霜叶飞一阕，海内声家和者数十人。翁临逝以此图珍付蛰师，师于己丑岁初复赠秋扇词人，薪火一脉缘此承传。丙戌以还，予从师游，师近以翁题图手泽贶赐，抚纸茫茫，横胸万感，曷胜人天之悲也哉。

梦痕窗影埋心碧，斜街遗绪谁省。噤蝉零咽不关秋，忍作秋声听。正木叶、萧萧堕冷。凄凉分占虫天病。念夕秀幽寻，漫撷得、灵苗艳裔，寄与荒夐。　　消对剩角残宫，邛尘飘断，倚笛清泪哀迸。拼从鸿雪认微茫，烟语灯魂凝。恨冻萼、眠愁未醒。孤蟾移破遥山暝。且唤教、词仙住，待晓霜空，展春人境。

## 水龙吟

宁远城楼怀古

登临万感横胸，有人曾此悲歌去。凄凉剩了，一楼犹锁，海西烟雾。落日衔山，颓云压堞，空迷今古。便神州无恙，英雄未死，长城坏，终谁补。
谩道儒冠相误。恨匆匆、钧天换谱。苍黄急劫，当枰试手，顿成孤注。梦破觚棱，泪湮赭垩，魂归何处。但徘徊望断，离鸿渺渺，下辽川暮。

# 皎　月

皎月，本名伊淑桦。

## 代父寄杨公行恭师

习书习剑两无成，梦抱残云愧过庭。万变玄黄悲日暮，百年须鬓让山青。绿杨阴重怜芳草，绛帐春深散古馨。玉盏还祈分片席，长酣不放酒微醒。

## 探　芳　信

水仙谢后作

翠鬟湿。记月下初逢，人间小谪。向湘皋弄影，萧然认姑射。雪宫水殿寒深锁，拚尽东风力。更缘谁、晓去搴芳，夜来弹瑟。　　帘卷蕙烟寂。怨才捧瑶杯，又成离席。泪浣珠尘，休问旧裙幅。蹑云归后相思断，独返旃檀国。剩粼粼、一段春愁自碧。

## 湘　月

陈小翠《翠楼吟草》书后

仙愁盈尺，被烟霞谱入，一窗浓翠。昔日瑶华留艳想，省识梅花胸次。万劫痴蟫，四弦幽语，翻为红尘累。夜深谁听，九天孤凤嘹唳。　　惯看海上风霜，人间凄怆，难觅回身地。梦太芳菲情太洌，枉费灵襟奇字。刻尽心痕，吟枯灯萼，泪共秋星坠。平生清怨，傍楼明月知未？

## 玲　珑　四　犯

鸦声

乍散荒庭，又噪野群飞，乱影如织。拣尽枯柯，呼破暮山幽寂。底事万感难休，对旧景、总成凄恻。隔垅楸欲话行客，未肯暂栖归翮。　　数声催送层林黑。叹春来，卷巢风急。嘈嘈枝上谁怜取，一片伤心色。猜说冷梦今宵，绕不到、花蹊柳陌。正怨长哀短，共骤雨，争听得。

## 恩施大峡谷

谁筑城池横天堑，秦关汉塞空绝险。巴猿声接茫茫愁，亘古天风吹不散。

石楼门俯万壑青，数点人烟不分明。危蹬千级百盘折，魔嶂鸱崖势相夺。深川玄洞气森森，风缠乱云挣欲脱。蹀躞西行转穷途，豁见千寻壁垒曝天书。屏山不掩钧天乐，此间应是仙人居。仙人正拨广陵琴，百丈飞泉最知音。琴音转促骤飞雨，万劫鸿蒙腾海雾。此身真成北溟鱼，百二奇峰不知处。乾坤如幻独慨然，我生浮世不百年，何必绝处苦登攀。云中黄叶纷纷堕，满身秋色下高寒。

## 芋水堂

芋水堂，本名陆俊。

### 虞山杂咏十二首（选四）

阅苑年年谢槿花，枯鱼一去不还家。名园已冷珊瑚树，上国犹多驷马车。风叶乱帆人肃肃，清愁独树雨些些。忧思不饮浑如醉，起作豪歌付墨鸦。

细雨琴川戴笠来，蜻蛉已觉弹丸哀。遗民风尚时深改，故国膻腥势未回。时有大王飞楚炬，更无余纸供秦灰。妇人倚柱空能泣，回首蚊多已若雷。

老圃农书在满爰，浮云万丈有孤根。终将琴抱无言说，绝是心空到法门。滇海殊方人作彘，神京有美鹤乘轩。山翁老栎浑差似，坐觉诗痕入雨痕。

道人鹤骨风尘外，姑射吟哦月树间。岂有狂奴论马鹿，日将奏舞供朝班。家风书簏三冬足，微意长安一笑还。征逐伶伦裁凤律，听凭风雨动时艰。

## 挂　挂

### 减　兰

春事

柔条折短，如此韶光何处挽。过了清明，一树梨花作雨听。　　南关北陌，我与春风都是客。见说离愁，不似春风恁自由。

### 齐　天　乐

秋晚遇残荷

薄罗争奈西风剪，沧波漫怜纤影。水佩鸣微，霓裳舞倦，营画横塘秋境。

歌沉韵冷。怕散尽冰魂，一池幽静。寂寂寥寥，残蓬断梗倩谁并。　　依稀江南梦醒，又商声咽断，倚槛愁听。宿雨深敲，朝寒乍试，别有人间情景。伤心自领。衬晚树归鸦，淡阴催暝。思绕荒芦，隔烟寻旧艇。

# 抱云洗月楼

## 扬州（二首）

隋河细柳迷楼月，豆蔻风情小杜才。禁得芜城词唱里，玉人箫底梦如埃。

翠云红粉尽流东，只有梅花祭史公。才子都缘秋柳重，神州无复恨清风。

## 山　海　关

风尽狂吟雨尽来，胡刀汉镞荡为埃。遮天海被红云炼，嗌暮苍龙攫不开。

## 癸巳年早春寄孙琴安先生

师去吴江远，每思漳水滨。垂衣灯并雪，辟影海藏春。礼坏谁嗟凤，经余自惜麟。南风今渐起，不敢愧清尘。

# 四 当代大学生诗词选

## 张加和 中山大学


### 末 日 三 首

支山鳌柱力难任，闻道神州此陆沉。颅趾重抟多朽壤，焚销大圣补天心。

言岂吾欺谶可雠，青天有限亦云忧。一朝提去人间地，沧海乘桴觅自由。

缤纷离聚负深盟，隔梦千山堕不成。来日大难君共我，劫灰留待破春萌。

### 卜 居

自驰偏毂向江湖，展眼人间类过驹。晦雨飘城疑地尽，深红碍眼认家无。娇龙自媚潭前影，迷药空煎世外炉。独坐若供山鬼笑，一春魂魄祇区区。

### 过陈寅恪先生故居用从游京口北固应诏韵

夫子及远逝，留剩仰弥高。云龙徒手抗，别驾虚舟超。纷我独后来，发春振先镳。道路蔓蕨薇，尘埃杂申椒。横堵有溘风，旧馆生寒潮。繁景结东壁，好音响九皋。已启紫兼红，试攀李与桃。当昔天赫赫，至今人昭昭。间世惑蝇声，时节伤稷苗。游虫鸣下堦，归禽筑新巢。忧惶失故蹊，徘徊费歌谣。

### 读义山诗用游赤石进帆海韵

良辰含清辉，佳辞一时歇。方絜长摩挲，天星渐沉没。丹丘供芳褥，瑶池濯云发。青鸟恨无端，鸾车惜不发。依依章台柳，皎皎灵娥月。空庭游蝙蝠，伊索寓言谓蝙蝠逢禽则言己禽也，逢兽则言己兽也，共诘之，莫能对。流川派吴越。彭阳青袍子，王家紫贝阙。楚客久徘徊，千古一淹忽。梦幻应无住，春心聊可伐。


## 李腾焜 中山大学


### 感典公此去人将老句

出则为蛄螅，入犹半梦分。一朝初谢子，万壑欲生云。秋雨灯扶夜，春风绿涨裙。如何春又近，老我辨燻燻。

## 寿 禁 言

闻君折柳石头城。杯酒秋初适可征。鱼雁此宵矜巧意，江湖他日重横行。小莲一计拼无悔，嘉客三刀斫有声。愧我虚耽诗力几，尚期连席尽余酲。

## 渡 江 云

春暮重披红旻词怀十六少赋此次苍虬和彊邨词韵并寄

春归耽旅燕，柳潮漾日，偏系十年心。翠樽拼薄暮，欲寄天涯，客倚海云深。南愁北梦，鬓尘滃、一霎微吟。终耐得、俊游情懒，栖雀脆林音。　重寻。煎灯词冷，说剑堂岑，数红旻空准。消几回、无端秋病，弹泪青襟。明朝绿涨登临眼，背倦城、还阻商参。听渐落，腥花断雨愔愔。



## 沁 园 春

年度总结之与砖词以示来年拳拳之意也

砖汝前来，运物经年，无若君兮。算石浆成阙，翻衔海口，虚空引玉，独寄幽词。往世何能，而今抱恨，磨镜生涯总不疑。红尘事，似纷纷扰蚁，聊砌巢泥。　君言物本多歧。笑版筑之中亦可追。是魂销一日，犹存恩惠，功加余性，何让须眉。久望郭公，终惭淮户，不解中原定有时。从今后，自书斋内外，闲辄搬之。

## 生 查 子

本事词

风雨洗华枝，荣萃天犹俟。一念未之生，一诀何能死。　永夜放初阳，沧海容微睇。瀼瀼赴余杯，嘘酒成霜气。

## 定 风 波

壬辰六月十九礼慈福庵

夏接苔檐拭古青。天香梵响细如萍。心事隔帘轻一褪。无对。梦痕历历转娉婷。　暂倚灯檠添宿悔。知未。何曾颦笑怯逢迎。荷叶田田栏外碧。谁挹。瓶花犹恐负深情。

## 江云鹏　中山大学

### 西　江　月

池上一痕新碧，柯间几度凉蝉。坠红消息已经年，都付晴丝雨片。　短梦初回江表，清愁又到尊前。旧时双燕向谁边，双燕来时羞见。

### 淡　黄　柳

云沉雨润，逗入青衿湿。倦眼长星光历历。待写崔徽素靥，还逐凌波杳难觅。　恨凝碧，流年总轻掷。撷芳约，付秋汐。怕幽窗蝶梦成疏隔。一枕寒烟，万人如海，无语中宵悄立。

### 虞　美　人

筵边初识东风面，梦共蕉心卷。几曾执伞障春霖，一任连宵风露湿青衿。　忘情除是仙尘合，却作闲愁压。海棠花下说三生，愿得三生长是月华明。

## 黑白　中山大学

### 月　下　笛

白云山雅集分得笑字兼怀故人

蓦地相逢，芳姿却似，画中幽渺。惊鸿去早。绕梁莺泣兰笑。起来懒对秋山绿，怕化作，红心衰草。更长空颓日，烟波逝水。一霎春老。　梦觉留残照。奈寥落香坟，伊谁凭吊。碑文纵好，横斜枝丫难扫。今宵拼得沉沉睡，睡不尽，余怀悄悄。将柳别，撷花归，歌遍溪深月杳。

### 鹧　鸪　天

五月凤凰花似酒，才看春风，黯黯春将瘦。月下谁携花满袖。翩翩一霎春如昼。　为问浓情何处有。好景良辰，独把青枝嗅。新燕明年还是否。凉分翠尾湘裙透。

## 忆旧游

聆粤曲感赋

记香鸣菊佩，雾湿荷衣，几误前身。浅笑宜疏隔，正垂杨惹絮，最爱残春。梦中早识娇面，无地植情根。但紫玉凝愁，青鸾解语，独伴晨昏。　温存。怕蜂蝶、为错判今生，空自销魂。未到埋香冢，却偷传花信，思度花神。任他苦雨盈掬，霜月送征云。盼旧日清漪，双眸遍照双碧痕。

**顾一心**　中山大学

## 但丁神曲迈向天堂之歌离骚体试译

子乘舟以从游兮，惟余歌之是听。患孤桴之未安兮，涉茫茫之彼岸。故国方其不芜兮，曷众芳之所离。悲大荒之漫漫兮，将舍吾以何依？嗟吾既受命于无极兮，填沧海而未悔。献橄榄于灵修兮，除幽昧以东君。歌北溟之浩荡兮，仰太昊之难穷。惟玄女之不弃兮，道先路以群星。

## 韩山师范学院馀社学生作品选

**陈春薇**　韩山师范学院

## 咏台山海玉

独修清魄成今古，小琢沧桑掌上来。碧色邀兰三径润，晴光得月一春栽。藏波岂逐萍风转，出椟能催剑气开。幻了浮生留此梦，日边抱璞暖烟回。

## 东丽湖即景

平湖绿水承山色，不雨薄烟亦似霖。岸柳垂枝应有意，涟漪未必到湖心。

## 翠楼吟

野渚揉黄，寒湄褪碧，新晴又惹丝雨。栏桥如有待，正临水依依低诉。深秋城府。尽罥曲蝉枝，凝冰兰圃。湖颜冷，解颐还倩，偶然江鹭。　小坞，亭榭飞甍，袅水芝残袖，对西风语。玉台何所寄，恨鱼影迟迟无主。烟云情绪。暂细履芳墀，闲斟陈醑。霞山薄，渡头归桨，一楫溶暮。

## 法曲献仙音

龙润萧疏，凤林清素，几度秋澜憔悴？岸泊帆声，鉴留云影，萍风浪迹芳岁。漫独解焦桐语，幽耕泽兰意。　　老鱼绻，嘱红衣、绿团何计？同染就、霜画露描尘世。大梦久归来，寄鸿书，休问桑梓。欲济浮槎，恨湖岚、笼罩仔细。竟江城残照，白了芦枝峨髻。


# 陈振烨　韩山师范学院


## 念末卜前途慨然感作

酒倾肺腑何人语？终夜唯余沙叶徊。一点晓光掀屋白，三秋心事荡云开。
邻鸡未觉莺先警，楚梦轻销愁费猜。沧海歌吟空泪眼，乱花葬尽动弦哀。

## 寄陈师隔江草庐依吴师韵

纵目寒山径，一庐天自成。云涛托松起，秋月傍江生。腕力燕弓满，心灯秦镜明。深杯吟杜曲，昆剑掣长鲸。

## 初　恋

东风何故减云姿，暗种春泥意恐迟。从此鹿迷方寸地，向来灯冷上元期。隔花环佩闻青羽，吹蕊秦箫付玉卮。一夕秋河清浅水，梦痕流落碧寒枝。

## 感　怀

独上千秋岭，相寻月满襟。天风振垂羽，海日了愁心。铁马呼云御，焦桐抱火吟。难违书剑意，苏世激颓音。


# 舒　欣　韩山师范学院


## 鹧　鸪　天

斟酌清尊慰晚秋，当年何事去难留。菱花镜底玲珑碎，荷叶杯中次第愁。　　丝自乱，茧谁收。人间无处着青眸。可怜门外梧桐瘦，窥尽江南第几楼？

## 咏　玉

经年守得冰心在，落落天涯自绝埃。婉转流光从月借，玲珑艳色让春裁。蓝田烟老凭谁暖，瑶海秋深任世猜。造化于今终不负，楚人泪断始成材。

## 有　待

坚如是者终堪碎，金玉其中未有痕。银杏元非怜子果，苦心剥落也销魂。



林晓萍　韩山师范学院

## 少　年　游

鼓浪屿小店悠憩

悠庭小筑绿迷窗，蔓软屋扶将。昨思琴岛，今听鼓浪，披缓缓风裳。
芳思谁拆还细叠，花把路收藏。三盏扶郎，一杯拿铁，寄半纸斜阳。

## 清　平　乐

赠龙猫

林风甬道，朗月闹酣草。种梦梦开千树抱，星捧云埙吹稻。　　青荷一伞谁逢，路遥恰怯词工。多谢晚归那雨，是筝是鼓蒙蒙。

## 法曲献仙音

过荷塘用姜白石韵

芦荡云怀，袖收烟语，棹过萍花深处。待水迷离，扫眉枯槁，倾愁换醉樽俎。叹早过芳菲汛，盟鸥挽春去。　　倩谁共，问红衣，对歌何计？都忘却、横笛和他莺舞。旧梦欲重临，只如今、浮世难许。钓雪吟梅，暗迢遥、昨岁秀句。况鱼眠舟散，已惯荷塘轻雨。

## 解　佩　令

咏台山海玉

晴川分绿。汀兰寄馥。枕秋澜、天涯幽独。种梦蓝田，蘸暖烟、清华盈轴。怕重闻、岫云夜哭。悲欢一斛。沧桑一斛。　　更嫣然、佳人空谷。不似秦楼，待月来、犹吹霜竹。对梅寒、剪愁几簇。



## 杨文钰 韩山师范学院



### 初　恋

无端春意上蛾眉，照影惊鸿故故迟。红玉生烟成晓梦，青禽传语约佳期。丁香枝下遗新帕，豆蔻梢头验古辞。一夕鹊桥求白首，纫兰为佩月明时。

### 咏台山海玉

珠玑巷内胡妃祸，犹记新宁寇梦摧。石琢千年何惧火，浪淘万世也成材。峄山润泽鲛珠愧，云谷流华皓月颏。试炼岂须三日满，琼光先自照人来。

### 鹧　鸪　天

几转柔肠总系春，醉眸凝雪倩谁温。小帘待月羞风入，素手拈花惹蝶颦。　　搴杜若，渡烟津。青山也改旧时人。西窗怨柳遮斜暮，轻信流愁可化云。



## 陈剑雯 韩山师范学院



### 无　题

陌路何须问吉安？柳长欲系玉骢难。银筝半曲琼瑶碎，醉梦一宵鲛泪寒。镜里沈腰空自瘦，心中红豆枉成丹。流萍又逐波魂去，望断银湾莫倚栏。



## 陈玮琳 韩山师范学院



### 感　遇

浩渺烟波成散绮，泽兰带晚抚云平。青荷指点闲情赋，听遍菱歌水自清。

## 附：2013年中华大学生研究生诗词大赛获奖作品

**诗组获奖者及其作品**

冠军：张文胜，南京师范大学文学院博士生

### 咏明太祖

亦豪亦贼亦轩羲[①]，食虎啖龙天吏姿。大抵高皇能将将，莫教冢宰自师师。分藩岂是治安策，传国终须类我儿。万古勋臣陪寝庙，忠魂冤魄绕云旗。

注：①赵瓯北《廿二史札记》云："盖明祖一人，圣贤、豪杰、盗贼之性，实兼而有之者也。"





亚军：雷淑叶，澳门大学中文系古代文学博士生

### 初 恋

当日风怀那识愁，廿年重忆水云流。还惊冷月披霜客，却道梨花带雨眸。
瘦损春光何处觅，吟余秋色有时休。相逢渐已无多话，陌上斜阳早白头。

季军：李腾焜，中山大学地理科学与规划学院水文班

### 咏明史

明遗老为存史实，应征清廷修明史，尤以万贞文先生为世所知。先生一生自署布衣，其节如此，令人叹惋。

但负才名愧楚囚，芸芸犹辨海桑秋。青山埋骨终无地，白首镌功别有愁。
泪尽胡尘悲后死，恩成国史报前修。可怜董笔今何在，万里风烟各倚楼。

优异奖：胡善兵，澳门大学中文系 2010 级博士生

### 咏明史之建文削藩

一局高皇未了棋，江山勾引子孙思。空闻疏策尊晁错，那得人材敌魏其。
汉武推恩能浸渐，宋襄好义岂时宜。叛离难准春秋笔，闰统残编扼腕悲。

优异奖：罗恺文，上海师范大学人文与传播学院汉语言文学专业

### 七律 · 咏明史

飘零大树海山秋。一局残棋忍入眸[①]？击楫仙槎怜楚户，挥戈晚日负清流。

天街休问华夷限[②]，劫火频吹今古愁。望帝春啼谁再拜？江潭故柳雪盈头[③]。

注：①钱谦益《后观棋绝句六首（其三）》："白头灯影良宵里，一局残棋见六朝。"②陈恭尹《厓门谒三忠祠》："海水有门分上下，江山无地限华夷。"《史记 · 天官书》："昴毕闲为天街。"张守节《史记正义》："天街二星，在昴毕闲，主国界也。街南为华夏之国，街北为夷狄之国。"③吴伟业《沁园春 · 赠柳敬亭》："只有敬亭，依然此柳，雨打风吹雪满头。"

优异奖：李秋霞，南京师范大学 2009 级博士生

### 初　恋

已解风情未解悲。流星愿只许长随。丝连春茧方生日，心接雨蕉初展时。
密柳新莺传怅望，晓荷清露缀相思。飘零莫怨尘缘薄，第一番花不满枝。

优异奖：周济凯，郑州大学计算机科学与技术专业 2010 级

### 咏明史弘光事

兵情四告势倾危。社党新钩踞玉墀。尚有衣冠留右衽，终难国手解残棋。
蜩螗今日非人世，歌舞明朝又柘枝。小腆澌消秋晼晚，乌啼旧苑最堪悲。

优异奖：张艮，四川大学文学与新闻学院 2011 级博士班

初 恋

一瞥惊鸿若电驰。当年岂合种相思。还将浅浅深深意，且作长长短短诗。
月下花前空醉醒，鱼沉雁落复参差。伤心最是无情语，尚恐佳人不自持。

优异奖：舒欣，韩山师范学院中文系汉语言文学（师范）专业 2009 级

初 恋

东风无赖种相思。红豆生成一树痴。过眼榴花空暧昧，留春心事自参差。
情迷弱水舟难返，梦入桃源路更歧。忍向蓬山重问讯，况当梅雨困人时。

优异奖：早川太基，日本京都大学文学部文献文化学专攻中国语学中国文学专修博士二年级

初 恋

心醉幽香淡未知。沉吟纤月透帘时。花摇虚壁疑留影，烟断青山恍忆眉。
一点流星惑孤梦，六街细雨锁相思。低徊曲巷翠衫冷，春晚斜风掠面吹。

优异奖：庄祖邦（马来西亚），新加坡国立大学学士班四年级

初 恋

少年素好独行游。愿作悠悠不系舟。弱水三千未回顾，佳人一笑竟淹留。
情深总似翻迷梦，缘尽偏宜学静修。自谓余生已无意，鸳鸯过处却凝眸。

优异奖：黄荣杰，香港教育学院中文学系四年级

咏明史·崇祯帝

百二河山日月移，古槐无力哭京师。朝中初罢萧墙劫，乱后谁挥大将麾。
虽有长城空顾盼，终愁故国一离披。留书却道非庸主，此恨何年到子规。

### 词组获奖者及其作品

冠军：于莎雯，南京师范大学文学院2008级中国古代文学博士生

江城子·咏长江

泠泠一线出冰霜。下陵冈。破苍茫。流注人间，风雨过瞿塘。雪浪排空云漭荡，声浩浩，势汤汤。括囊大块辔千江。送炎凉。数兴亡。胸次波涛，渐已惯沉藏。到底万山遮不住，东海外，有红桑。

亚军：张文胜，南京师范大学文学院博士生

江城子·金陵怀古

销沉王气瞰雄城。万山青。一江横。天马来时、寄土费经营。半壁繁华频换稿，何限恨，在新亭。鱼龙跋浪为谁醒。后庭声。忍重听。锁钥金汤、终古误苍生。谩向秦淮寻燕子，梅雨细，槿花明。

注：《玉篇》：木槿，朝生夕陨。

季军：胡善兵，澳门大学中文系2010级博士生

江城子·金陵怀古

蟠龙踞虎旧江东。访遗踪。又春风。巷口晴窗，还映夕阳红。流水车音迷燕子，何处觅，六朝宫。降幡王旆各匆匆。剩梧桐。共乔松。青史青山，毕竟属英雄。唯有淮波泅冷月，空滉漾，梦千重。

注：南京东南大学校园内有“六朝松”一树，传为梁武帝手植。满城梧桐，则肇自民国。

优异奖：唐颢宇，华东师范大学中国语言文学系汉语言文学专业 2010 级

江城子·金陵怀古

参差风柳动韦堤。旧楼台，望中微。一例凄清，一例黍离离。井壁胭脂红未蚀，花与梦，不相宜。六朝取次见消澌。道何亏，物难齐。谁在春风，唱彻莫愁辞。唱到乌衣惊鸟散，淮水月，照涟漪。

优异奖：李骏涛，南京大学文学院汉语言文学 2010 级

江城子·金陵怀古

三年落拓住金陵，短灯檠，若为情。江左风流，远近不曾行。借问游人何所见，桃叶渡，石头城。秦淮春好夜吹笙，月娉婷，管逢迎。王气消磨，垒块未全平。巷陌于今无燕子，歌一曲，与谁听。

优异奖：黑白，中山大学中文系古代文学 2012 级硕士

江城子·金陵怀古

莫愁湖畔卖花声。倩流莺，入哀筝。弦掩红笺，断续遍江城。纵有卢家怜小玉，争换得、莫愁名。梨花月落满霜庭。有娉婷，立寒更。知是何年，人月得双清？燕子飞来春一霎，留不住、许多情。

优异奖：陆颖瑶，复旦大学中国语言文学系 2011 级

江城子过秦淮代吴梅村寄女道士卞玉京

层城难遇是倾城[①]，酒才醒，已三生。南雁西乌[②]，还绕旧雕甍。碧海青天长夜里，边头曲[③]，动哀旌。觉来华胥不分明，但空成、负心名。重唱家山，湖海一身轻[④]。甲乙兴亡无限意，杯中事，梦中萦。

注：①吴伟业《琴河感旧四首》（其三）诗云："休将消息隔层城，犹有罗敷未嫁情。"②王士禛《秋柳四首》（其一）诗云："相逢南雁皆愁侣，好语西乌末夜飞。"隐指抗清志士，用其诗意。③吴伟业《听女道士卞玉京弹琴歌》："莫将蔡女边头曲，落尽吴王苑里花。"④朱熹诗云："十年江海一身轻，归对梨涡却有情。"反用其意，心事万端，身轻而意重。

优异奖：李秋霞，南京师范大学2009级博士生

## 江城子·金陵怀古

东南佳丽古江城，井沉英，树飘琼。奇杰难藏，山削虎龙形。十里依然烟柳密，摩天作，六朝青。一壶浊酒浪中倾，阵云横，棹歌萦。故扇桃花，冷绕大王陵。儿女英雄淘不尽，兴废事，隔潮听。

优异奖：陈一言，湖南师范大学文学院汉语言文学2010级

## 江城子·金陵怀古

潇潇暮雨点空滩。旧雕栏。惹轻寒。锦瑟添愁，醉里问河山。梦断前朝歌舞地，寻故垒，觅征鞍。谁吟恨赋动江关。叹悲欢。泪痕干。且付新声，向晚尽哀弦。坠露迷烟深巷里，听燕子，诉华年。

# 五 文录

# 《今文言》前言

陈永正

## 一

20 世纪初叶，一场声势浩大的“新文化运动”席卷中华大地，其核心是白话文运动，“提倡白话文，废除文言文”，号召彻底打破文言的束缚，以语体文取代通行了两千多年的文言文。这是一场具有颠覆性的文化革命，文言遭到前所未有的厄运。

新文化运动的先驱者胡适说：“中国二千年来没有真有价值真有生命的文言的文学……这都是因为这二千年文人所作的文学都是死的，都是用已经死了的语言文字做的。死文字不能产生活文学。所以中国这二千年只有些死文学，只有没有价值的死文学。”后来成为古典文学研究专家的俞平伯认为，文言作品“差不多总是一堆垃圾，读之昏昏欲睡”，新文学家陈西滢把文言文、古琴等都看成是“已经僵了的化石”，“应该加以扫除的腐朽物”。

新文化人士所持的是极端的二元论：白话与文言是不可调和的矛盾双方，是“新”与“旧”的对立、“今”与“古”的对立、“俗”与“雅”的对立、“质”与“文”的对立、“进步”与“落后”的对立、“人民群众”与“贵族精英”的对立。一切“新”的，都是进步的，光明的，有着无穷前景的；一切“旧”的，都是落后的，黑暗的，走向衰落死亡的。求变求新，破旧立新，成了颠扑不破的真理、天经地义的大任。新旧之辨也成了真伪之辨、美恶之辨、优劣之辨。旧的，必须彻底打倒和消灭。更严重的是，在那个敏感的时代，文化上的一切论争都被看成是政治斗争，白话与文言之争也就成了革命与反革命之争，一场“你死我活”的阶级斗争。到最后，“新文艺摧毁古文，新文化打倒礼教”，白话文终于完成“一统天下”的大业，几乎是全面地取代了文言文。

这种激进主义的思潮，近百年来，愈演愈烈，给整个社会文化带来极大的危害。革文言的命，革诗词的命，革国画的命，革京剧的命，革古琴的命，革中医的命，革一切旧文化的命。直到“文革”狂飙激荡，神州旧物都成了飞灰与瓦砾时，人们才猛然警觉，可是已太迟了。颓圮的殿宇可以翻修，焚毁的典籍可以重印，而世道人心的崩坏却是难以弥补的。

如今，对传统文化鸣鼓而攻的时代已经过去，白话文早已取得压倒性的胜利，成为全社会的主流书面语言，人们再也无须担心文言文的“复辟”了。当代学者开始反思，在检讨白话文运动功过的同时，也重新审视文言文的历史意义和存在价值。

文言，源于春秋时期的“雅言”。《论语·述而》：“子所雅言，《诗》《书》，执礼，皆雅言也。”古代贵族士人，均以雅言交际；异域殊俗，亦以雅言互通。雅言，即“正言”，是当时华夏民族的典范语言，经典中使用的文言文，也就是这种共同语的书面语。文言是口语的提升，自然要比口语精美得多。孔子云：“言以足志，文以足言。不言，谁知其志？言之无文，行而不远。”“文”可以使“言”更充实，有了“文”的“言”，才能书之竹帛，传之久远。文质兼备的文言文，一直是中国历代知识分子和社会精英共同选择的最佳的文化载体，是当今世界上使用时间最长的书面语。

从历史的角度来看，文言文是一种完善、完美的文体。它是超稳定的，时移代易，文体体系不断演化，各种体裁、各种流派，杂沓纷呈，但万变不离其宗，文言文的整体语言结构并没有本质上的改变，两千多年来一直保持着恒定的形态。先秦时的《左传》《论语》，驯至清末的桐城文字，语汇、文法上都没有太大区别。这种超稳定性是中华文明得以延续、文化得以传承的重要因素，这在世界文明史上也是绝无仅有的。文言文也影响到同属汉文化圈中的周边国家，百十年前，日本、琉球、朝鲜、越南的官吏文人还可以用文言与中国人笔谈。



文言文，是历史文化的命脉，也是文学的正宗。梁启超说：“文言文行用已经两千多年，许多精湛的思想，优美的文学作品皆用他来发表。”庄子崇尚自由的精神，儒家以仁义礼乐教化天下的思想，是用文言表达的；绝世风华的唐诗宋词，是用文言创作的。五千年历史长河中朵朵浪花，都是由文言承载起来的。对中华民族的形成和发展，对中华文化的凝聚，文言文作出了不可估量的贡献，作为炎黄子孙，我们怎能不深深地感谢它的恩赐呢？在今天，无论从感情上还是现实意义上，都不该逐末忘本，将文言文视为糟粕，弃如敝屣。

首先要思考的是，文言文是否像庸俗社会进化论者所说的那样，是“旧”的、“死”的语言文字。

一切文学艺术形式，包括文言文在内，都是“器”。作为载体，无所谓新旧之分，优劣之别。文学不同科学，艺术不同技术。科技也许需要不断创新，不断进步，而文艺形式，无论新与旧都有其存在价值，绝不能说西洋抽象画要胜过国画，东洋式现代书法要胜过传统书法，歌剧、话剧要胜过京剧。

吴芳吉说：“文学只有真伪，没有新旧。”文学的生与死，并不在于使用什么语言文字，而在于它本身的内容与艺术是否有存在的价值，内容虚伪、艺术拙劣的当然是死文学，甚至称不上是文学。一旦文学沦为政治的附庸，成了帮闲文学、遵命文学，那就如粪上之英，朝生暮萎，真的是死文学了，但这与是否文言无关。两千年来，死文学绝大多数早被历史淘汰，能流传下来并为人们所熟知的优秀的文言诗文，历久而常新，至今仍葆有活活泼泼的生命力。

其实，白话文也不是什么“新”的东西，胡适所说的“白话式或接近白话的文字”也存在千年以上。他那部《白话文学史》即可作明证。古代白话，由于它的粗糙、低俗，始终无法登上文化殿堂，也无法成为文学的主体语言。近百年的白话文，在某种意义上，并不是真正的“白话”，也算不上是真正的语体文。钱基博早就指出：“所谓白话文，只不过是用一种书面语代替另一种书面语。”它既不同于《水浒传》

"三言""两拍"《红楼梦》中的旧白话文体，也不等同于当时的口语。它是为反对传统文言文而制造出来的特殊文体，是现代口语与西式语法及部分文言语词、日式汉字词汇的混合物，经过新文学的努力探索、实践才逐渐成形，直到今天，以现代汉语为载体的白话文才渐趋成熟。白话文学，包括新诗，至今尚未能形成一个新的传统，它所取得的整体成就远不足以与文言相比。

正因如此，现代白话文也遭到左翼人士的诟病。20 世纪 30 年代中，有学者称之为"新文言"，是资产阶级文人制造出来的"死的白话"。他们主张"语言和文字绝对一致"，用"大众语"取代"白话"。多年来，社会上已形成一种似是而非的共识，以为大众语言源于生活，是最丰富多彩的；而知识分子则语言干瘪，必须向民间学习。其实，凭常识也可以知道，文化程度愈低，思想则愈贫乏，所掌握的词汇量则愈少，语言则愈枯燥无味。在草根阶层中，即使偶有精彩的语言，往往只属于其中有文化教养的精英分子。语文专家吕叔湘给文言和语体的区别找到一个简单的标准："能用耳朵听得懂的是语体，非用眼睛看不能懂的是文言。"书面语要让所有人真能听懂，恐怕连"大众语"也不可能完全做到。

新文化运动实际上已延续百年，这是一个舍雅求俗、弃精取粗的全过程，如刘再复所说的，"在一百年当中，中国文学作为语言现象，是一个不断俗化、不断把文学语言降低为现实语言的流程"，到了 20 世纪 50 年代，"文学的俗化已发展为文学的极端政治化"了。

白话文，本身就承载着不少民间暴力语言；白话文运动，也滋长了语言暴力。当时盛行的"打倒"一词，竟成了数十年来使用频率极高的社会习惯语。当通俗化、粗鄙化到了极端的时候，举世皆以愚贱为荣，以"大老粗"自我标榜。端庄的举止、高雅的谈吐、优美的文辞也成为批判对象，美德遭到践踏，人格日趋卑污，终于出现"砸烂狗头"一类的流氓黑话了，暴力语言挟同着暴力行为，给全社会带来巨大的劫难。半个多世纪以来，白话文面临一次又一次严峻的考验，军事术语和工程技术词汇直接进入生活中，绑架了大众，日常用语也变得粗暴和僵硬。随着经济的勃兴，拜金的教义驱使文化进一步媚俗，流行文化成了主流文化，20 世纪 80 年代昙花一现的审美觉醒和精神超越的需求已荡然无存，大量的垃圾文字如垃圾食品那样荼毒着全民。在网络时代，点击率成了衡文的最高标准，网上流传的文字，低俗化的倾向尤为严重，闹嚷嚷的卑田院式的狂欢，没来由的语言群殴，黄段子、灰段子、黑段子的热击，大量的污言秽语充斥荧幕，连学者、教授的微博争辩，也粗野得如同泼妇骂街，古人那种即使绝交也口不出恶言的风范，于今再也不复见了。语言的堕落，也就是文化精神的堕落，这不能不说是整个民族的悲哀。从民间产生的网络语言，自有其草根性的蔓延力量，但当它直接影响到知识分子，并左右其对语言核心价值判断的时候，就值得我们警惕了。

文言文与白话文，本是二元一体的关系。两者同出一源而并流，共同滋溉着文化的土壤。提倡白话文，本来不需要废除文言文。梅光迪认为"古文与白话之递兴，乃文学体裁之增加，实非完全之变迁，尤非革命也"。最初，一些接受了新思想的传统文人有过设想，以为可以实行双轨制，即在新闻、科技等领域使用白话文，而文史、艺术等依旧使用文言。白话适于时俗，文言适于典雅，这也算是一种“得体”。蔡元培曾预言：“我也断定白话派一定优胜，但文言是否绝对的被排斥，尚是一个问题。照我的观察，将来应用文一定全用白话，但美术文或者有一部分仍用文言。”本来，白话文运动的发起者，能客观一点，宽容一点，白话文可占领政治、经济、自然、科学等领域，而文史和艺术这小半壁江山，与文言文分享，各司其职，各行其道。文言与白话，并不是敌对关系，而是兄弟关系，分了家后还可相互扶持，共同发展。同气连枝，合则共荣，离则两损。《庄子·寓言》云：“万物皆种也，以不同形相禅。”何况“本是同根生”的文言与白话呢？可惜，事情发展并未如蔡先生设想的那样，文学革命的暴烈行动太彻底了，文言文由主流骤变成小小的支流，逐渐来源枯竭，最后，只剩下一股微弱的洑流，再也流不到地面了。尤其是20世纪50年代后，在中国大陆，文言更惨遭灭顶之灾，甚至连一些本来已进入知识阶层以至市民日常生活中的文言词汇，也被认为是代表剥削阶级意识的腐朽东西，受到批判和抵制。近年，在商品经济的大潮下，在网络段子和各种广告中，文言成语遭到窜改和“恶搞”，真是对语言文字的存心侮弄。连自己的母语都不懂得尊重和爱护的人，还能期盼些什么呢？





无可讳言，文言也有其局限性，它的语言形式难以与现代政治同构，不适合表达科学技术的内容，不可能被所有人了解和接受。它过去不属于大众，今后也不可能属于大众。如今，它是一种遗产，是一个存在。遗产需要继承，存在自有价值。文言文，包括以文言为体的诗词，并不是死文学，它发展的余地虽已不多，而风雅一脉仍须赖以维持不坠。

## 二

现当代文言文的生存状态是很值得探讨的文化现象。

新文化运动后，文言文虽退出历史舞台，仍未被祛除净尽，而是在社会各个层面中顽强地生存下来。文言应用场合依然十分广泛，在官方文件中，在报章中，文言还占据着主要的位置，民国政府的正式文告也是文言文。胡适在《新文化运动与国民党》一文中抱怨说：“国民党当国已近两年了，到了今日，我们还不得不读骈文的函电，古文的宣言，文言的日报，文言的法令。”后来他在《报纸文学应该完全用白话》一文中又感叹，当时报纸的文体主要还是文言，他在1934年对《大公报》和《益世报》中白话与文言所占版面比例作过统计，发现“白话所占篇幅还不到百分之十八”。在今天看来，报纸似乎是全民大众的读物，但在那个时代，报纸主要在大中城市发行，读者对象为市民。以小商人、小知识分子为主体的读者群，尤其喜爱并习惯浅近的改良体文言，不管是否附庸风雅，他们在感情上向慕自己不甚理解的高雅文化，并认同文言文的文化价值，试图去超越自己，举止谈吐也仿效那遥不可及的知识阶层、贵族阶层。古人认为，文字是神圣的，字纸也须敬惜，掌握文字的读书人是值得尊重的。尊重文化、尊重知识，早已成为社会大众的行为准则。这个传统虽曾受政治干扰而遭到破坏，但人们对高层次文化始终还是怀着敬畏之心。

在社会文化生活中，文言应用也十分广泛。南北各都会以至中小城镇，文人经常组织雅集，文酒风流，唱酬切磋，留下丰富的诗文作品，即如邀约小柬、集会序言、书画题识等应酬文字，也颇具雅人深致。文友往来信札，一般民众的家书，以及广告、市招、揭帖等，都常用文言。由此观之，作为中国传统文化中最精美形式的文言文，根深叶茂，已深入社会的各阶层，也为部分群众所接受，绝非暴风骤雨般的运动所能彻底摧毁的。

南北各高等学府中文系多开设古代文史课程，学生研读古代文献，熟习文言。中央大学、北京大学、中山大学、武汉大学、浙江大学、暨南大学、安徽大学乃至抗战期间迁移重庆、成都的各大学中文院系，不但要求学生掌握理论知识，而且还鼓励学习文言文及诗词写作。清华大学成立国学研究院，开创出研究国学的新风气，梁启超、王国维、陈寅恪、赵元任四大导师更让这个学院成为“学术神话”；中山大学在20世纪30年代是“复古”大本营，中文系主任古直强调师生要读经，并能作流畅的文言，古典文学内容的毕业论文，更是一律用文言写作。汪国垣任中央大学中文系主任，新生入系，汪先生就告诫说：“本系力矫时弊，以古为则。”要求学生能作古文。民间私学更是文言传习之所，如章炳麟的国学讲习会，欧阳竟无的支那内学院，梁漱溟的勉仁书院，马一浮的复性书院、智林图书馆等，保存国粹，传承旧学。值得一提的是无锡国立专科学校，始建于1920年，唐文治任校长，古文家钱基博任校务主任。历任教师有章炳麟、钱穆、鲍鼎、吕思勉、周谷城、胡曲园、郭绍虞、周予同、陈衍、陈柱、朱东润、夏承焘、饶宗颐等赫赫有名的学者，而当时的学生如吴其昌、陈中凡、蒋天枢、范敬宜、唐兰、王蘧常、钱仲联、冯其庸、吴孟复等，后来都成了当代文史研究专家。凡是毕业于无锡国专的几乎都是文言好手。

当时中学语文教学仍以读文言文为主，一直延至20世纪40年代末。由于大学的入学考试普遍使用文言，也直接影响到中学文言教育。龚启昌撰《读了〈禁习文言与强令读经〉以后》一文评论：“日前看见报上载江苏省会考试题一律用文言。现在国内各大学的考试，及考试院举办的考试，更非用文言不可。”又云：“无怪乎现在的中学生甚而小学生，你不教他文言，他还要求你教他文言。中学、大学入学的试验影响学生心理与态度，比了行政机关的一纸号令，或文人的两三篇文字，不知要大多少。”在这样的环境下，文言文自然得到社会的普遍认同。

20世纪上半叶的初等教育，除了政府开办的正规小学外，更多的是遍布城乡的私校以及各类家塾、学塾，不少人家选择后者以培育子弟。古代经典是学童必读的课本，《三字经》《千字文》《成语考》等更是习用的启蒙教材。一般民众从小就接受精英文化的教育，其立身行事自然也会受到先圣前贤思想的影响。民间百姓的书信、契据等应用文字，也往往文白夹杂或纯用文言，1931年张廷华编《新体评注历代骈文精华》一书序云：“今者国体变更，文运陵夷，而公私函牍，以此体为尚。”可想见当时整个社会的文化氛围，引车卖浆者的言谈，也许会比当今某些文化人高雅。

近百年文言文的发展，大致可分为五个时期：

### （一）辛亥革命至新文化运动时期（1911年至1920年）

辛亥革命后，政体更迭，而在文化上却一仍旧制，文言文继续保持其主流语言的地位。在新旧交替的时期，风云际会，人才迭出，各种政治立场、文学观点都反映在当时知识精英的文章中，真是异彩纷呈，精妙绝伦。民初十年，可说是现当代文言文的鼎盛期。

在当时各种文学流派中，最触目的当数以梁启超为首的“晰于事理，丰于感情”的“新文体”派。它的影响遍及社会各阶层，竟成为此后数十年间全国以至海外华埠通行的“报章体”。此派文风，纯以气胜，其末流则夸张浮滥，格调不高。

另一重要流派是以革命家章炳麟为代表的“浙江派”。章氏才华洋溢，学问宏深，他的弟子黄侃、钱玄同都是杰出的学者，黄氏擅骈文，“风骨遒上，辞气澹雅”，钱玄同文章汪洋恣肆，吐泻无余。

南社诸子在革命后极为活跃，高旭、柳亚子、陈去病、朱剑芒等诗文皆擅，然过于重视政治宣传，总体水平似不如上述两派。

能维系文言正统一脉的仍是老辈文人，不少是名高一世的鸿儒硕彦。他们当中有桐城派、湘乡派的古文家马其昶、叶玉麟、姚永朴、姚永概、林纾，有专学魏晋文的王闿运、吴虞、冯幵，擅骈文的孙德谦、李详，此外还有严复、缪荃孙、冯煦、陈三立、陈衍等一大批旧文人。这些人学问深湛，功力老到，所作文字，皆可以为范式。





**（二）新文化运动时期至抗战前夕（1920年至1937年）**

1920年，教育部明令以白话为国语，中小学教科书改用白话编撰，这无疑宣告白话文运动已取得最后胜利。

文学艺术是各历史时期游离于主流之外的文化人栖息之地。社会大变动后，一部分旧文人选择了逃遁。以“大隐”或“小隐”的方式，遁于市井，遁于山林。超然物欲之外，遁入自己的内心深处，成为真正的孤独者，实现自我封闭式的精神自由。文言文、诗词、琴棋书画则是文化遗民最后的遁逃之所。这群文人以前清的“遗老遗少”居多，他们是文言文最忠实的维护者，不懂得或不屑于写白话文，终其一生都用正统的文言文写作。从艺术角度来看，他们的文章质量最高。

另一批人可称为“文言改良派”。其中成员成分复杂，大致有以下几类人：一是提倡“新文体”的梁启超及其众多的追随者；二是革命派人士，包括所谓“浙江派”的章炳麟、刘师培等以及南社成员柳亚子、金天翮等；三是留洋的学衡派人士，中有吴宓、柳诒征、胡先骕等。这些人在传统功力上大体不及老辈，主张“改良”文言，主张文字要条达疏畅，但毕竟才人甚多，亦不乏传世佳作。

此外，还有一大批高等学府的专家学者，一直坚持以文言撰述，其中最著名者如王国维、黄侃、吴虞、黄节、钱基博、汪国垣、刘永济、陈寅恪等。在他们的影响下，教育界成了文言文最坚牢的据地，数十年来，古文承传，薪火不绝。

新文化运动的发起者、参与者如陈独秀、胡适、鲁迅、郁达夫、郭沫若、沈尹默、俞平伯、闻一多等早期人物，亦不时技痒，勒马回缰，制作文言，其中颇有可观之作。

**（三）抗日战争及内战时期（1937 年至 1949 年）**

1937 年“七七”卢沟桥事变，抗日战争全面爆发，大批文人随国民政府迁往内地，寓居重庆、成都、昆明、贵阳；亦有一部分人外流至香港、南洋；还有一些人滞留在敌占区南京、北平、上海等地。抗战八年期间，国难当头，人们已无心弄月吟风，整饰文字，与上一阶段相比，文言文的势头显然低落，但依然有人继续创作，歌颂慷慨捐躯的英烈，指斥日本侵略者的暴行，悲悯民间百姓的疾苦。国统区大学师生坚持教学，不少文科学者如钱穆、钱钟书、饶宗颐等仍用文言撰作。

还有一个奇特的现象，在敌占区中，文言文却得到畸形的发展。汪伪政权以“复兴中华文化”自命，任用一些邃于旧学的文人如周作人、龙榆生、陈柱尊、李宣倜、钱仲联等掌管文化教育机构，并出版《同声》《新亚》《国艺》《中国诗刊》等刊物，时有文言文刊出。

抗战结束，内战又起，民不聊生，文学艺术更无足道矣。文言衰势益甚，只剩岭南一隅之地尚保留旧日诗文创作传统。1947 年至 1949 年 10 月，《广东日报》文言副刊《岭雅》，发表一大批粤籍文人的诗文，这已是中国大陆旧文化的回光返照了。

**（四）中华人民共和国成立至“文革”时期（1949 年至 1976 年）**

20 世纪 50 年代伊始，大陆的文化人面临一场新的“文体革命”。一切文学都成了宣传品，成了阶级斗争的有力武器。被认为是封建文化象征的文言，非但失去了官方的地位，更被排斥在社会各个领域之外。教育体制全盘改造，采用苏联模式。大学中文系中没有现当代文言文的位置，文学研究者更是视之为“封建骸骨”，不屑一顾。此后二十多年间，文言创作似乎是一片空白，各种出版物中，当代文言文几乎绝迹。早已溃不成军的旧文化人，更是遁逃无地，一个个从山林、市井中被揪出来，成为专政的对象，他们以及他们的作品被完全淘汰了。尽管如此，在民间，文言文尚维持一线生机，并在艰难发展，犹如谷底流泉，涓涓未绝。旧派文人如叶恭绰、胡先骕、马宗霍、郑逸梅、方孝岳、朱庸斋等时作短文序跋。从现存的资料来看，最大数量的文言作品当为文人的书牍和日记，这些文献是珍贵的时代实录，有待后人发掘和整理。20 世纪 80 年代，文艺复苏，劫后余生的老人们从尘箧中翻出少量旧稿发表，但已是明日黄花了。

1955 年中学语文教学改革，语文课分为“文学”与“语言”两门课程。“文学”课本内容全部改为古典文学，按文学史顺序选编。历时短短两年的改革，却影响了整整一代人，不少青少年自此爱上古典诗文，并尝试写作。

最可称异数的是，1961 年，三年困难时期之后，各项政策一度宽松，张伯驹时为吉林省博物馆副馆长，居然私下召集意趣相投的文人学者，结成“非法团体”春游社，中有于省吾、黄公渚、陆丹林、黄君坦、罗继祖、张江裁、周汝昌等知名人物，“每周一会，谈笑之外，无论金石、书画、考证、词章、掌故、逸闻、风俗、游览，各随书一则，录之于册，则积日成书”。后来虽被公安厅立案侦破，而当时所写的三百多篇文言文却得以保存下来，终于在四十年后编成《春游社琐谈》一书出版，填补这段时期的空白。

台湾、香港、澳门地区以及海外各国华人社区，似乎成了旧文人荟萃之地。在政权变更前夕，广州、上海、南京、北平以至全国各地一些传统文化人，诸如潘重规、林尹、陈含光、高明、成惕轩、台静农、李晋芳、李渔叔、于大成等东渡鲲洋，黎国廉、刘景堂、曾克耑、赵尊岳、陈本、张斌、曾希颖、饶宗颐、罗忼烈、傅子余、苏文擢等留居港澳地区，李祁、周策纵、王叔珉等远游海外。他们数十年来坚持文言诗文创作，中华传统文化亦赖以一脉延绵。

## （五）改革开放时期（1976 年至 2010 年）

“文革”结束后，中国步入经济建设的新时期。微阳初照，寒蛰昭苏，百废待兴。各地纷纷成立诗社，复出的老干部以及文化教育界的高级知识分子，满怀热忱，重新写作诗词，并结集出版。在这时期，诗文集的序跋成为最常见的文言文体，作者多为诗词家或新文化人士，年轻时未经严格的文言写作训练，对文言文的句法章法亦未考究，一旦好奇执笔，每以白话之法为文言，气格不纯，况复年事已高，才华衰退，故平庸之作多而精品少，与上辈文人相去甚远，绝大多数只能算是客串者而已。

进入 21 世纪，社会趋向多元化发展，传统文化也受到普遍的重视。值得庆幸的是，中青年学者已关注现当代文言文和诗词，不少人还致力于创作实践，网络上时见发表，其中不乏佳章。大、中学生中不少人喜爱并尝试写作文言。民间动态更不可忽视，学童的古文、诗词教育方兴未艾；民间学者正在成长，并出版文言体裁的有分量的著作。最近十年间的大陆地区的文言文，其数量之多，质量之佳，远过于前五十年。中青年作者的水平亦较胜于上一辈，路子正，立意深，格调高。文言文自有其内在生命力，正统一脉，后继有人，更不必担忧传统文明的灭绝了。

台湾、香港地区，是近半个世纪的文言文最坚固的营垒。直至 20 世纪七八十年代，依然文风鼎盛，诗社文社林立。大学中文、历史课程多用文言，毕业论文亦多以文言写作。近年随着教育制度的改变，加以老辈文人的日渐凋零，文言文创作已今不如昔，总体来说，亦似稍逊于大陆地区了。

20 世纪文言文文献，只有小部分作者有专集行世，而吉光片羽，每赖报纸杂志以留存。较早有《南社丛刻》，收录社员诗文稿，二三十年代以文言为主的刊物有《学衡》《甲寅》《青鹤》等，40 年代则有《国艺》《文史季刊》《岭雅》等。

《学衡》，吴宓主编。1922 年 1 月创刊于南京东南大学，1933 年停刊，计出 79 期。此刊以“论究学术，阐求真理，昌明国粹，融化新知”为职志，办刊目的是要证明“吾国文有可与日月争光之价值”。每期有《文苑》，列文录、诗录、词录三子目，主要作者有胡先骕、柳诒征、吴宓、吴芳吉、梁启超、王国维、汪国垣、王易、林学衡、邵祖平、王瀣、曹经沅、赵熙、向楚、庞俊、方守敦、方守彝、姚锡钧、陈衡恪、李思纯、林思进、叶玉森、黄节、陈寂、曾广钧、夏敬观、曾朴、林损、陈曾寿、马一浮、张尔田、朱祖谋、曾习经、陈寅恪、刘盼遂、陈三立、瞿宣颖、叶恭绰、缪钺、邓之诚等数十家。其中坚人物被称为学衡派，皆为贯通中西的饱学之士，构成了当时中国的精英文化群体。

《甲寅》，章士钊主编。1914 年 5 月，创刊于日本东京。同年 11 月停刊。共出 10

期。章氏出任教育总长后，于1925年7月在北京复刊。1927年2月停刊，共出45期。先后撰稿人有陈独秀、张东荪、蔡元培、梁漱溟、吴承仕、沈钧儒、黄侃、钱基博、陈三立、章炳麟、杨树达、叶德辉等。后期反对新文化运动，宣扬尊孔读经，坚持使用文言文，被认为是“封建复古主义者的阵地”。

《青鹤》，陈赣一主编，1932年11月创刊于上海。1937年7月，因抗战爆发而终刊，计出114期，为同人刊物。创刊号刊布“本志特约撰述”共105人，有陈衍、丁福保、王莼农、刘承干、梁鸿志、周瘦鹃、黄濬、傅增湘、孟森、章士钊、蒋维乔、夏仁虎、吴湖帆、冒广生、于右任、钱基博、吴稚晖、高梦旦、陈巨来等一大批杰出的文人学者。是刊特重文献保存，近代名人之日记、笔记、序跋、书札、年谱、诗文集，分期连载，被时人看成是旧文人绝地反击、屈指可数的一块阵地。

此外，还有一些大学文科学刊也采用文言。如20世纪30年代，中山大学中文系学刊《文学杂志》，古直主编，每期均登载师生的文言诗文。

《文史季刊》，王易主编，中正大学出版。是刊1941年3月创刊，初拟每三个月发行一期，每年四期，合为一卷，然仅至第二卷第一期，却未再出版。是刊栏目，首学术论文，次文录，次诗录，次词录，次英诗选译。作者有胡先骕、王易、吴宗慈、陈颖昆、萧宗训、涂世恩、王英瑜、陈树人、王迪纲、欧阳祖经、程学恂、林庚白、张景煦、吴天声、胡献雅、周岸登、沈尹默、胡光炜诸家。

《岭雅》周刊，陈寂主编，1948年5月3日创刊，计出70期。原为《广东日报》副刊，自45期后，改为“《中央日报》”副刊，傅静庵主编。是刊主要分文录、诗录、词录三栏。作者主要是粤籍或寓粤人士，有詹安泰、吴三立、佟绍弼、陈湛铨、黄海章、吴天任、叶恭绰、李沧萍、陈寂、何曼叔、傅静庵、陈荆鸿、方孝岳等数十家。

汪伪治下，又有《国艺》《学海》《同声》等刊物，颇存此一特殊时期的文献，似乎尚未得到当代学者应有的重视。

进入21世纪，民间刊物渐露锋芒。一群青年网络诗人所创办的《留社丛刊》，登载社友的文言诗文，质量颇高。中山大学岭南诗词研习社社刊《粤雅》，刊载本校师生的诗词作品，也有一定数量的文言文。

## 三

文言文是中国三千年文化的载体，也是历史传统与现实生活之间的一根重要的纽带。这根纽带绝不能割断。学衡派中吴宓等人认为，文言文历史悠久，能通行两千多年，必然有其合理因素；不懂文言文，就无法了解中国优秀的传统文化；文言文属于精英文化，形质优美，精炼高雅。近百年来，文言虽处在主流文化视野之外，但它对中国整体文化的发展仍有着不可估量的影响。

在21世纪，学习和创作文言文有什么现实意义呢？除了教科书中所说的内容之外，还应有以下几点：

**（一）传承高贵，促进社会文明**

文言文的世界，是一个以“君子”为人生理想的世界。儒学，可以说是君子养成之学。君子，高尚尊贵，才德出众。历代的读书人努力进修，以君子的标准严格要求自己，自省自觉，自尊自胜。中华是文明之邦，“礼义廉耻”是古代贵族言行的准则，是孜孜以求的美德，是高贵的象征，是传统文化精神核心价值所在。君子立身处世之道，是“以天下为己任”的顶天立地的担当，故以“向上一路”指示人们，刚健弘毅，自强不息，仰山瞻日，努力去接近高贵与荣光。文言，一种高华典雅的语言形式，是传承高贵的纽带，它本身蕴涵着贵族文化礼仪的余韵流风，为社会各阶层提供取之不尽用之不竭的精神力量，人们浸毓日久，智慧增生，气质变化，连仪表举止也“温、良、恭、俭、让”。有了高贵的精神和正常的伦理，人际关系和谐，社会健全稳定。

新文化运动，是一场浅俗化的运动。文化虚无主义者以过激的手段摧毁了贵族精神、精英文化，也就从根本上损害了大众文化。要求所有人都向下看齐，而不是向上看齐，必然造成文化精神的大滑坡。《孟子·滕文公》云：“吾闻出于幽谷迁于乔木者，未闻下乔木而入于幽谷者。”失去了向上的指引，大众文化失去出谷迁木的机会，也就不可避免日益堕落，严重地妨碍社会文明进步。如今，人们已痛彻地认识到这场运动带来的恶果，不少有识之士奔走呼吁，要传承高贵，重建社会精神文明。只有形成健康向上的文化价值体系，才能实现真正的长治久安。

**（二）提升审美层次，雅化白话**

古人常谓文章以体制为先，辨体更是衡文的首要之务。体有尊卑之分，雅俗之别。而文学语言与生活语言也有文野与精粗之别，只有加工、美化了的语言，才可提升为文学语言。“文”与“言”分离是正常的、必要的，即使在今天，白话文也不等同白话，白话文还需继续雅化。也许未来的白话文中，会形成“雅文”与“俗文”两种文体，如同文言与白话那样。

社会制度的变革和科学的发展，加剧了语言的俗化进程。时至今日，白话文的低俗化、痞子化已至极端。白话文要成为完美的文学语言，成为纯正的“雅文”，要在审美层面上提升，还得回过头来向文言文学习和借鉴。

白话文是文言文的后续与延伸。林纾云：“古文者，白话之根柢，无古文安有白话?”梁启超认为，要作好白话文，“文言的功夫应该很深”。朱光潜也说：“想作好白话文，必要读文言文。”白话文由于易学易写，也就容易粗制滥造，失去文言的滋润，白话会变得枯干。好的白话文，须用加工、美化了的语言去制作。胡适所主张的“以平淡的谈话，包藏着深刻的意味”，正是文言所长。文言文惜字如金，简练如诗，是最精美的文字，也是最好的模板。文言文中不少词汇、典故，还可以继续进入白话，不断被吸收、融化。文言文遗留下来大量成语，已成了现代汉语中重要的组成部分，言简意赅，大大地丰富了白话文的表现力，提高了白话文的素质。这一笔丰厚的文化遗产，须好好继承，而不应随意糟蹋。白话文今后的趋势虽然难以预测，作为当代文明的重要载体，白话文有着无限广阔的发展空间，任重而道远。我们还是希望未来的华族语言，可以更文明些、高雅些。

### （三）学习文言创作，继往开来

近三十年，传统文化重新进入人们视野，大量古代文献整理出版，青年学子得以接触优秀的文史典籍。尽管是长期的隔阂，雾掩云遮，文言依然是许多人心中的高洁的圣域，有志者还期盼着向上攀跻。如今，不少文学青年重新学习这种本已不太熟悉的文体，并试图创作文言文及诗词。当代人从小就生活在白话文无边的旷野中，文言只是偶然入望的天际云山，在这种语境中成长的青年，要领悟文言独有的情调、语感，实在不易。学子们不妨多读一些文言典范之作，唤回历史文化的记忆，对传统文明产生认同感，并作一些写作练习，增强切身感受，丰富自己的语藏，掌握基本的写作技巧。

当代的文化人，尤其是讲授和研究古代文史的大学教师，也应尝试用文言写作。如果没有创作经验，缺乏感性认识，则如雾里看花，不知个中情味，所谓研究，也只能是掠影浮光，难以探微索隐。不关注、不实践文言写作，对于研究者自身来说，无疑也是一大缺失，正如钱钟书那稍有点尖刻的比喻，应羞于自己的无能为力。诗词创作需要天赋，不是人人皆可以为之；而写出合格的文言文，只要多诵读、多涵泳，自然水到渠成，没有学不会的。

学习写作文言文，第一步骤就是仿作。对前代优秀文学借鉴、吸收。吴宓云：“文章成于摹仿，古今之大作者，其幼时率皆力效前人，节节规抚，初仅形似，继则神似，其后逐渐变化，始能自出心裁，未有不由摹仿而出者也。”模仿，是学习最有效的手段，是所有文艺门类的初学者必经之途，未经这一步的，在行家眼中只是徘徊于门外的“爱好者”而已。模仿，宜取法乎上，先难后易。不要以为浅近的文言易学易写，便随意仿效，草草书成，一成习惯，则难以自拔，再也不能深入古人的堂奥了。一入手就要模仿古代的佳篇，无论是左、马、班、扬，还是韩、柳、欧、苏，只要是第一流之作，皆可为模板。应以庄敬之心，逐字逐句体味古人的用心、作意，如陈寅恪所谓“必神游冥想，与立说之古人，处同一境界”，吟哦背诵，只有熟习文本后才能领悟其语感，诸如句字的平仄交互，字眼的“响”“哑”也须注意。在这过程中，要尊重文言固有的程序规矩，不应逾越。慢慢掌握词汇、句式、章法，然后才试行仿作。先精一家，再广为取法。吴芳吉谓“从事文学原不可以一家一书自足，其必取法百家”，实是个中人语。好的文艺作品，是由感情加上沉思而创作出来的。没有感情，则不足以动人，没有沉思，则未能深刻。文言文，由于它语言上的特性，成文较慢，则更宜于沉思。遣词造句，有如沙里淘金，细细选择最宜于表达感情的词汇，力求优雅精微，曲深隽永。写作过程也是与古人对话的过程，努力去领略汉风、唐韵、宋意，感悟古人的文化品格与伦理精神。

文言文有多种体裁，各有其不同的语言形式、表现形式以及审美形式，学者须细细揣摩，掌握各体的特色。古时文体分类体例不甚画一，如《明文海》分体二十有八，每体之中又各为子目。清《古文辞类纂》则分为十三大类。大抵最要者有论辩、传状、碑志、赠序、书牍、序跋、杂记、箴铭、庆吊等，各有功能。进入民国后，文言文使用范围显著缩小。到了当代，就只剩下序跋、书牍、杂记、碑传几类较为常见外，其余的多已弃置不用了。文言文又有散文与骈文之别。骈文是一种很特异的文体，在乎散文与诗之间，字句整齐匀称，讲求声调韵律，多用四言六句，故又称“四六文”。文至骈体，可谓已臻形式美之极致。唐宋以还，有所谓散、骈之争，即古文与时文之争，势同水火，各不相让，虽然如此，却不似后世之文、白之争，拼到你死我活为止，不少古文家能作四六俪偶之文，骈文家亦能散体。骈体文与散体文，同途并驾，已历千年。当代颇有热心人鼓吹写赋与骈文，作品极多，佳者则罕见。“能观千赋，而后能赋”，今之所谓赋家，谁能解此？

笔者相信，喜好文言，往往是出自本性，出自天然。也许，“保守”思想是与生俱来的，文言文似更宜于表现人群中这小部分人的精神世界。既然爱上了它，就应该尽力去做到最好。辜鸿铭云：“语言要高雅，表达要自由，用字要简练，意义要完满。”今天写作文言文，也应以此为追求的目标。

时至今日，文言文依然有它的生存空间。刘梦溪说：“文言文有什么好处呢？文言能保持文本的庄严。”同时他认为重要的文告、外交文献，都可使用一些文言语词和体式，“适当地使用文言文，不是一件坏事。甚至国家的重要文告，略增一点文言的话，国家的威信都能提高一点。别人会认为你是一个有文化的国度”。文言是一体典雅的文体，在某些特定范围、特定内容、特定语境内仍难以被白话文取代。如致祭炎、黄二陵的祭文，殿堂新建、古迹重修的碑记，相信用文言文会显得更严肃庄重；某些学术门类，如中国古代文学、历史、东方哲学中某些著作，也宜于用文言撰述。陈寅恪《柳如是别传》、熊十力《新唯识论》，假如采用白话的话，肯定会大为逊色。新编《清史》，若用文言，则可与传世《二十四史》的语言风格统一。此外，如诗文书画的序跋题记，带有私隐性日记、书信等，一用文言，便生雅韵。一些实用性文体，如公文函件、揭帖广告、契约请柬，以及展品产品的说明书等，适当使用文言，自可提高其文化品位。

网络时代，为文言的发展带来了新的契机。互联网提供了展示作品的平台，近年来，时见有文言文在网上发表，从文章水平来看，虽然多数还处于习作阶段，但可见证这一古老的文体已被部分年轻人所接受，并尝试撰制。其中亦有较成熟作品，体裁、题材都多式多样。此外还有大量的微博，篇幅短小，言简意赅，除了创造新的词汇外，文言语词得以复活并大量使用，个别版主亦偏好文言。手机及网上流传的段子，时以排偶形式，活用成语，带有颇浓的文言成分。

当代文言，也许会分成改良派与传统派两路。梁启超所创的“新文体”，开了改良文言的先河，学衡派的胡先骕等也曾提倡文学改良，章太炎、傅斯年等人主张言文合一，文白交融，为适应现代人的习惯，以白话思维代替传统的文言思维。改良的文言文还是文言文。将来的改良派也许会沿着“新文体”及学衡派的路子，文言句式中夹杂着白话句式，不避新词汇及俗语。传统派文言，是正宗古文，即以文言思维，并以文言句式为主体的文言文。如同要写好外文，必须用外语思维一样，要写出纯粹的文言文，也必须用文言思维。先用白话想好，然后用文言翻译，只能制作出夹生的文字。如今，更有学者提倡所谓的“现代文言”，要在改良派的基础上进一步浅俗化、口语化、生活化，让一般人都能看得懂，以利于普及和传播，这只是一厢情愿而已。无论是以“文言为体，白话为用”，还是以“白话为体，文言为用”，这种半文不白的写作，只能是低层次的现代假古董，它失去了传统文言的最主要的优点，如高贵、庄严、典雅、精炼，又难以与更通俗的白话文抗衡，真正的行家不屑于读，大众读者看去也似懂非懂，高不成，低不就，非但不能挽救文言文濒危的命运，反而使它失去赖以存在的基石。文言文美好的躯壳不复存在，文言文生命也就真的完结了。文言文早已定型，是一种遗产，不可能进行改革。所谓改革，只能是调和，是俯就，是俗化。文言文的“现代性”，只在于文章的思想意义，而不在其形式、技巧上的通俗性。

笔者主张，应学习和创作能与传统衔接的“纯粹”的文言文。今后正宗的文言，应该有典雅的语言，高尚的格调，穿越古今的文化情怀，古色古香的审美趣味，既能遥接古人的謦欬，又有现代的生活气息。少数人写，少数人读，以维系斯文一脉，断而复连，危而不坠，这已是最大的冀望。所谓“复兴文言”，不必要也不可能。文言，过去是，现在是，将来也必然是个人和小众的，不可能为全民服务。它难以复兴，也不会消亡。在今天，属于大众的文化已不少了，荧幕上的升平歌舞，欢声笑语的二人转和大腕相声，手机里的杂色段子，小报满版的明星轶事，警匪、帝王影片，各式各样的武侠、言情小说，梨花体诗，含泪的散文，这都很好，很好。把诗词、文言文、古琴等早已被弃置的东西留给小众，恐怕也不为已甚吧！相信社会群众有足够的度量，能容忍这类小众文化的存在。

现当代文言文如同诗词一样，受到不公平的待遇。本来，是否使用文言文撰作，纯属个人的文化取向，应得到他人的尊重而不是妄加指责。当代文化教育界中，尤其是语言文字工作者群中，也许是源于某种自卑、自虐的心态，对文言文鄙夷、敌视、攻击的不乏其人，横加以“腐朽的旧文化”“复古主义逆流”“时代落伍者”种种罪名，叫嚷着要彻底否定和扫荡，却很少人冷静下来，对近百年的文言文这一不容忽视的文化现象进行深入的学术探讨。即使偶有研究者，也往往认为现当代文言思想文化是“顽固保守”的，不合时宜的。没有对大量作品进行微观的审视，钩稽排比，概括综合，探求其艺术的内部规律性，也就不可能进行宏观的和抽象的理论研究。亦有论者认为，语言决定思维，文言与荒谬的思想必然是“融合为一”的。这种偏见至今犹未消除。历史经验早已证明，用白话文去传播荒谬的思想，其危害性远比用文言文大得多。

钱基博在《现代中国文学史》中慨叹：“吾知百年以后，世移势变，是非经久而论定，意气阅世而平心，事过境迁，痛定思痛，必有沉吟反复于吾书，而致戒于天下神器之不可为，国于天地之必有与立者。”钱先生所感甚大，事过已近百年，说真的，笔者从未认识到旧文化与家国兴亡有多大的关系，更无法一一理清文言文盛衰的前因后果。在当代社会文化生活中，没有文言，没有诗词，没有一切旧物，也无妨大局，芸芸众生依然可以鼓腹讴歌，颂平鸣盛。在物欲横流的时代，滔滔浊浪之中，偶然漂来几瓣落花，唤起人们一些凄美的回忆，也许就够了。希望这个选本能起到启迪心智、激发美感的作用。

本书中的篇目主要由我本人选定。徐晋如、许绍锋二君提供了不少材料，并初选了部分文章，台湾及港澳地区则由黄坤尧先生负责选编。本书采用“集评”的形式，张海鸥先生和徐晋如君代邀有关学者，各择其所赏篇章而置评。编委诸君做了大量的具体事务工作，舍弟永滔录入全书文字。在此，对关注本书的朋友、学生表示深切的谢忱。编就这本小书，笔者稍感庆幸的是，再也不用去写那些符合“学术规范”的论文了，这篇前言可以信笔所之，言己所欲言。引文亦一循旧例，不注篇名出处及页码，尚祈读者谅察。

# 《今文言》序

徐晋如

昔在周公，践祚履位，制礼作乐，以导正天下，迺作《尔雅》，以齐殊言。尔者昵也，雅者正也，天下殊途，义一归于雅正也。孔圣序干，始作文言，又不仅诗书执礼，所雅言焉尔。夫诗书执礼之教，以之成德，谓之温文尔雅。故君子初学，必先文雅其辞，庄敬其行，非惟其言行若是，亦慎其独耳。以是观之，雅寔国柱，当无疑致。是以雅存则国兴，雅废则国微，政昏于上，雅成俗乎下，固有之矣，雅道迹废，国无君子，而欲天下理者，未之有也。

华族挺生东方，号曰华夏。华者文也，夏者雅也，华夏之义，亦曰君子成德之文耳。故周公孔子而下，何莫由文言而止于雅也。洎乙巳废科举，壬子废读经，国柱倾圮，固不待陈胡而推掩也。《新青年》诸人，趁势逞志，浅士少年，心悦其说，景向从之，自斯而后，雅道绝而凶人兴，道德者路旁之刍狗，文章者驵侩之欬唾，人心向贱，堕落无底，非雅废之失耶？又有说焉。昔漆雕将仕，以斯之未能信为惧，今也不然，宦者临民，鄙陋不学，言而无文，行不由雅，辄必趋功逐利，以盗国家、以成聚敛。政昏民困，莫之为甚。雅道之重，尤重乎政也。

壬辰之岁，业师有编撰《今文言》之议，其去壬子废经，适值百年。越半载而编目粗定，余披览竟夜，不觉怀抱空狂，绕室叫啸，万慨遂生。顾宁人尝辨亡国亡天下矣，崇俗蔑雅，其足为中华乎？法人涂格维尔以贵族为一国纲纪所系，为自由骨干，一旦倾覆，极权酷政，则必随之。吾华自秦汉以后，几无世代簪缨之族，然朝为田舍郎，暮登天子堂者，孰不由诵古贤往圣之言，以立身扬名乎？士夫君子，以古之道临民，其失之者盖鲜矣。严几道当其易箦之时，所疾书者，首曰“须知中国不灭，旧法可损益，必不可叛”，旧法之环中，厥在礼乐人伦，修身用极，止于至善。文言者，则旧法之轨涂，积学之舟楫也。溯兹百年，如电如露，间气渐衰，而文多芜杂，然抱残者夷齐，守缺者巢许，以视媚时悦人、趋新徇众之辈，不亦稍愈耶？编此碎锦，岂希心史，但使后之览者，知风雅之不灭，高贵之长存耳。

壬辰贱降后二日盐渎徐晋如谨序。

# 《若味堂诗集初编》自序

季惟斋

古有文质三统之说。夏道尊命，先赏而后罚，亲而不尊。其民之敝，惷而愚，乔而野，朴而不文。殷人尊神，先罚而后赏，尊而不亲。其民之敝，荡而不静，胜而无耻。周人尊礼尚施，其赏罚用爵列，亲而不尊。其民之敝，利而巧，文而不惭，贼而蔽。见礼表记。窃谓诗道亦有三统焉。其一曰魏晋。尚风骨神采，浑成自然，而失于乔野不文，类于夏道。其二曰三唐。尊神兴，崇体格，尚声调，而失于浪荡好胜，不静无耻，类于殷人。其三曰两宋。重变化，喜偏侧，敬神而远之，亲而不尊，而失于智巧太多，文而不惭，类于周人。此予作诗十余年忽所悟者。诗道之文质三统，自可验诸百代诗人之情性。予始者效同光体，学其奥衍硬峭，幽涩清苍，乃刻意趣高，后悟其非。古诗气象雄浑正大，不若是之奇崛廉稜也。乃弃江西而入于唐。宋体亲而不尊，唐诗则既亲而尊矣。盛唐尤贵重。遂效其体，略成浑整弘放之格。而复厌其陈语，乃有青眼于晚唐。甚思有明前后七子之覆辙，后世学盛唐者，多不免尊而不亲矣。畴昔喜拗折，用深典，今日则作天真体、欲妪儿可诵者，此唐贤所锡予之深者。盖尊不消融，亲亦不能。非此平常心，尊亲弗能俱至也。常授归愚老人古诗源于家塾，心神素在击壤、获麟间，自知本心，亦与靖节先生何异。惟不必效其辞气尔。作字宋人发力太过，失之刻露。唐贤发之中和。晋人不发力，无所勉强，始造玄妙。诗学亦有相似者。唐贤之诗，亦有不发力而妙者。予既悟此义谛，乃始真能知靖节矣。昔日所赏，尚隔一尘。夫不发力之妙诀，岂限乎歌诗书艺而已。实天下之通则，圣贤之心髓。此理一致，三教同然。一日重读苏黄，甚感其浏利惬意，举重若轻，于道非无得也。当此之际，则三统之分别心，亦将涣然而冰释。夫诗心者，不必晋，不必唐，不必宋；亦是晋，亦是唐，亦是宋。以门户自喜者，亦鲜能自解其缚。虞夏之文不胜其质，殷周之质不胜其文。使诗道恒有此觉照，其或继唐宋者，虽百世，可知矣。窃谓今日诗学之失有三。其一曰偏执。偏执者尚质太过，心失中道，易失之险涩支离。此当以文明济之。其一曰轻薄。轻薄者操行儇巧，心无圣道，易失之浮靡诡丽。此当以拙大济之。其一曰沉滞。沉滞者思不广阔，心少神骏，易失之局促粗重。此当以仙佛济之。盖诸病皆须以中正浑厚幽玄飘逸之气调燮之也。自揆才力不济，尚有俟于大贤云尔。金华季惟斋书。

# 六 当代诗学批评

# 《当代诗坛点将录》述评

黄坤尧

## 一、20世纪五六十年代的诗坛形势

当代诗坛名家辈出，作品亦多，时间的跨度较长，分布的地域也十分广泛。即使以1949年为界，到现在也超过了一个甲子。而且当代诗歌的领域早已跨出了国境，遍及全世界，吟咏不绝。尤其是20世纪五六十年代以至70年代期间，除了个人喜好及私下传授之外，大陆基本上不提倡书写传统诗词，教学上也只是欣赏古典的作品，完全没有写作的陶冶和训练，风雅道绝，诗教沦亡。70年代末期拨乱反正，灵光再现，加上若干老辈悉心的栽植、浇灌和培育，诗词的生机始得逐渐恢复过来，千禧世纪后配合互联网的传播，更为活跃了。可是台港地区却跟大陆闭关的情况相反，诗词写作相承不绝，就像新儒学一样，经过一代精英的努力推广，甚至更广泛地流转和移植到海外去了。战乱的阴霾逐渐消散之后，50年代最严峻迫切的课题自然就是文化重建的工作了。

1955年香港出版了《现代诗钞初集》二卷，1956年则出版了《现代诗选》第一册，不约而同地都选用了“现代”的概念，而且选的都是旧诗，而非新诗，可见香港传统诗歌曾经一度自称为现代诗，比较特别。五四运动以后，新诗，也就是白话诗，逐渐取得现代文学上的正统地位，传统诗词则逐渐淡出，以至遗忘，甚至被人宣告死亡。但香港诗人仍然锲而不舍地为旧体诗词争取“现代”的身份，珍惜传统文化，发扬大汉天声。《现代诗钞初集》“凡例”第一条说：“现代诗向无总集，唯民初陈石遗曾选近代诗，所录不及今人。欧公谓物聚于所好，本社同人久有此心，力所不逮，谨向海内外诗家征求，勉存文献。”[①] 可见现代诗是指由民国初年至20世纪50年代的今人诗歌。而《现代诗选·征诗小启》亦云：“民国以来，耆宿犹多，典型不少。灵光尚在，硕果仍存。……或有隐耀韬光，阨穷闾巷；销声匿迹，肥遯山林，佳什未付之枣梨，姓名未著于社会，而自鸣天籁，不乏好音。固宜珊网肆张，玄珠是索。此《现代诗选》之编印所由发起也。”古卓仑更在《现代诗选·序》中说：“干戈扰攘，文化沦胥，作者自作，亡者自亡，欲求保存于不坠，留之以飨后人者，亦岌岌乎不可

① 李景康（1890—1960）编纂：《现代诗钞初集》（香港，1955年），卷一选52家，卷二选56家，合共108家。《征诗启事》发起人录陈融（1876—1955）、商衍鎏（1874—1963）、劳纬孟（1874—1958）、黄伟伯（1872—1955）、叶伯纶（1867？—　）、李景康、熊润桐（1903—1974）、吴肇钟（1896—1967）、许菊初（1901—1976）、刘太希（1899—1989）、梁简能（1907—1991）、韦汪瀚（1897—1972）、潘小磐（1914—2001）、苏文擢（1921—1997）、韩穗轩（1902—1992）15家。

得。流亡海外之士，愍然忧之，而有刊印《现代诗选》之举。”① 同年又有易君左《现代诗选》②，以台港诗人为主，选一百人。可见现代也是指民国，借以保存一代文献，堂堂正正，历史自有评价，而非刻意与新诗争取“现代”的身份。而当时台湾的新诗亦称现代诗，1953 年 2 月纪弦（1913— ）发行《现代诗》季刊，提倡“新现代主义”，主张“横的移植”；1956 年 1 月 20 日在台北成立现代派诗社。香港与台北的现代诗运动几乎同步进行，可是两者的体制新旧不同，派系也不同，又没有发生任何论战，只能说是偶合，所谓“现代”，自然就具有革新与复兴的意义了。而 1958 年元旦，由牟宗三（1909—1995）、徐复观（1904—1982）、唐君毅（1909—1978）、张君劢（1887—1969）共同署名的《为中国文化敬告世界人士宣言》，同时在《民主评论》和《再生》两家杂志上发表，积极推动现代新儒学的发展，重建中华文化，重视人性的自觉和德性伦理的陶冶，使中国文化与世界文明接轨，而传统诗学自然与儒学更紧密地融为一体了。





20 世纪 60 年代以后，东西冷战，时局相对稳定。当时出版的诗刊除了立足本土之外，更面向世界。1959 年彭国栋（1902—1988）及甄陶（1902—1982）等在台北成立亚洲诗坛，出版诗刊。于右任（1879—1964）《亚洲诗坛成立大会讲词》云：“今天的亚洲诗坛，是中、日、韩、越四国的诗人集成的一个文学团体，尤其是在万方多难的今天，发起这一个号召，其意义，其影响，必能在人类诗史上占尊重引文最重要的一页！必能为诗坛与人类创造光明锦瑈的远景！”③ 1963 年，甄陶主编《亚洲诗坛》在香港复刊，至 1980 年止，共刊二十二期。1965 年《亚洲诗坛乙巳征诗特刊》，参赛者有中（含港澳）、日、韩、越、泰、印度、菲、美洲等地区的诗人。1964 年，郭亦园编《网珠集》例言云：“搜集者为香港诗坛，则从耳目所接，自近及远，以为之次第。故以港澳为起点，次台澎，次菲律宾，次越南，次泰国，次北婆，次星马，次英美墨加诸地，但计里程之远近，不以后先为抑扬。”④ 1969 年，何敬群《〈网珠续集〉序》亦云：“此观于近二十年来，海内外诗风之盛，自港台南洋各属，遍至南北美各国，凡有华侨聚居之地，即莫不传讴吟之声，亦莫不风动当地，成为中华文艺之代表。”⑤ 二书网罗作者亦多，两集合并，总计 379 家，除港澳台之外，还远及南洋和欧美各地华埠，颇有古诗人采风之意，在抒发时代的悲情之外，回望故国河

---

① 《现代诗选》第一集（香港，1956 年 6 月）录 154 家作品。古卓仑（1888—1964）序，黄相华（1902—2002）跋。

② 易君左（1899—1972）：《现代诗选》，载《华侨诗话》，香港：复兴仁记印刷厂承印，1956 年，第 167～237 页。

③ 参甄陶主编：《亚洲诗坛》（港版第一集），香港：香港诗坛，1963 年，扉页。

④ 郭亦园（1902—1979）编：《网珠集》，香港：香港诗坛，1964 年。收录中国港澳 122 家、中国台湾 29 家、菲 26 家、越 4 家、泰 38 家、北婆 2 家、星马 17 家、英美墨加 14 家，共得 252 家。何敬群（1903—1994）序、《例言》、郭亦园编后记。

⑤ 郭亦园编：《网珠续集》，香港：香港诗坛，1969 年，第 2 页。收录中国港澳 126 家、中国台湾 28 家、菲 23 家、越 8 家、泰 12 家、星马 12 家、北婆 4 家、印尼 3 家、海外 12 家、近贤遗稿 10 家，共得 238 家。蜷厂（张叔平，1898—1970）、何敬群序。删除重复，两集合并得中国港澳 181 家、中国台湾 46 家、菲 39 家、越 11 家、泰 45 家、星马 24 家、北婆 5 家、印尼 3 家、英美墨加及海外 20 家、近贤遗稿 10 家，共达 384 家，准确计实 379 家。

山，自然也兼带重建文明的积极意义了。1966 年，陈掌谔编《寰球词苑》在非律宾马尼拉创刊，菲、星、马、泰、日本、美加及我国港台的词人，闻风响应，互相酬唱。[1] 1969 年《中华诗学》杂志在台北创刊，广纳四方作者，迄今已历四十余载，刊行不辍。这些都反映了诗歌火红炽热的 20 世纪 60 年代，振起高风远韵，遍及全球。[2]

## 二、评《当代诗坛点将录》

冯永军（1976—　）《当代诗坛点将录》综论当代诗坛形势，依照传统演义的方式，排分座次，议论高下。诗歌评论必然会带上个人的审美色彩，而作品的高下往往亦跟个人的品位相关，无论怎样排位，其实大家皆各有所见，未必一致。对于冯永军的点将及排位，以诗论诗，相对公允，知人论世，间见会心，基本上是可以认同的；但还是有些意见，不能不说。

关于诗坛点将之作，过去已经出现过几份名单了。例如舒位（1765—1816）《乾嘉诗坛点将录》、汪国垣（1887—1966）《光宣诗坛点将录》、钱仲联（1908—2003）《近百年诗坛点将录》等，[3] 钱仲联尚有《顺康雍诗坛点将录》《道咸诗坛点将录》《近百年词坛点将录》《南社吟坛点将录》等，[4] 构成完整的诗人系列，检视一代诗坛的精英，表现评点者的审美风尚，自是诗坛佳话。其后适然楼主《香港诗坛点将录》（1954—1974）、佚名《民国诗坛点将录》，[5] 前者把握香港诗坛的脉搏，尤其是在 20 世纪 60 年代前后的二十年间，人才辈出，风格多样，其实也是大陆诗坛的移植，挹彼注此，才能造就香港诗坛特有的繁华盛世；后者稍嫌简略，但也罗列了民国诗坛上很多重要的人物。至于刘梦芙（1951—　）《“五四”以来词坛点将录》，[6] 权衡词坛的人物，适与钱仲联的百年词坛接轨，亦具特色。而冯永军综论 20 世纪后半期的诗坛形势，显然亦有意跟钱仲联的名单接轨，表现了传承的关系。不过，冯永军所衔接的只是大陆的诗坛，而且还是以上海为中心的诗坛，可是却碰上了万马齐喑的时代，受到了残酷的打压，门庭冷落，相较于粤港、台湾以及海外的精英，其未能放眼世

---

[1] 陈掌谔（1897—1981）编：《寰球词苑》第一集（1966）、第二集（1978）、第三集（1979）；黄紫翼编第四集）（1982）、第五集（1984），均在马尼拉出版。高越天编第六集（1986），收录 66 家，则改在台北印行了。

[2] 1990 年王诚（1914—1998）在曼谷成立全球汉诗诗友联盟，其后易名为全球汉诗总会，1992 年张济川（1926—2002）膺任会长，联络海内外诗人，推动诗坛的持续发展，召开多次大会，则属后话了。

[3] 参许树棣编：《三百年来诗坛人物评点小传汇录》，郑州：中州古籍出版社，1986 年。

[4] 参钱仲联：《当代学者自选文库：钱仲联卷》，合肥：安徽教育出版社，1999 年。又钱仲联：《光宣词坛点将录》，载《词学》第三辑，上海：华东师范大学出版社，1985 年，第 226 ~ 248 页。1982 年 7 月 14 日，钱仲联致函朱庸斋（1920—1983）云：“前年曾为《光宣词坛点将录》，施蛰存索去，云将于《词学》第三期发表。惟施老已命弟大加更换，非庐山真面矣。将来定稿，仍当酌用旧本。”参李文约（1950—　）编：《朱庸斋先生年谱》，香港：素茂文化出版有限公司，2012 年，第 345 页。

[5] 适然楼主：《香港诗坛点将录》，《名流月刊》第廿六期转载，署名老兵，香港：永泽出版有限公司，1980 年，第 10 ~ 12 页。佚名：《民国诗坛点将录》，参林光灏（1901—　）：《东篱野语》，台北：汎美图书有限公司，1976 年，第 62 ~ 64 页。

[6] 参刘梦芙：《“五四”以来词坛点将录》，《二十世纪名家词述评》，合肥：安徽文艺出版社，2006 年，第 326 ~ 374 页。

界，过于狭隘。结尾引铁棒栾廷玉燕赵间人赞云：“前不见古人，后不见来者。花飞春逝，有泪盈把。”[①] 所以本书所展现的，只是追怀一个没落的世代，未免黯然失色了。

《水浒传》有一百零八条好汉，依座次分，其中天罡三十六星居上列，地煞七十二星居下位。每人都有一个诨号，表现不同的形象、性格、特长和成就等，好坏互见，通俗易懂，自是老百姓最形象的语言，生动传神。其中固有很多英雄豪侠，气干牛斗，但也有宵小鼠辈，游走江湖，不过最后都能成就大业，鸡犬升仙。现在用来比拟诗坛人物，有时附会过多，也会令人摸不着头脑的。例如诸星一般都用美称，但也有天伤、天杀、天暴、天哭、地妖、地丑、地囚、地劣之类的恶名，《水浒传》说故事，可以表现江湖人物的众生相以及高低不同的层次。过去用来刻画诗坛人物，入选的基本上都是有成就的杰出人物，多用正面评价，各有专长。可是冯永军采用褒贬互见的态度，对号入座，除了招揽名流入座之外，甚至连表现欠佳带有恶评的诗人也可以占一席位，结果留下了二十六个空位，而且还是不太好的称号，难以安排适当的诗人入座，悬而未决，颇有遗憾。



关于诗人的座次排列，托塔天王晁盖早卒，却位居一百零八将之首，自有领导天罡、地煞的作用，点将录之作一般以“诗坛旧头领一员”称之，都是深受大家推崇的人物了。冯永军以陈衍（1856—1937）当之，声称“《石遗室诗话续编》选入钱仲联、钱默存、冯振心、陈柱尊、夏瞿禅、朱大可、徐澄宇、曾履川、邵潭秋、黄公渚诗”之作，[②] 影响一代诗风，可备一说。

冯永军排于前列的十二位诗人，计有钱仲联、陈寅恪（1890—1969）、钱钟书（1910—1998）、王蘧常（1900—1989）、陈声聪（1897—1987）、溥儒（1896—1963）、潘伯鹰（1882—1966）、庞俊（1895—1964）、李渔叔（1905—1972）、陈隆恪（1888—1956）、成惕轩（1911—1989）、冒孝鲁（1909—1988）等，看来都是老辈诗人，各当一面，皆负诗名。其中溥儒、李渔叔、成惕轩这三位诗坛巨擘，足以领袖一代，实至名归。这是冯永军的个人选择，见仁见智，暂可不论。不过如果能检视全局，参考海外诗坛，重新排定座次，可能就有不一样的面貌了。

其他诗坛名家，配合《水浒传》的人物或诨号，不伦不类，或高或低，很难门当户对，仅足以备位而已，无伤大雅。例如饶宗颐（1917—　）封为天寿星混江龙李俊，而张梦机（1941—2010）则为天罪星短命二郎阮小五，同属一代的大诗人，以寿命论高下，但张梦机所领的“短命”头衔就不大好听了。其他有些形象相符的，例如陈禅心（1912—　）称为地魔星云里金刚宋万，素有“飞将军”之号，用来形容空军诗人，也很贴切。秦伯未（1901—1970）是地灵星神医安道全，早年尝入南社。冯永军论云：“陈兼与《兼于阁诗话》有‘诗医’一条论之。专集余则未见，以诗话所引论之，七古师法昌黎，七绝亦瓣香唐人，偶参宋贤，颇有雅趣。”[③] 虽比喻恰当，

---

① 冯永军籍河北省衡水市深州人士，燕赵间人疑是作者的别号。参冯永军：《当代诗坛点将录》，上海：华东师范大学出版社，2011 年，第 109 页。

② 参冯永军：《当代诗坛点将录》，上海：华东师范大学出版社，2011 年，第 5 页。

③ 冯永军：《当代诗坛点将录》，上海：华东师范大学出版社，2011 年，第 101 页。

唯所见资料不多，评论亦嫌空泛。二家对于一般读者来说比较陌生，只能说是作者的个人品味。其实中医能诗者极多，香港劳天庇（1917—1995）《在山堂诗》（1971）、《在山堂诗续》（1981）即可入座，惜作者未及见矣。

柳亚子（1887—1958）曾与毛泽东唱和，被评为地妖星摸着天杜迁，冯永军论云："一九四九年后，旧体诗诸诗人多声名寂寂，而柳亚子之名，附于毛诗之后，流传海内外，幸欤，不幸欤?"① 亦见生动传神。

又郭沫若（1892—1978）获评为地恶星没面目焦挺，论云："鼎革以后，其人不免曲学阿世之讥，所作旧诗，多为颂圣之声，全无诗艺可言。……自有应制之作，未尝睹如许恶诗也。此老后期所作诗，或谓之曰'标语体'或'口号体'，全无旧诗之面目，亦何面目见前贤、师友于地下。"② 庞坚诗云："及观叙鼎堂，真堪作棒喝。争为从风靡，何人怜慧黠。"③ 兼论郭沫若的诗艺和人格，俱属下流，这是学界公认的事实，作者大可不选，现在连劣诗都能入选，或寓警恶惩奸之意，否则也很难安排其他诗人坐这个"没面目"的席位了。④



至于冒广生（1873—1959）则获封为教头王进，论云："冒鹤亭身历数朝，所谓'四朝闻见心成史'，颇遭物议。1957 年蒙毛泽东召见，礼遇颇佳。后鹤亭尝撰文作颂圣宗朱之言，友人乃有陈龙川晚年一第之叹。鹤亭与毛临别有一语曰'共产党是狮子，不可自己生虱子'，今日思之，令人感慨良多。"⑤ 其实冒广生在民国诗坛的排位是可以提高的，作者又称："汪辟疆《光宣诗坛点将录》点之为病大虫，钱仲联《近百年诗坛点将录》点之为小旋风，其于近代诗坛位置，约略可见。"冒广生连续三朝都能入选诗人之林，可是见过毛泽东之后，即被贬低了，知人论世，或可不必。作者论诗，有时趋于泛政治化，且多次评论 1949 年之后诸家诗多不堪入目，难道是有意借负面信息带出诗教的意义吗?



此外，以下各家诗艺评价不高，可能是盛名所累，还要稍费斟酌了。

地然星混世魔王樊端：程千帆（1913—2000）。冯永军论云："《闲堂诗存》大抵格律不严，诗功不深，闲堂所长，固不在此。"⑥

---

① 冯永军：《当代诗坛点将录》，上海：华东师范大学出版社，2011 年，第 71 页。

② 冯永军：《当代诗坛点将录》，上海：华东师范大学出版社，2011 年，第 74 页。

③ 庞坚：《题咏馨楼主〈当代诗坛点将录〉》，参冯永军：《当代诗坛点将录》，上海：华东师范大学出版社，2011 年，第 8 页。

④ 李遇春（1972— ）认为郭沫若早期的诗作较佳，论云："就诗学形态来说，无论是'诗人之诗'中个人的性情或挥洒，还是'士人之诗'中忧患意识和民族精神的抒发，抑或'学人之诗'中学者情怀和学术意识的流露，各有优胜且相互渗透，形成了郭沫若旧体诗词繁富丰赡、多元合一的艺术特色。但新中国成立以后，随着时代的变迁和政治语境的转换，郭沫若的旧体诗词创作发生了'多元归一'的艺术转变。外在环境的变化促成了郭沫若的身份嬗变，……除了进一步强化他的政治身份以外，并不能从根本上改变他的诗人和学者身份隐性丧失的现实。"此论比较公允。参李遇春：《中国当代旧体诗词论稿》，武汉：华中师范大学出版社，2010 年，第 62 页。

⑤ 冯永军：《当代诗坛点将录》，上海：华东师范大学出版社，2011 年，第 108 页。

⑥ 冯永军：《当代诗坛点将录》，上海：华东师范大学出版社，2011 年，第 64 页。又《光宣诗坛点将录》《近百年诗坛点将录》均作"地默星混世魔王樊瑞"，星号与人名俱异，《三百年来诗坛人物评点小传汇录》，第 136、161 页。

地刑星菜园子张青：张中行（1909—2006）。冯永军论云："张中行不以诗名，其负时誉者则散文而已。""《诗词续写丛话》后，自作诗词附焉，亦多淡而无味之作，略如其散文。"[①] 评价之低，竟能入选，亦耐人寻味。

地囚星旱地忽律朱贵：王力（1900—1986）。王力著《古代汉语》《汉语诗律学》《诗词格律》等，冯永军论云："虽无甚过人之处，但可医世人不学之病。王力亦能作旧体诗，有《龙虫并雕斋诗集》行世，舍题《恶之花》等数首之外，可读者甚少。"[②]

地轴星轰天雷凌振：冯振（1897—1983）。冯振乃咏春拳传人，与陈柱（1890—1944）同为石遗门下弟子，著《自然室诗稿与诗词杂话》（1989）。冯永军论云："《自然室诗集》者，前半绝佳，四九年后诗皆率意之作，全不经心，与早年所作如出两手，颂圣宗朱之作，俯拾皆是，既不可读，亦不可谓之诗也。冯氏著有《诗词杂话》，虽篇幅无多，然多有可听者。其《七言律髓》《七言绝句作法举隅》最负盛名，然以鄙见论之则过于机械，虽利初学，然不免兔园册子之讥。"[③]

地理星九尾龟陶宗旺：周振甫（1911—2000）。所著《诗词例话》享有盛名。冯永军论云："自为诗不甚多见，亦知诗而能诗者也，所作《叶圣陶先生乐山》《呈夏丏尊先生》《题钱锺书先生〈管锥编〉》诸作，亦颇可诵。陶宗旺于山寨中冲锋陷阵、斩将夺魁虽非当行本色，然掌管梁山泊一应城垣之修建，亦绝不可少也。"周振甫诗不多见，冯永军所引诸诗悉载《五四以来诗词选》。[④]

地健星险道神郁保四：高阳（许晏骈，1922—1992）。高阳以历史小说入畅销作家之林，博学多才，有"野翰林"之称，褒贬由之。著《高阳说诗》。冯永军论云："高阳喜为诗，与入台名诗家周弃子谊在师友之间，颇多唱和，然所作时而晦涩，时而过于好异，大都不佳。"[⑤] 案高阳存诗三十一题，五十一首；词七阕，以应酬之作为主。[⑥] 就诗论诗，台湾诗坛名家尚多，似亦不宜仅因跟周弃子唱和而随意拔高也。[⑦]

以上程千帆、张中行、王力、冯振、周振甫、高阳六家各有成就，在当世名气亦大，唯诗词作品不多，评价亦不高，多列于末席，却占用了很多宝贵的席次。又冯永军所选诗人全属老辈，其中最年轻者仅得陈永正（1941—　，天剑星立地太岁阮小二）、张梦机（天罪星短命二郎阮小五）、刘梦芙（1951—　，天败星活阎罗阮小七）三位，分别位列六十八、六十九、七十的名次，[⑧] 所谓年轻，其实都已过了六十岁，

---

① 冯永军：《当代诗坛点将录》，上海：华东师范大学出版社，2011 年，第 84 页。

② 冯永军：《当代诗坛点将录》，上海：华东师范大学出版社，2011 年，第 85 页。

③ 冯永军：《当代诗坛点将录》，上海：华东师范大学出版社，2011 年，第 102 页。又《光宣诗坛点将录》《近百年诗坛点将录》均作"地辅星"，《三百年来诗坛人物评点小传汇录》，第 146，172 页。

④ 冯永军：《当代诗坛点将录》，上海：华东师范大学出版社，2011 年，第 105 页。据华钟彦（1906—1988）：《五四以来诗词选》，开封：河南大学出版社，1987 年，选周振甫诗四首，第 312 页。

⑤ 冯永军：《当代诗坛点将录》，上海：华东师范大学出版社，2011 年，第 106 页。

⑥ 参江澄格编（1934—　）：《高阳的诗词联》，台北：学海出版社，2006 年。

⑦ 冯永军评周弃子诗亦多缺失，论云："弃子诗尤有一大可议处，集中应酬之作过多，寿诗、挽诗、贺诗，俯拾皆是，代人捉刀之作，亦复时有。又有草率成篇，全不用心者。然其诗功甚深，固毋庸置疑。"

⑧ 冯永军：《当代诗坛点将录》，上海：华东师范大学出版社，2011 年，第 78 ~ 79 页。

后继无人，殊为可惜。陈、张、刘三家在当代诗坛的地位固无异议，且可居于前列地位，具有领导气派。其实同时中国以及海外的年轻诗人尚多，冯永军未能慧眼提拔新人，这跟过去舒位、汪国垣、钱仲联、适然楼主的点将录相较，明显缺乏后进，所选诗人亦嫌过于老化，失去承担的勇气，相去何止天壤，目中无人，而诗坛亦奄奄一息了。冯永军未能准确描写当代诗坛的万千气象，甚至更沦为一曲挽歌，弥漫着感旧伤离的气氛，至为可惜。

## 三、《当代诗坛点将录》的缺位及海外诗坛的席次

冯永军《当代诗坛点将录》缺位的诗人甚多，约有二十六位，绝大部分都是地煞中不雅的称号，这是过去几份点将录名单中所没有出现过的现象。《自序》云："鼎革以还，风雅沦丧，旧体诗人才凋零，复有所谓旧体诗者，不过略为押韵而已，甚或韵亦不能押者，故欲点足一百零八人似非易事，而范烟桥（1894—1967）之《点将录》，亦止三十八人，乃循此先例，宁抱遗珠之憾，差免滥竽之讥。"① 下笔谨慎，不敢妄评，亦仅为一时逃避的借口而已。其实放眼世界，当代诗运之转移，已在海外而非大陆。港台海外的诗人甚多，各有造诣，跟内地比较，可能不遑多让，甚至更为超拔了。如果作者完全不选海外诗人，而专论大陆诗坛，固可作如是观，但本书却也选入了若干海外名家，台湾有溥儒、李渔叔、成惕轩、刘太希（1898—1989）②、罗尚（1923—2007）、周弃子（学藩，1912—1984）、陈定山（蘧，1897—1989）、张梦机、高阳九家，香港有曾克耑（1900—1975）、傅子余（静庵，1914—1997）、饶宗颐、翁一鹤（1911—1993）四家，海外则列赵尊岳（1898—1965）、叶嘉莹(1924—　)、潘受（1911—1999）三家，合共才只得十六家而已，有些亦不免有所缺失，可见未能完全掌握当代诗坛的复杂形势，仅略为点缀，未免妄议雌黄了。因此建议本书作者除了补缺二十六人外，其实还可以排除若干诗艺水平较低的人选，甚至勇于选拔接班新人，如果多阅资料，重新排序，可能亦局面一新了。刘衍文认为尚可补入周炼霞（1909—2000）、曾琦（1892—1951）、易君左三家。③ 现在我也列出若干值得注意的名单，各有诗词专集传世，或知名于时，谨供参考。

大陆诗坛：叶恭绰（1881—1968）、章士钊（1881—1973）、刘永济（1887—1966）、詹安泰（1902—1967）、黄文宽（1910—1989）、霍松林（1921—　）、熊鉴（1923—　）、匡一点（1924—2002）、李汝伦（1930—2010）、李广超（1943—　）、毛谷风（1945—　）、星汉（1947—　）、曹旭（1947—　）、熊盛元（1949—　）、熊东遨（1949—　）、周裕锴（1954—　）、段晓华（1954—　）、景蜀慧（1956 —　）、

① 冯永军：《当代诗坛点将录》，上海：华东师范大学出版社，2011 年，第 1 ~ 2 页。

② 冯永军评刘太希诗云："然其诗亦有可议之处，屡向易实甫《琴志楼诗集》中作贼，取其全篇，或略加点窜十数字，或稍加增删，而以为己作，不止偷意偷势而已也。……然则刘氏所窃者，匪止易实甫一家而已。"冯永军：《当代诗坛点将录》，上海：华东师范大学出版社，2011 年，第 28 页。

③ 刘衍文（1920—　）：《〈当代诗坛点将录〉序》，参冯永军：《当代诗坛点将录》，上海：华东师范大学出版社，2011 年，第 4 页。曾琦殁于 1951 年，在当代诗坛年资尚浅，或不必选入。

周燕婷（1962—　）、钟东（1964—　）、万伟成（1964—　）、李舜华（1971—　）、檀作文（1973—　）、徐晋如（1976—　）。

台湾诗坛：陈含光（延韡，1879—1957）、于右任、贾煜如（景德，1880—1960）、钱逸尘（倬，1881/2—1961）、张默君（昭汉，1884—1965）、罗卓英（1896—1961）、易君左、梁寒操（1899—1975）、江絜生（1903—1983）、胡庆育（1905—1970）、郑骞（1906—1991）、林尹（1910—1983）、李猷（1914—1996）、廖从云（1915—2005）、马鹤凌（1920—2005）、汪中（1926—2010）、林恭祖（1927—　）、陈新雄（1935—2012）、沈秋雄（1941—　）、陈庆煌（1949—　）、简锦松（1954—　）。

香港诗坛：廖恩焘（1864—1954）、黄伟伯（棣华，1872—1955）、陈融（1876—1955）、伍宪子（1881—1959）、刘子平（1883—1970）、刘景堂（伯端，1887—1963）、李景康（1890—1960）、吴肇钟（1896—1967）、伍俶（叔傥，1897—1966）、韦汪瀚（兰生，1897—1972）、郑水心（1900—1975）、郭亦园（1902—1979）、甄陶（伯俊，1902—1982）、陈荆鸿（1902—1993）、黄相华（1902—2002）、熊润桐（1903—1974）、余祖明（少帆，1903—1990）、何敬群（鉴琮，1903—1994）、王韶生（1904—1998）、涂公遂（1905—1991）、郑春霆（1906—1990）、王淑陶（1906—1991）、梁简能（1907—1991）、陈蝶衣（涤夷，1907—2007）、刘德爵（1909—1990）、张纫诗（1912—1972）、陈襄陵（1913—1989）、潘小磐（1914—2001）、陈湛铨（1916—1986）、吴天任（1916—1992）、劳天庇、罗忼烈（1918—2009）、曾敏之（1918—　）、何叔惠（1919—　）、苏文擢（1921—1997）、潘新安（1923—　）、劳思光（1927—2012）、陈一豫（1927—　）、刘绍进（1931—1997）、李鸿烈（1936—　）、邝健行（1937—　）、何文汇（1946—　）、莫云汉（1954—　）、刘卫林（1958—　）。

澳门诗坛：黎心斋（廷棨，1901—1988）、梁披云（雪予，1907—2010）、佟立章（1923—2007）、程祥徽（1934—　）、谭任杰（1935—　）、施议对（1940—　）、冯刚毅（1947—　）。

海外诗坛：黄松鹤（1908—1988）、周策纵（1916—2007）、赵大钝（1918—　）、汤定华（1918—　）、张济川（1926—2002）、徐持庆（1940—　）、梁雪芸（1948—　）、张英杰（1951—　）。

当代诗坛人才辈出，近二三十年尤为热闹，相对来说，大陆诗坛发展蓬勃，方兴未艾；海外则老成凋谢，有点零落了。以上只是重点选录，亦以前辈及诗人长者为主，不同的作者其审美观点不同，操选政者自可全盘考虑去取，也不必理会这份名单了。至于后辈诗人的争议较多，观人于微，就看作者的眼光了。

## 附录：冯永军《当代诗坛点将录》座次排序及重要著述

1. 托塔天王晁盖：陈衍（1856—1937）。《石遗室诗集》《石遗室诗话》。

**梁山泊总兵部都头领二员**

2. 天魁星呼保义宋江：钱仲联（1908—2003）。《梦苕庵诗》《梦苕庵诗话》。
3. 天罡星玉麒麟卢俊义：陈寅恪（1890—1969）。《寒柳堂诗》。

**掌管机密军师二员**

4. 天机星智多星吴用：钱钟书（1910—1998）。《槐聚诗存》《谈艺录》。
5. 天闲星入云龙公孙胜：王蘧常（瑗仲，1900—1989）。《江南二仲诗》《抗兵集》《国耻诗话》《明两庐诗》。

**同参赞军务头领一员**

6. 地魁星神机军师朱武：陈声聪（1897—1987）。《兼于阁诗》《兼于阁诗话》《荷堂诗话》《闽词谈屑》《兼于阁杂著》。

**掌管钱粮头领二员**

7. 天贵星小旋风柴进：溥儒（1896—1963）。《凝碧余音》《寒玉堂诗集》。
8. 天富星扑天雕李应：潘伯鹰（1882—1966）。《南冠集》《玄隐庐诗》。主编《饮河集》。

**马军五虎将五员**

9. 天勇星大刀关胜：庞俊（1895—1964）。《养晴室遗集》。
10. 天雄星豹子头林冲：李渔叔（1905—1972）。《花延年室诗》《三台诗传》。
11. 天猛星霹雳火秦明：陈隆恪（1888—1956）。《同照阁诗》。
12. 天威星双鞭呼延灼：成惕轩（1911—1989）。《楚望楼诗》《楚望楼骈文》。
13. 天立星双枪将董平：冒孝鲁（1909—1988）。《叔子诗稿》。

**马军八虎（大骠）骑兼先锋使八员**

14. 天英星小李广花荣：刘太希（1898—1989）。《竹林精舍诗》《无象盦诗》。
15. 天佑星金枪手徐宁：徐英（1902—1980）。《天风阁诗》《诗法通微》《澄宇诗稿》。
16. 天暗星青面兽杨志：曾克耑（1900—1975）。《涵负楼诗》《颂橘庐诗存》。编选《福州曾氏十二世诗略》。
17. 天空星急先锋索超：赵尊岳（1898—1965）。《高梧轩诗集》《珍重阁词》《明词汇刻》《和小山词》。
18. 天捷星没羽箭张清：罗尚（1923—2007）。《沧海明珠集》《戎庵诗存》《戎庵二十一世纪诗存》。
19. 天满星美髯公朱仝：朱奇（1898—1978）。
20. 天微星九纹龙史进：苏渊雷（1908—1995）。《钵水斋诗词集》。
21. 天究星没遮拦穆弘：邵祖平（1898—1969）。《培风楼诗》《无尽藏斋诗话》。

**马军小彪将兼远探出哨头领一十六员**

22. 地煞星镇三山黄信：施蛰存（1905—2003）。《北山楼诗》。
23. 地勇星病尉迟孙立：吕贞白（1907—1984）。《吕伯子诗存》《吕伯子词存》。
24. 地杰星丑郡马宣赞：吴宓（1894—1978）。《吴宓诗集》《吴宓诗话》。
25. 地雄星井木犴郝思文：刘逸生（1917—2001）。《蜗缘居诗词钞》。
26. 地威星百胜将韩滔：姚鹓雏（1892—1954）。少与林庚白（1896—1941）合刊《太学二子集》。
27. 地英星天目将彭玘（圯）：夏承焘（1900—1986）。《天风阁诗集》《夏承焘词集》《天风阁词集》。
28. 地奇星圣水将（军）单廷珪：孔凡章（1914—1999）。《回舟集》《回舟续集》《回舟三集》《回舟四集》《回舟后集》。
29. 地猛星神火将（军）魏定国：徐续（1921—2012）。《对庐诗词集》《象棋报》《广州棋坛六十年史》。
30. 地活（辟）星摩云金翅欧鹏：缺。
31. 地阖星火眼狻猊邓飞：缺。
32. 地强星锦毛虎燕顺：张建白（采庵，1904—1991）。《春树人家诗》。
33. 地明星铁笛仙马麟：周弃子（学藩，1912—1984）。《周弃子先生集》。
34. 地周星跳涧虎陈达：陈贻焮（1924—2000）。《梅棣庵诗词》。
35. 地隐星白花蛇杨春：陈中凡（1888—1982）。《清晖馆诗钞》。
36. 地暗星锦豹子杨林：陈方恪（1891—1966）。《屯云馆诗稿》《陈方恪诗词集》。
37. 地空星小霸王周通：周作人（1885—1967）。《知堂杂诗抄》《儿童杂事诗》《周作人诗词解析》（杨志琨编著）。

**步军头领一十员**

38. 天孤星花和尚鲁智深：聂绀弩（1903—1986）。《散宜生诗》《聂绀弩旧体诗全编》。
39. 天伤星行者武松：缺。
40. 天异星赤发鬼刘唐：王彦行。《淡廎诗录》。
41. 天退星插翅虎雷横：莫尚质（1915— ）。《留花庵诗稿》《留花庵词》。
42. 天杀星黑旋风李逵：唐玉虬（1894—1988）。《国声集》《入蜀集》。
43. 天巧星浪子燕青：龙榆生（1902—1966）。《忍寒词选》《龙榆生先生遗稿》。
44. 天牢星病关索杨雄：沈轶刘（1898—1993）。《繁霜榭诗》《繁霜榭词札》。
45. 天慧星拼命三郎石秀：徐震堮（1901—1986）。《梦松风阁诗》。
46. 天暴星两头蛇解珍：佟绍弼（1911—1969）。《猎斋诗草》。
47. 天哭星双尾蝎解宝：傅子余（1914—1997）。《静庵诗词》《抱一堂诗集》《桐花馆词》《抱一堂集》。

**步军将校一十七员**

48. 地然（默）星混世魔王樊端（瑞）：程千帆（1913—2000）。《闲堂诗存》。
49. 地明（暴）星丧门神鲍旭：缺。

50. 地飞星八臂那（哪）咤项充：吴白匋（1906—1992）。《凤褐庵诗剩稿》《热云韵语》《吴白匋诗词集》。
51. 地走星飞天大圣李衮：陆维钊（1899—1980）。《庄徽室诗》。
52. 地幽星病大虫薛永：缺。
53. 地伏星金眼彪施恩：陈泽锽（1903—　）。《琴趣楼诗》。
54. 地镇星小遮拦穆春：缺。
55. 地僻星打虎将李忠：缺。
56. 地异星白面郎君郑天寿：陈定山（蘧，1897—1989）。《萧斋诗存》五卷、《续刊》五卷、《十年诗卷定山词合刊》。
57. 地魔星云里金刚宋万：陈禅心（1912—　）。《抗倭集》《陈禅心诗词书法文集》。
58. 地妖星摸着天杜迁：柳亚子（1887—1958）。《磨剑室诗集》《柳亚子集》。
59. 地角（短）星出林（云）龙邹渊：缺。
60. 地短（角）星独角龙邹润（闰）：缺。
61. 地捷星花项虎龚旺：寇梦碧（1917—1990）。《六合小涸杂诗》《夕秀词》。
62. 地速星中箭虎丁得孙：朱庸斋（1920—1983）。《分春馆词》《分春馆词话》《朱庸斋书法集》。
63. 地恶星没面目焦挺：郭沫若（1892—1978）。《沫若诗词选》《郭沫若旧体诗词系年注释》（王继权、姚国华、徐培均编注）。
64. 地丑星石将军石勇：缺。

**四寨水军头领八员**

65. 天寿星混江龙李俊：饶宗颐（1917—　）。《选堂诗词集》。
66. 天平（竞）星船火儿张横：陈海瀛（1882—1973）。《希微室诗》。
67. 天损星浪里白跳（条）张顺：黄孝纾（公渚，1900—1964）。《匑庵诗》《匑庵词乙稿》《匑庵文稿》《劳山集》。
68. 天剑星立地太岁阮小二：陈永正（1941—　）。《沚斋诗词钞》《沚斋词》《沚斋丛稿》。
69. 天罪星短命二郎阮小五：张梦机（1941—2010）。《师橘堂诗》《西乡诗稿》《碧潭烟雨》《药楼诗稿》《鲲天吟稿》《鲲天外集》《梦机诗选》《梦机六十以后诗》《药楼近诗》等。
70. 天败星活阎罗阮小七：刘梦芙（1951—　）。《啸云楼诗》《冷翠轩词》《啸云楼诗词》。
71. 地进星出洞蛟童威：缺。
72. 地退星翻江蜃童猛：缺。

**四店打听声息，邀接来宾头领八员**

73. 地数星小尉迟孙新：缺。
74. 地阴星母大虫顾大嫂：陈翠娜（小翠，1902—1968）。《翠楼吟草》。
75. 西山酒店 地刑星菜园子张青：张中行（1909—2006）。《诗词续写丛话》。

76. 地壮星母夜叉孙二娘：叶嘉莹（1924— ）。《迦陵存稿》《迦陵诗词稿》。
77. 南山酒店 地囚星旱地忽律朱贵：王力（1900—1986）。《古代汉语》《诗词格律》《龙虫并雕斋诗集》。
78. 地全星鬼脸儿杜兴：缺。
79. 北山酒店 地奴星催命判官李立：缺。
80. 地劣星活（霍）闪婆王定六：缺。

**总探声息头领一员**

81. 天速星神行太保戴宗：潘受（1911—1999）。《海外庐诗》（1970，1985）、《潘受诗集》。

**军中走报机密步军头领四员**

82. 地乐星铁叫子乐和：张伯驹（1898—1982）。《续洪宪纪事诗补注》《红毹纪梦诗注》《张伯驹词集》。
83. 地贼星鼓上蚤时迁：缺。
84. 地狗星金毛犬段景住：缺。
85. 地耗（贼）星白日鼠白胜：缺。

**守护中军马军骁将二员**

86. 地佐星小温侯吕方：沈切。
87. 地佑星赛仁贵郭盛：彭鹤濂（1914—1996）。《棕槐室诗》《棕槐室诗续集》《棕槐室诗话》。

**守护中军步军骁将二员**

88. 地猖星毛头星孔明：顾随（1897—1960）。《苦水诗存》《驼庵诗话》。
89. 地狂星独火星孔亮：吴世昌（1908—1986）。《罗音室诗词存稿》《词林新话》。

**专管行刑刽子二员**

90. 地平星铁臂膊蔡福：缺。
91. 地损星一枝花蔡庆：缺。

**专管三军内采（探）事马军头领二员**

92. 地微星矮脚虎王英：缺。
93. 地慧星一丈青扈三娘：沈祖棻（1909—1977）。《涉江诗》《涉江词》《沈祖棻诗词集》。

**专管监造诸事头领一十六员**

**行文走檄调兵遣将一员**

94. 地文星圣手书生萧让：沈尹默（1883—1971）。《秋明诗》《秋明室杂诗》《沈尹默诗词集》。

**定功赏罚军政司一员**

95. 地正星铁面孔目裴宣：翁一鹤（1911—1993）。《长春咏》《秣陵吟》《赤马谣》《畅然堂诗词钞》《香海百咏》《香海百咏续编》《香海三百咏》。

**考算钱粮支出纳入一员**

96. 地会星神算子蒋敬：胡先骕（1894—1968）。《忏庵诗稿》。

**监造大小战船一员**

97. 地满星玉幡竿孟康：蒋礼鸿（1916—1995）。《怀任斋诗词》。

**专造一应兵符印信一员**

98. 地巧星玉臂匠金大坚：胡光炜（1888—1962）。《愿夏庐诗》。

**专造一应旌旗袍袄一员**

99. 地遂星通臂猿侯健：周汝昌（1918—2012）。

**专供医兽一应马匹一员**

100. 地兽星紫髯伯皇甫端：缺。

**专治诸疾内外科医士一员**

101. 地灵星神医安道全：秦伯未（1901—1970）。《秦伯未诗》。

**监督打造一应军器铁甲（件）一员**

102. 地孤星金钱豹子汤隆：缺。

**专造一应大小号炮一员**

103. 地轴（辅）星轰天雷凌振：冯振（1897—1983）。《自然室诗稿》《自然室诗续集》《自然室诗稿与诗词杂话》《诗词杂话》《七言律髓》《七言绝句作法举隅》。

**起造修葺房舍一员**

104. 地察星青眼虎李云：谢稚柳（1910—1997）。《壮暮堂诗钞》。

**屠宰牛马猪羊牲口一员**

105. 地稽（羁）星操刀鬼曹正：江辛眉（1922—1986）。《阮堂诗词选》。

**排设筵宴（席）一员**

106. 地俊星铁扇子宋清：缺。

**监造供应一切酒醋一员**

107. 地藏星笑面虎朱富：缺。

**监筑梁山泊一应城垣一员**

108. 地理星九尾龟陶宗旺：周振甫（1911—2000）。《诗词例话》。

**专一把捧帅字旗一员**

109. 地健星险道神郁保四：高阳（许晏骈，1922—1992）。《高阳说诗》《高阳的诗词联》。

**额外头领附录**

110. 教头王进：冒广生（1873—1959）。《小三吾亭诗文集》。

111. 黄面佛（黄文煜）：马一浮（1883—1967）。《蠲戏斋诗前集》《避寇集》《蠲戏斋诗编年集》《芳杜词剩》《马一浮集》《马一浮诗话》（丁敬涵编注）、《杜诗癖》。

112. 铁棒栾廷玉：燕赵间人。冯永军（1976—　），俟考。

# 古今诗坛“老干体”之漫论

杨子怡





当今诗坛诗社林立，诗作如海，最风靡诗坛的恐怕非“老干体”莫属了。“老干体”，又被人们戏称为“政协体”或“人大体”。这恐怕有两层含义，一是指其作者大都是“政协”和“人大”等单位在岗或退下的各级政府官员，二是指这些诗歌大都如老干曾在官场上的讲话一样观念陈腐、套话连篇、毫无生气。但仔细考察，我们发现，其实“老干体”并不只限于这些“政协”“人大”在岗或退下的官员，也包括各行政、企事业的官员及普通的工作人员。名列其中的，既有文化水平较低的人，也有部分学者甚或著名学者；既有大陆的，也有海外华语区的；既有年老者，也有年轻人，这是一个不可小觑的现象。“老干体”的创始者首推大学者郭沫若先生。如其词《满江红·庆祝九大开幕》和诗《春雷》就堪称当今“老干体”之祖。其词云：“雄伟庄严，像沧海波涛汹涌。太阳出，光芒四射，欢呼雷动。万寿无疆声浪滚，三年文革凯歌纵。开幕词句句如洪钟，千钧重。大工贼，黄粱梦；帝修反，休放纵！听谆谆教导，天衣无缝。改地换天争胜利，除熊驱虎英雄颂。庆神州一片东方红，献忠勇！”[1]应景趋时，口号满篇，了无诗味。著名诗人聂绀弩的一些迎合时俗的诗，檀作文在其《聂绀弩体及其背后的诗学理论问题》一文中讥为“另一种形式的‘老干体’”[2]p160。其实，这种“老干体”溯源可更远，古代官场就有大量的这种官场习气极重的作品。比如，堪称中国诗歌“黄金时代”的唐代，尽管其诗艺达到极致，但类似这种“老干体”的台阁体诗歌也十分可观，其作者也不只限于那些宫体诗人，一些享誉诗史的大家如王维、贾至、岑参、杜甫也不时地参与其中，应景随时，此唱彼和，歌颂盛世，互慕才华。像贾至的《早朝大明宫呈两省僚友》、王维的《和贾至舍人早朝大明宫之作》、杜甫的《奉和贾至舍人早朝大明宫》、岑参的《和贾舍人早朝》律之以“老干体”标准，当是典型的唐代“老干体”。可见，古今诗坛都有“老干体”存在，并且人数和作品都不少，是一个重要的文学现象。因此，学术界不可漠视它。

古今“老干体”有些什么共同的特点？它们的区别在哪里？产生这些“老干体”的原因是什么？他们在诗坛上的影响如何？……这些都是饶有趣味也是颇有学术意义的话题。

## 一、古今诗坛中的“老干体”相同而又相异的特征

### （一）以唐诗为参照，古今“老干体”的共同特征

1. 内容的颂德化

歌颂功德，鼓吹升平几乎是古今“老干体”的共同特色。众所周知，美刺是中国诗歌的传统。美刺的目的是“谲谏”，《周礼·地官》有“司谏”之官，郑玄注曰：“谏犹正也，以道正人行。”《周礼》还有“保氏”之官专门“掌谏王恶”，可见汉人很重视“谏”，《诗经》因有美有刺，所以被人们视为“谏书”。《汉书·楚元王传》载刘向上疏，引《小雅·角弓》的“刺幽王好谗佞”，以谏楚元王用人失当，《角弓》是一首刺诗，因此这是典型的以刺诗为谏的例子。美诗也能为谏，该传还载刘向引美诗《小雅·斯干》为谏：“周德既衰而奢侈，宣王贤而中兴，更为俭宫至，小寝庙，诗人美之，《斯干》之诗是也。”[3]p33《斯干》是歌颂周宣王节俭的，故以之讽谏楚元王的奢侈，这是典型的以美为谏。不过，汉以前，重点是以刺为谏。而唐人的一些台阁体诗、应制诗及宫体诗，完全是以“美”为重心，“美”也不是为了谏，而是一种发自内心的近谀之颂，完全有违汉以前的美刺传统。如太宗朝岑文本和太宗的《奉和正日临朝》诗云：“时雍表昌运，日正叶灵符。德兼三代礼，功包四海图。踰沙纷在列，执玉俨相趋。……天文光七政，皇恩被九区。万陪瘗玉礼，屯笔岱山隅。”[4]p119颂皇恩，歌盛典，应景敷衍，谀词满篇，这完全远离《诗经》以来以美为谏的目标。这种内容的颂德化在今人的“老干体”也十分突出。如署名为杨义春的《喜迎十八大》诗就是典型的颂德化诗：“猎猎红旗四海扬，神州大地放光芒。卅年改革民殷富，几代同心国运昌。百虑为民谋福祉，千思治国为兴邦。前程似锦宏图展，华厦腾飞谱锦章。”[5]p4靠堆垛概念化的词语来歌颂党的英明伟大，不知摘取生活的切片，撷取生活的浪花，以小搏大，换一个角度来写。像这类颂德化的诗，试问哪里还有诗意！

2. 写作的程式化

由于应酬性成分加强，应景趋时需要迅速制作，为了适应这一特点，“老干体”逐渐形成一套程式化结构。这在唐初的宫体诗中表现尤著。宫体诗创作除了应制、咏物等需要自身特定的传统惯例外，其他程式基本上可以概括为首先点题、中间胪列铺排、最后表达感受或看法三部分。如上官仪《安德山池宴集》诗：

上路抵平津，后堂罗荐陈。绨交开狎赏，丽席展芳辰。
密树风烟积，回塘荷芰新。雨霁虹桥晚，花落凤台春。
翠钗低舞席，文杏散歌尘。方惜流觞满，夕鸟已城闉。[4]p130

首联点明赴宴，中间极尽丽藻铺排之能事写宴集之情形，末联处微微透出宴终人散时的惜别之情。此外像李百药的《奉和初春出游应令》、褚亮的《奉和咏日午》等诗都是采用这种写法，套路完全一致，概莫能外。当今“老干体”套路之“异曲同工”令人惊诧莫名。如署名黄耀武的《十八大寄怀》诗，首联点题叙十八大召开：“百年风雨导航程，接力传承十八轮。”中间胪列铺排：“各界推贤尊代表，中枢换届

汇精英。统筹发展宏图壮，科学安排举措新。”末联表达希望：“实现稳中求进步，富民强国更强兵。”[5]p4这类程式化的诗，胪列铺排是其惯用的制作手法。

3．情感的空洞化

凡治诗者，都知道诗是情感的艺术，无情则无诗，诚如唐孟棨《本事诗序》所言：“诗者，情动于中而形于言。故怨思悲愁，常多感慨；抒怀佳作，讽刺雅言，著于群书。虽盈厨溢阁，其间触事兴咏，尤所钟情。”[6]p119情感源于“天”，即情感自然而生，不须外寻，故司空图《诗品·实境》说：“情性所至，妙不自寻。遇之自天，泠然希音。”[6]p119古今优秀诗作都是深于情性之作，都是情感自然奔泻之作。“老干体”之所以受到人们责难，其一个共同的弊病在于缺乏真情。如上所析唐初宫体诗典型的特征是情感的空洞化。所以许总先生评析宫体诗后指出：“从这类作品看，诗中既无丝毫社会意识，又无内心真情实感，实质上是按照既定语言与程式在宫廷应酬场合迅速制作出来的一件工艺性作品。”[7]p63这种情感空洞化的作品在当今“老干体”中甚为流行，即使大家不乏其人。比如郭沫若先生写于1974年2月7日的《春雷》就是如此。该诗云：



春雷动地布昭苏，沧海群龙竞吐珠。肯定秦皇功百代，判宣孔二有余辜。十批大错明如火，柳论高瞻灿若朱。愿与工农齐步伐，涤除污浊绘新图。[1]

这是郭先生和毛泽东的一首诗。毛泽东曾发动“批林批孔”运动，对郭沫若的《十批判书》不满，写下《读〈封建论〉呈郭老》诗批评说：“劝君少骂秦始皇，焚坑事件要商量。祖龙虽死业犹在，孔丘名高实秕糠。百代多行秦政治，十批不是好文章。熟读唐人封建论，莫从子厚返文王。”[8]一生都对毛泽东视若神明的郭沫若于是诚惶诚恐地一连写出两首《春雷》表态，这是其中一首。通读全诗，不难发现，除了反复认错、表白态度外，实在看不出诗中还有真情。在那特殊的时代，若郭沫若写出有违他水平的诗还可理解的话，在当今改革开放的时代仍大量存在类似的标语口号式的诗实在是令人匪夷所思了。

4．风格的官气化

内容的歌德化及情感的空洞化必然带来这类诗歌的官气化，因此装腔作势、陈词滥调、套话连篇是这一类诗的总体特点。揆之唐之“老干体”，人们最常用的是“凤池”“冕旒”“九重”“皇州”“皇猷”之类的词语。如“九天阊阖开宫殿，万国衣冠拜冕旒”（王维《和贾舍至舍人早朝大明宫》）、“五夜漏声催晓箭，九重春色醉仙桃”（杜甫《奉和贾至舍人早朝大明宫》）、“鸡鸣紫陌曙光寒，莺啭皇州春色阑”（岑参《和贾舍人早朝》）、“皇猷被寰宇，端扆属元辰”（杨师道《奉和正日临朝应诏》）……词颂皇恩浩荡，用词富丽堂皇，气势居高临下，但用语陈滥，了无新意，官气化十足。揆之当今“老干体”，此种陈词、套话亦颇盛行，只是少了唐人的典雅丽藻面孔而已。如“深谋远虑心凝聚，发展坚持科学观”（栾兴阶《醉梅花·六十春秋业绩煌》）、“重整山河归锦绣，复兴民族铸瑶台”（郑纯超《纪念于右任诞辰130周年》）、

“四项议题优惠广，三通路径便捷辽”（夏大中《贺两会南京成功会谈》）、“开放大潮声朗朗，风荷雨柳荡晨烟”（杨天山《到韶山》）[9]p8-26堆砌等，陈词，套话连篇，官气十足，诗意荡然无存。

5．形式的应制化

应制、唱和几乎是古今“老干体”的共同特点。在唐人的应制诗中，一是帝臣之间的唱和十分热闹。比如唐太宗有《正日临朝》诗，写宫中朝典的富丽堂皇，侍臣奉和甚多，杨师道就有《奉和正日临朝应诏》，诗云：“皇猷被寰宇，端扆属元辰。九重丽天邑，千门临上春。”[4]p122对太宗功业作了空泛的赞颂。又如太宗有《过旧宅》诗二首，表露了成功后的豪兴，一同当年汉高祖还故乡作《大风歌》时的情景，大臣许敬宗和上官仪都有《奉和过旧宅应制》，许诗“飞云临紫极，出震表青光。自尔家寰海，今兹返帝乡”[4]p122及上官诗“偃柏歌玄化，扈跸颂王游。遗簪谬昭奖，珥笔荷恩休”[4]p130都对浩浩皇恩、森森帝威进行了赞颂。二是大臣间的宴游唱和盛行。比如杨师道封安德郡公时，在安德山池宴集群臣，李百药、褚遂良、杨续、刘洎、岑文本、许敬宗、上官仪等人都写有同题《安德山池宴集》，诗中用“粉壁”“朱楼”“高殿”“雕窗”“虹梁”等词涂饰浮光艳色，点缀升平。此外，如上所提及的王维、岑参、杜甫所和贾舍的《早朝大明宫呈两省僚友》都是大臣间的互相唱和。王维、杜甫等人是大家，当然这些诗不足以代表他们的水平，只能是聊备一格而已。不过，这也足以反映出唐之“老干体”的势力之不可小觑。当今“老干体”的应制除了友人之间的唱和外，还以一种新的面孔表现出来，诸如形形色色的节日诗、婚庆诗、寿宴诗、庆典诗、会议诗等，因均带有应景趋时的特色，都可以看作是新应制诗，至少可以说是古代应制诗在当今社会以另一类形式的复活。不过，不同于古时宴集、宫召时被动的应制，它是不被强求的主动的应制。这类应制诗大多千人一面，千部一腔，了无个性。正如诗人滕伟明先生在其《走出诗词创作的误区》一文中所批评的：“这类诗纯属表态，基本上都是废话套话，除了作者名字不同之外，很难看出有什么差别，甚至十年后的话都一样，可以任意挪动，恐怕不好说是诗。”[10]p102证之以下诗，并不厚诬：“群英汇聚气吞虹，喜见神州舞巨龙。巧绘宏图云浪涌，高扬赤帜国威隆。虎添双翼开新宇，鹏展重霄驻劲风。万马奔腾齐奋进，千秋伟业耀苍穹。”（王少轩《贺党的十八大胜利召开》）[5]p5这是作者发自内心的主动应制。诸如“群英”“巨龙”“赤帜”“万马”之类词陈俗之至，歌功颂德，套话连篇，放到任何会议、喜庆中都可套用，十年、二十年后还可套用，个性丧失殆尽。

### （二）以唐诗为参照，古今“老干体”表现的不同特点

1．唐人富丽堂皇，今人浅白庸俗

唐人“老干体”以上官仪为例，往往在绮错的词彩与婉媚的诗风中表现出典雅雍容、富丽堂皇的特点，表现出作者对高雅精致的审美趣味与对艺术的追求，如其《早春桂林殿应诏》：“步辇出披香，清歌临太液。晓树流莺满，春堤芳草积。风光翻露文，雪华上空碧。花蝶来未已，山光暖将夕。”[4]p130首联写应诏闻歌，点题；中间两联以“流莺”“芳草”“风光”“雪华”铺排所见景色，末联写游宴结束时日暮将归之

情。虽是标准的程式化结构，但用词绮丽婉媚，典雅精致，雍容华贵。而当今“老干体”往往浅白庸俗，毫无典雅之风。如邹洪旦的《农村吟》：“稻花香味闻，五谷满仓门。物富迎商贾，人和恋友宾。路边京九线，货畅地球村。科技兴农业，小康全力奔。”[9]p8-26浅白庸俗之至，除了标语口号式话语的堆砌外，实在看不出诗味来。

2．唐人严守格律，今人格律松弛

唐人“老干体”无论粘对还是押韵，都谨守格律。像贾至《早朝大明宫呈两省僚友》诗：“银烛朝天紫陌长，禁城春色晓苍苍。千条弱柳垂青琐，百啭流莺绕建章。剑佩声随玉墀步，衣冠身惹御炉香。共沐恩波凤池上，朝朝染翰侍君王。”[4]p585平仄谐和，对偶整饬，格律谨严，风格富丽。而当今“老干体”诗不讲对仗，不叶平仄，甚至常常出韵。像下面这些诗句，格律就十分松弛：“建国带来千载喜，南巡抛去万年忧”、“生产翻番，有田有屋，生活和谐幸福焉”、“政通人和逢盛世，振兴中华献余热”、“开放大潮声朗朗，风荷雨柳荡晨烟”。[9]p8-26文字之粗糙且不论，完全置平仄于不顾。除了句子齐整外，完全不合格律诗的规范。

3．唐人艺术修养深，今人艺术修养浅

唐代“老干体”诗人诸如杨师道、李百药、褚遂良、杨续、刘洎、岑文本、许敬宗、上官仪等大都淹通六经，博闻坟典，文化水平极高，艺术修养极深。如褚遂良就博通文史，精于书法，遂由魏征推荐，受宠于太宗。又如太宗朝后期重要诗人上官仪，《旧唐书》卷八十《上官仪传》就称他自幼“游情释典，尤精三论，兼涉猎经史，善属文”。故而深得太宗眷顾，太宗每作诗文，皆遣其视稿，加以修饰，并“令继和，凡有宴集，仪尝预焉”。正因他们文化水平高且精于诗艺，因而在诗中驾驭经史、出入坟典、穿插掌故、剪裁辞藻得心应手。他们的诗虽应景应制，题材狭窄，但表现出的文化内涵却十分丰富。与此相反，当今“老干体”诗尽管内容甚丰富，题材也广泛，贴时代也甚紧，但诗歌文化内涵贫瘠，诗歌感染力差，其中原因是诗人们的文化根基浅，艺术修养差。文化根基浅，故而内容空泛；艺术修养差，故而直白浅露，漠视格律，且不顾起承转合、腾挪提顿之技法。

4．唐人含蓄，今人浅露

讲究比兴含蓄一直是诗歌的传统。《毛诗序》云：“上以风化下，下以风刺上，主文而谲谏，言之者无罪，闻之者足以戒，故曰风。”[3]p29《郑笺》释此条曰：“风化、风刺，皆谓譬喻不斥言也。主文，主与乐之宫商相应也。谲谏，歌咏依违，不直谏也。”[3]p29文，即文词、文采。故朱熹径直释为“主于文辞而托之以谏”[3]p29一句话，诗无论美还是刺，讲求“谲谏”，即不直谏，讲求委婉含蓄。其实，不只刺诗如此，所有诗歌都必须含蓄，含蓄才有咀嚼之味。唐之“老干体”尽管多应制之作，但做到了典雅含蓄。如杜甫《奉和贾至舍人早朝大明宫》一诗尽管是应制诗，诗也无非写早朝的情景，赞颂贾至的才华，但写得却很含蓄，特别是末联“欲知世掌丝纶美，池上于今有凤毛”两句颇耐人寻味。“丝纶美”指贾家父子贾曾、贾至历任两朝中书舍人。据《新唐书》卷一百一十九《贾至传》载：“帝曰：‘昔先天诰命，乃父为之辞，今兹命册，又尔为之，两朝盛典，出卿家父子手，可谓继美矣。’至顿首，呜咽流涕。历中书舍人。”诗引此典意在赞贾至子承父业，做得和父亲一样好，实在是一段佳话。

“凤毛”用南朝谢凤、谢超宗父子事，父子二人都有才华。《南史·谢超宗传》记载谢超宗：“好学有文辞，盛得名誉。选补新安王子鸾国常侍。王母殷淑仪卒，超宗作诔奏之，帝大嗟赏，谓谢庄曰：‘超宗殊有凤毛，灵运复出。’”[11]p448意即谢超宗继承了父亲谢凤的才华。杜引此典十分贴切，赞颂贾至继父之才华，文章写得好。这种含蓄的写法与当今“老干体”的浅露相比不可同日而语。试举当今一首赞人的“老干体”为例：“梅君编写七巨著，业绩辉煌入史书。德艺双馨人赞颂，君才八斗是吾师。”（陈超民《赞梅逸民先生》[12]p118）同样是称赞对方才艺，高下立判。杜诗典雅含蓄，耐人咀嚼；此诗套话连篇，空洞泛味。

## 二、当今老干体盛行之原因、流弊影响及采取对策之思考



当今“老干体”作者之众，作品之多，内容之浅，文字之俗，是古代“老干体”无法与之颉颃的。“老干体”为什么产生于当今社会？为什么会如此迅猛地发展？其原因何在？它的影响或者流弊是什么？采取什么对策来引导？这些值得学界深思。

### （一）当今“老干体”兴盛的原因

“老干体”盛行，原因自然是十分复杂的，但笔者认为主要有如下原因。

1. 时代的、社会的原因

无论是唐之“老干体”还是当今“老干体”，均昭示一个现象，即它产生于盛世，与时代和社会密切相关。唐代，尤其是贞观到开元年间，是所谓典型的盛世。社会安定，经济繁荣，歌盛世、感皇恩自然成为部分诗歌的内容。当时的“上官体”能风靡几十年就可以理解了。这种正处在上升时期的社会还影响到诗人的精神面貌，虽然诗为应制，但在歌颂皇恩中常流露出一种自豪和大气，如虞世南的“上将三略远，元戎九命尊。缅怀古人节，思酬明主恩”（《出塞》）[4]p123、王维的“九天阊阖开宫殿，万国衣冠拜冕旒”（《和贾至舍人早朝大明宫之作》）[4]p297正如此。当今“老干体”的盛行亦与此相同，与时代和社会密切相关。改革开放几十年来，经济取得了巨大成功，国力逐渐强盛，“老干体”的盛行有了它的土壤。人们打着“反映时代气息”的旗号，遇事必吟，逢喜必歌，有节必咏。比如“神九”上天了，人们歌之；国庆佳节到了，人们歌之；党代会开了，人们歌之；名人诞辰，人们歌之；某某大桥通车了，人们歌之；某某市被评为文明城市了，人们歌之。这类诗看似贴近了现实，其实远离了诗歌之本质，诗不是成为心灵和性情的自然感发，而成为新闻时政之报道，说教连篇，空洞无物。人们这种自觉的应景趋时其实是古代诗坛应制的还魂和蜕变，是配合时代的主动应制。如梁继红《党庆九十周年感怀》诗：“咏唱迎华诞，诗成意未穷。千言凝一语，党在我心中。”[13]p3尽管格律还严谨，用语还精炼，但终觉陈词满目，套话连篇，近乎标语口号，是典型的无盟主倡言的自觉应制诗。这类诗之产生还与整个中国唯经济利益至上、文化（文学）遭遇前所未有之尴尬的大环境有关，也与特殊的政治气候有关。在经济至上及所谓“正确的舆论引导人”的文化背景下，文人迷失了方向，丧失了自我，忘记了责任，忽视了诗歌刺世的本质。因此，诗歌中批判精神的

缺失也势在必然。

2. 交通的便利促进了"老干体"旅游诗的发展

旅游诗包括山水诗怀、古诗与咏物诗。游山玩水，吟风弄月，古已有之。当今诗坛，这类题材的诗占了"老干体"⅔的篇目。它的盛行自然与经济的繁荣及交通的便利有关。和平安定的环境、充裕的经济支撑以及便利的交通使诗人们的漫游成为可能。人们有游必记，有景必歌，有史必叹，有物必咏，作品之多，蔚为大观。但正如节日、喜庆诗的泛滥一样，这类诗亦过于泛滥与平庸。或是拆装前人意境重新组合，或是开中药铺似的胪列意象，或是置于任何场合都可的空泛之议，或是毫无真情与感受的套话描写。如网上有一首咏梁山的诗："忠义堂起聚义塌，谋求招安牺牲大。北战南征折兵将，死后魂归蓼儿洼。"[14]陈腐的描述，空泛的议论，套话的堆垛，了无诗意。其实作者完全可换一种写法，找到自己情感的寄托点。比如诗人邓世广的《梁山寨》就克服了"老干体"空泛的毛病："替天行道几人同，俱付沧桑一笑中。我到梁山非入伙，一樽聊祭故英雄。"[13]p46作者将自己的看法及性情寄于叙述之中，写得幽默调皮，诗意灵动，是旅游诗中难得的好诗，非套话连篇的"老干体"可比。

3. 理论上的偏颇导致"老干体"创作上的误区

"老干体"中最大的弊病是陈言套语过多、应景趋时过多、思想陈腐、创作平庸，而这些很大程度是由于理论上的偏颇而促成的。人们往往从偏颇的理论中为平庸找到了借口。其偏颇表现如下：

第一，混淆了通俗与庸俗的区隔。

殊知通俗并不等于庸俗，通俗并不等于人人一读就懂，诗毕竟是一种高雅的艺术，必须是有一定文化层次的人才能欣赏的，那种为适合文化层次较低的人而写的诗就不叫通俗，那叫应俗、趋俗，过分趋俗势必滑到庸俗。道理其实很简单，诗是讲究意境的，而意境是需要细心揣摩和寻绎的。如果人人一读就懂，那还要评论家、鉴赏家干吗？人人能懂也就意味全民能写，那还要诗人干吗？诗不可能全民皆懂、全民皆能写，正如飞机大炮不可能全民皆能造，它毕竟是有某专业特长的人干的事。正如老诗人童明伦先生在批评有人高喊"诗词大众化"时所说："任何一门科学技术，任何一种文学体裁，任何一类艺术形式，都不可能做到尽人皆知，全民皆懂。相对论、剩余价值论、形象思维论、声韵学、训诂学、交响乐、京剧其至白话诗，都无法'化'到那一种程度。"[15]因此，"大众化""通俗化"不过是那些平庸化作品的遮羞布和护身符而已。再通俗的诗也是作者对语言与意境进行提纯过的，没提纯过的诗不叫通俗而叫庸俗。对比下面两首诗就明了什么是通俗与庸俗了。一首是老诗人臧克家的《老黄牛》："块块荒田水和泥，深耕细作走东西。老牛亦解韶光贵，不待扬鞭自奋蹄。"[16]语句虽通俗，但意境经过了作家提纯，诗人寓志于物，借牛自况，议论精警，读来饶有兴味，自是好诗。一首是"老干体"的《咏牡丹》："国泰民安看牡丹，青春润泽现金男。短裙紧裤新时代，乡镇风光靓几番。"[17]p259"国泰民安"，陈言迭出；"短裙紧裤"，俗之又俗，浪费空间，诗人之情思亦未提纯，平庸之至。同是咏物，高下判然。

第二，模糊了写实与应景的区别。

“老干体”作者还有一层护身符，那就是打着“写实”的旗号。诚然，“老干体”题材确是十分丰富，诚如笔者前面所言，逢节必写，逢庆必志，出现了不少的诸如喜庆、节日、诞辰、成就一类的诗。看似热闹，实则平庸；看似有内容，实则空泛无物。因为作者每事都要评论，基本是表态诗，作者不过是把套话、废话、评论换装成韵语罢了，可人们则美其名曰写现实重大题材。其实这里也存在一个重要的理论误区，那就是模糊了写实与应景的区别。以上所说的实在称不上写实诗，不过是作者的应景趋时诗。诚然，写实确是中国古典诗歌的传统，但是所谓写实诗那是作者有感于事，一时触发了其创作冲动而写下的作品，即《汉书·艺文志》所云“感于哀乐，缘事而发”。并非本无真情，遇喜则贺；本无感愤，遇事则志的毫无选择与提炼的新应制之作。可见真正的写实是作者“情动于中”并有所选择的作品，这样的作品才能传之久远，经得起时间的考验。比如安史之乱虽离我们久远，但杜甫的“三吏三别”等一系列反映战乱的作品之所以到现在还能感动人心，就在于那是作者用心写出且有所提炼和选择的作品，换句话说是渗透了诗人生命体验的作品，并非“老干体”诗人事无巨细有躬必录的应景似的作品。诗之本质是表现人心灵的，诗中的客观现实只有渗透了诗人的生命感悟与体验才能感人。前几年有位署名王兆山的“老干体”诗人据说曾以一首《江城子·废墟下的自述》词名噪一时。全词如下：



天灾难避死何诉，主席唤，总理呼，党疼国爱，声声入废墟。十三亿人共一哭，纵做鬼，也幸福。　银鹰战车救雏犊，左军叔，右警姑，民族大爱，亲历死也足。只盼坟前有屏幕，看奥运，同欢呼。[18]

词中太多的套语与官腔，制作粗劣，连平仄等词律也不顾，像这样的诗词怎么能传之久远呢？实在不敢恭维。总之，没有真情感悟与体验的写实，只能堕入应景趋时的恶趣中。

4. 长期的官员生涯，养成了讲套话习惯

“老干体”群体的主体是从企事业岗位上退下的老干部，他们曾长期处于官场，官场文化的应景趋时、套话连篇风气势必潜移默化地影响他们的思维，因此，在诗词创作中把套话官腔带进来也在情理之中了，讲套话、打官腔成为其诗词最突出的特色。他们创作时也许有真情，有渴望，有欲止不能的冲动，但问题是套话过多自然也就泯去了真情，至少是冲淡和稀释了真情，因而成为套话诗、报告诗。比如在香港回归时，出现了不少回归题材的诗，不可否定其中也有好诗，但更多的是套话连篇的诗。如下面李经历的一首《回归颂》：“妄占香江久蓄谋，走私鸦片入神州。销烟烈火惊熊豹，媚外阴风引鹫鸠。共处和平天下愿，孤行霸道世人仇。实施两制黎民福，一统中华展伟猷。”[12]p86也许作者写作时有真情与冲动，但过多痛史的铺陈显得提炼不够，过多陈言套话的使用使得真情被掩。如何找到自己的情感宣泄载体、找到最佳宣泄点这一类问题作者没处理好。而陈振东写的同类题材的诗解决了这一问题：

当年炮火震渔村，爆竹今朝万户闻。

同是硝烟长不散，两番心事最撩人。[10]p102

尽管诗歌语言很通俗，但诗意浓厚，意境深婉，耐人咀嚼。因为作者把“硝烟”作为自己情感的载体与宣泄点，无须太多的胪列与铺排，通过昔日的硝烟与今日的硝烟相比，写出诗人“撩人”的情感体验：同是硝烟，昔时的“硝烟”“撩”出了过去那段屈辱的历史，一语而道尽上面李诗所铺陈的所有内容；而今日的“硝烟”“撩”出了回归的喜悦之心，屈辱的历史终于结束了，诗人欣喜之情自在“撩”字之中，无需套话道出。可见，如何去掉套话，回归含蓄是当今“老干体”要思考的问题。

5. 当今网络的发达促进了“老干体”的流行

当今网络的发达促进了包括“老干体”在内的大量网络诗词的出现，网络的好处在于打破了权威的垄断，带来了平等性；打破了诗坛的圈子，带来了互动性；打破了诗坛的封闭性，带来了个性化。但是网络也给诗带来了负面影响，那就是随意性，人们可以不需权威的许可随意贴上自己的作品。这种随意性自然也造成诗坛庸俗作品的泛滥。“老干体”在这种网络语境中发展壮大甚至气势如虹，也就不足为奇了。“老干体”之所以能借网络发力，是因其趋俗媚俗的创作宗旨正好迎合了一些文化层次较低的网民的欣赏趣味，因此，网络无疑是“老干体”诗词当然的推手。



### （二）当今“老干体”流敝及影响

诚然，老干部为诗歌复兴的贡献不可否定，他们热情高、干劲足，退闲之后，倡社结盟，为筹措经费到处奔走呼号，在诗集的出版、新人的扶植方面功不可没。但是，“老干体”作为一种诗体，在诗坛的负面影响也不可低估。

1. 造成虚假的繁荣

当今诗坛十分热闹，就诗社社团而言，各省、地、县都成立有诗社，成员少则几十，多则达数百人；就人数而言，全国作家上百万，涉及各行各业的人员，一次诗赛稿件据说可达十万之众；就刊物而言，出现了各种各样的诗词刊物、个人诗词集、集体诗词选集、各种诗词网站以及朋友之间的手机诗。人数之众，作品之盛，刊物之多，诗社之滥以可说是史无前例。但据此就说诗歌繁荣，那就大错特错了。据笔者对一些地方诗社的考察研究，其成员⅔以上是“老干体”群体，真正懂诗写得像诗的少之又少，真正称得上诗人的人更是凤毛麟角了，至于年轻人则更少，往往出现断层现象。如果抽掉“老干体”，诗坛虽然不是沉寂，但显然是另一种景象。因此，由“老干体”填充的繁荣是一种虚假的繁荣。

2. 违背了诗歌抒情写志、比兴寄托等传统

如前所述，“老干体”的主要毛病是直白浅露，情感苍白，套话连篇，陈言满目，应景趋时，空洞说教。这些违背了诗歌抒情写志、比兴寄托的传统。殊知情志是诗歌的灵魂，诚如邵雍《伊川击壤集序》所言：“怀其时则谓之志，感其物则谓之情，发其志则谓之言，扬其情则谓之声，言成章则谓之诗。”[6]p101 诗是怀时感物发志扬情之作，是诗人“自写其悲愉，旁抒其美刺而已”[6]p115。而写志抒情不宜直露，宜用比兴寄托，即所谓“感激悲伤，忧时悯己，托情寓物，使人读之至于太息流涕”[6]p103。通

过比兴可以曲折达意，通过寄托可以委婉传情，曲折则含蓄，委婉则境深。总之，无论是忧时，还是悯己，都须曲折达情，才能发挥诗歌使人“太息流涕”的审美效应，而“老干体”诗恰恰有悖于此。

3.“老干体”影响了诗歌雅正发展的方向

唐初以宫体诗人为核心的“老干体”应制唱和，艳语满目，富丽华赡，后来发展成为“绮错婉媚”的“上官体”，时人竞相仿效，风靡一时。这种诗自然阻滞和影响了唐诗的发展方向，首先是“初唐四杰”起来扛旗反对。王勃就曾指出其流弊是“文场变体，争构纤微，竞为雕刻。糅之金玉龙凤，乱之朱紫青黄；影带以徇其功，假对以称其美；骨气都尽，刚健不闻”。[19]p29因此，他们通过自己的创作，把诗从应景趋时的宫廷、台阁中解放出来，以“骨气”和“兴寄”为旗号高扬时代精神，使诗复归雅正。后又经过陈子昂的努力，终于彻底廓清了宫体之余弊，为盛唐之音的建立扫除了障碍。唐诗的发展也值得我们今人借鉴。当今“老干体”内容的歌功颂德、题材的应景趋时、语言的直露浅白、风格的叫嚣粗疏、目的的媚俗趋俗、手法的单调呆板等等，都严重地偏离了雅正的方向，阻碍了诗的健康发展。所谓雅正，即典雅醇正，它一直是中国诗歌的传统，是中国诗歌的主流。那种过分强调以大众喜恶为标准的所谓大众化，必然导致诗歌的庸俗轻薄；那种追求人人能懂的所谓通俗化必然导致诗歌的叫嚣粗疏。诗歌虽然不能写成需带着字典词典才能读下去的作品，但也不能写成一览无余毫无回味的口号。只有顺口溜、标语、口号才无须注家与鉴赏家。取媚大众，必然导致诗走向死胡同。杨启宇在其《新旧诗之我见》中不无调侃地说：“我们不禁要问，大众能选总统，但大众能选李杜么?”[2]p116一语破的，真为灼见。因此，不能为了媚俗而改变诗词的雅正方向。

## 三、导引“老干体”对策之思考

“老干体”是当今诗坛客观存在的现象，我们无须横加指责，而是必须正视并加以因势利导，提升其创作水平，使其回归雅正的方向。笔者以为可从三个方面下功夫。

### （一）提高老干群体作者的文化素养

殊知文化与诗同源，文化与诗谁也离不开谁，文化养育了诗歌，诗歌铭刻着文化[20]p123，特别是古典诗词承载了丰富的文化信息，正如英国学者哈特在其所译的中国诗歌集中所言：“他们的诗是用最柔软的笔写在最薄的纸上的，但是作为汉民族的生活和文化的记录，这些诗篇却比雕刻在石头或青铜的碑上更要永垂不朽。”[21]p5一部中国诗史就是一部中国文化史。因此，没有深厚的文化修养与学养就不能欣赏诗，同样，没有深厚的文化修养与学养也写不出诗。比如文天祥的《正气歌》，从齐太史、晋董狐、张良椎、苏武节、严颜头、嵇康血写到张巡齿、杲卿舌、管宁操、诸葛节、祖逖楫、秀实笏，涉及的历史人物十分丰富，简直就是一部浩然正气史，没有深厚的历史文化素养是决然写不出来的。可见，写诗之难不在格律，而在于文化修养与学问之提升。文化修养高、学养深，自然可以避免诗歌的平庸浅白，增加其可读性。

### （二）提高审美与艺术修养

诗是个性很强的艺术，它不是靠媚俗去迎合读者，而是靠个性去感动读者。要写出个性化的作品，需要作者有较高的审美修养与艺术修养。“老干体”诗歌了无个性的问题也就出在这里。要提高这方面的修养，笔者认为要从以下几个方面入手。

第一，懂得和讲求格律是起码的要求。格律是前人适应汉语的特点在创作中总结出来的规律，无论如何革新，都是不可轻废的。一首连格律都不讲的诗，怎么能期望它给予读者一种审美愉悦呢？如陈文玲《七律·农民工之梦》：“时光韵律写人生，流水琴弦领溪丛。渴望凝结心底色，追求积聚梦中藤。艄公号子渔歌韵，游子笛声过客情。逝去年华催广厦，何时为吾御寒风。”[22]p226且不论其文字是如何粗糙，居然连格律也不通，不讲平仄，一诗用三韵（上平东，下平庚、蒸），哪里还有诗的美感可言。





第二，学会使用修辞，提高写作技巧。古典诗词讲究曲折含蓄，因此，比兴象征、夸张衬托的修辞，提顿腾挪、起承转合的篇法，虚实相生、寓情于景的技法，警策诙谐、字斟句酌的推敲是必不可少的，是克服“老干体”，平庸之作的重要途径。

第三，用典使事，回归典雅。众所周知，用典使事是增加诗词表现力使其淳雅的最传统手法，这里必须澄清认识上的误区，不要把因用典使事带来的一定程度的“隔”等同于“晦涩深奥”。“隔”是距离，距离也是一种美。故一定的“隔”比完全“不隔”美，正如帘内美人比站在我们面前的美人更令人好奇与着迷。叶潮先生把这种“隔”叫做“文化龃龉”。[23]p138当然，要读懂这种“隔”或曰消除这种因文化水平之差异而带来的“龃龉”，就需接受者与作者有同样高的“文化解码”水平。正如夏中义先生所说的：“当读者不具备足以观赏作品的特定形式这份素养时，必然地，他也就消化不了这作品，于是作品也就不能变成他的审美对象；相应地，面对此作品，他也就失去了审美主体资格。显然，此‘隔’之责任不在作者，而在读者。”[24]p34因此，用典使事造成读者读不懂的“隔”是读者的事，作者完全没有曲意迎合读者之必要，不要一味考虑读者是否能接受而改变自己的创作个性与习惯。

### （三）加强舆论与理论的导引

如上所述，当前“老干体”一些写法和特征除了与作者文化水平、学识修养等有关外，还与他们的认识的偏颇及理论的混乱有关。因此，有必要加强舆论的宣传，在理论上正本清源，占据理论的制高点，让作者们清楚什么是诗歌的本质，什么是诗歌的传统，诗歌为什么要回归雅正，什么是口语化大众化，如何对待“老干体”等等，都是不可回避的问题。只有在理论上澄清了一些认识上的误区，诗歌才能端正其发展方向。

### 参考文献

[1]知一堂主:《浅评赵老湿的一首马屁诗附录》. http://www. yhcqw. com/bbs/dispbbs. asp? boardID = 13&ID = 39100.

[2]赵松元:《诗词学》(第一辑),广州:暨南大学出版社,2010 年。

[3]转自萧华荣:《中国诗学思想史》,上海:华东师范大学出版社,1996 年。

[4]曹寅:《全唐诗》(上),上海:上海古籍出版社,1986 年。

[5]吴洪激:《新时代农村题材诗词创作现状分析》,《东坡赤壁诗词》,2012 年第 5 卷。

[6]贾文昭,程自信:《中国古代文化论类编》,福州:海峡文艺出版社,1990 年。

[7]许总:《唐诗史》(上编),南京:江苏教育出版社,1994 年。

[8]毛泽东:《读〈封建论〉呈郭老》,http://blog. renren. com/share/ 237887820/4633492087.

[9]刘上民主编:《当代文人》,2010 年第 10 期。

[10]古求能主编:《当代诗词》,2012 年第 1 期。

[11]许嘉璐:《二十四史全译》,上海:汉语大词典出版社,2004 年。

[12]李文广:《诗海》(第十一卷),香港:环球出版社,2011 年。

[13]古求能:《当代诗词》,2011 年,第 4 期。

[14]王拯:《咏梁山一百单八将》,http://www. rongshuxia. com/book/5027233. html.

[15]童明伦:《论中华诗词之用韵》,载向喜英无欲斋吟稿,2001 年。

[16]臧克家:《老黄牛》,http://www. cnki. com. cn/Article/CJFDTotal - ZHJY200412017. htm.

[17]李文广:《诗海》(第十四卷),香港:中国人民出版社,2012 年。

[18]新化石:王兆山《江城子·废墟下的自述》批判,http://article. hongxiu. com/a/2008 - 6 - 15/2717870. shtml.

[19]杨炯:《王子安集序》,转自马积高、黄钧:《中国古代文学史》,长沙:湖南文艺出版社,1992 年。

[20]杨子怡:《论文化生产场域中文化与诗歌的关系》,《天府新论》2012 年第 2 期。

[21]丰华瞻:《中西诗歌比较》,北京:三联书店,1987 年。

[22]陈文玲:《颍川诗草》,北京:中国文联出版社,2011 年。

[23]叶潮:《文化视野中的诗歌》,成都:巴蜀书社,1997 年。

[24]夏中义:《世纪的苦难》,上海:上海文艺出版社,1995 年。

**作者简介**:杨子怡(1955—　),男,湖南新邵人,教授,研究方向为古代文学及文化诗学。

# 七 近现代诗家专论

# 20 世纪传统文学的玉树琪花——陈小翠诗综论

刘梦芙

晚清至民国年间，随着科举制度的废除、新式学堂的兴办、辛亥革命的胜利、新文化运动的开展，女性的权利得到社会的尊重，成千上万的女青年走出深闺，或考入学校接受现代教育，或凭借聪明才智独立谋生，涌现出许多优秀的文学家、艺术家和学者。在传统诗坛词苑，群芳竞放，吐艳飘香，诸如秋瑾、吕碧城、汤国梨、张默君、刘蘅、冯沅君、苏雪林、陈小翠、丁宁、李祁、陈家庆、冼玉清、黄稚荃、沈祖棻、周炼霞、张荃、张纫诗、张充和、张珍怀、盛静霞、琦君等诸多女诗人词家，其作品纷呈异彩，平睨须眉，总体成就远越古代。其中陈小翠兼擅诗、词、曲、赋与骈散文，是一位在传统文学领域全面发展而极具个性的天才作家兼书画艺术家，著有《翠楼吟草》二十卷。对于这一份丰厚瑰美的文学遗产，应作重点阐述。



## 一、家世和生平

陈小翠出身于亦儒亦商、一门风雅的家庭。其父陈栩（1879—1940），字栩园，号蝶仙，别号天虚我生、惜红生、太常仙蝶等，杭州人。自幼天资颖慧，性嗜文艺，饱读诗书，曾考取晚清优附贡生；青年时期做过幕僚、监狱工艺指导员及浙江镇海县知事。1906 年自办《著作林》和《艺林新报》，1913 年受聘任上海《游戏杂志》编辑，1914 年任《女子世界》编辑，1915 年任《申报》副刊《自由谈》编辑兼撰稿人，1916 年加入南社。少年时代学诗于陈莲诗、章墨舫二孝廉，后与何公旦、华痴石并称“西泠三家”；十六岁时试作《桃花梦传奇》《潇湘雨弹词》，登于自办《大观报》；十九岁时效法《红楼梦》写出小说《泪珠缘》；以后陆续创作小说《鸳鸯血》《娇樱记》《丽绡记》《黄金祟》《新泪珠缘》《柳非烟》《新官场现形记》《桃源梦》《玉田恨史》《火中莲》《满园花》《郁金香》《不了缘》《红丝网》《情网蛛丝》《芙蓉影》《琼花劫》《井底双鸳》《双花冢》《诗魔小影》《孽海疑云》《胡雪岩外传》等等，成为鸳鸯蝴蝶派著名作家。他爱好昆曲，精于音律，有《桐花笺》《落花梦》《桃花梦》《自由花》《花木兰》《媚红楼》传奇剧本六种；曾将习曲心得写成《学曲例言》，附刊于 1920 年重版《遏云阁曲谱》之后；又写有《春声馆曲谱自序》《学曲之捷径》等文章。诗词与各类编著，有《天虚我生诗词曲稿》《栩园丛稿》《考正白香词谱》《工商尺牍》《家庭工业手册》《家庭常识》等。毕生著作多达百余种，可见其创造力之旺盛。

陈栩还以创办民族工商企业闻名。1918 年，他放弃《申报》副刊《自由谈》编辑工作，成立家庭工业社，利用乌贼鱼骨配合各种药料，试制兼能擦面美容的牙粉，居然成功。这种牙粉先名“蝴蝶”，后改名“无敌”，在包装上标明“中华国产”，以国货抵制日货，上市后很快压倒日本舶来品狮子牌和金刚石牌牙粉，声誉大振，广销各大城市乃至国外，成为民国间名牌产品。初步积累资本后，陈栩进一步对家庭化妆品进行研究试制，在上海建厂扩大牙粉生产，兼产化妆品西泠霜、蝶霜（今驰名于世）等，销路也很快遍及全国；接着在无锡、杭州、镇江各地开办汽水厂、玻璃厂、利用造纸厂、改良手工造纸厂（附设印刷厂、制盒厂）、铁厂、制镁厂等，以“无敌牌”为商标的产品有花露水、蚊香、蛤油以及白兰地、葡萄酒、威士克等饮料，不胜枚举。从家庭工业社到开办各种工厂，获取丰厚利润，充分展现了陈栩的科研成绩和经济才能，这在民国文人群体中极为罕见。1937 年日本侵华战争全面爆发，日寇为了报复狮子牌和金刚石牌牙粉被压倒的宿仇，投弹将陈栩开设于上海的总厂炸毁。陈栩将部分企业迁至湖北宜昌和重庆，并到云南昆明筹建牙粉厂，奔波劳累，身体受到严重影响。1939 年，陈栩由其子陈小蝶陪伴返回上海，次年 3 月 24 日因痰喘病殁，后归葬于杭州西湖玉泉西桃花岭。陈栩享年仅六十二岁，成为著名文学艺术家和民族工业的代表性人物，逝世后南社社员陆澹安挽联为“公真无敌，天不虚生”，是确切的评价。

陈小翠之兄小蝶，也是文学艺术名家。小蝶原名琪，字蝶野，后改名定山，斋名醉灵轩、萧斋、定山堂等，1896 年生。生而奇慧，十岁即能倚声和唱昆曲，十四岁入上海法政大学，其后入上海圣约翰大学，皆因兴趣不合而自动退学。十六岁开始与李常觉合译英文小说，由李氏口述，陈以文言文译出，学林纾文风，发表于恽铁桥主编《小说月报》，商务印书馆印行，一时名闻天下。又曾与乃父陈栩合作《弃儿》《二城风雨录》《嫣红劫》《柳暗花明》等长篇小说共十一部，其中《柳暗花明》被上海明星电影公司摄为电影。他自撰《塔语斜阳》《香草美人》等小说，内容风格都承袭其父作品，被列入鸳鸯蝴蝶派文学阵营，与周瘦鹃、包天笑、毕倚虹、秦瘦鸥、郑逸梅等人气味相投，而与新文学派泾渭分明。陈栩去世后，小蝶曾于杭州开一西式饭店，取名为“蝶来”，特请当时著名电影女明星胡蝶和徐来剪彩，一时成为热门新闻。除写作诗词、小说外，陈小蝶尤肆力于书画，从 1920 年起，参与美术界一系列活动：最初与王一亭、冯超然、吴湖帆、钱瘦铁、唐吉生等，以国画家身份参加当时最重要的画会“天马会”（1919 年成立）；1929 年，参加第一届全国美术展览会筹备委员会，与徐志摩、杨清磬、李祖韩同编《美展》汇刊；停刊后继续与徐志摩等主编《美周》；1931 年加入中国画会，当选为执行委员；1937 年，故宫博物院为赴英国伦敦展出文物，聘其为书画部审查委员。1940 年，因小蝶曾担任过上海市商会执行委员兼抗敌后援会副主任，被日本占领军逮捕，经家人和友人营救出狱，受此打击后，遂改名为定山，放弃实业经营，专力于书画。1945 年抗战胜利后，在上海与李祖韩、秦子奇等创办中国画苑，筹办过张大千、溥心畬、黄君璧、齐白石等众多名家的展览；1947 年在积极投入上海美术馆筹备处工作的同时，与徐邦达筹办“中国近百年画展”，并配合展览出版《中国近百年名画集》与《近百年画展识录》。1948 年，携妻儿渡海迁居台湾，先后于中兴大学、淡江文理学院、静宜女子文理学院教授诗文，并在报纸杂志上发表章回小说和随笔，亦卖画鬻书，常与张大千、于右任、溥心畬、周弃子等交游雅集，人皆尊称为“定公”。其自作书画，艺林评价颇高：“笔墨由洗练而渐趋繁复，千岩万壑，气韵无穷，盖收子久、山樵、香光、麓台为一家。又身行万里，胸藏万卷，故能变化于笔墨之外，所作诗画，颇多奇郁苍凉之感。”书法“初学黄山谷，后学虞永兴，而于褚河南用功最深。其书风更承袭二王的法度，使转苍劲中带有典雅隽永的意味”（恽茹辛编著《民国书画家汇传》，台湾商务印书馆 1986 年版）。1989 年，陈定山病逝于台湾，享年九十四岁。著有《明清五百年画派概论》《近百年名家画传》《定山论画七种》《定山居士诗文集》《春申旧闻正续集》等。①

陈小翠的母亲懒云夫人亦能吟咏，生小蝶、小翠后，又生一子名次蝶，亦擅诗，于 20 世纪 40 年代早卒。小翠生于光绪二十八年（壬寅，1902），又名璻、翠娜，别署翠吟楼主，斋名翠楼。大约是继承了乃父的基因，小翠在孩提中即聪慧异常，陈栩为《翠楼吟草》作序云：“惟予所处环境日趋困难，绝无心绪以课儿女，但任吾妇为之教养灯盏，四声何时能辨，予亦未尝前知。清宣末年，予自平昌幕中归，挈我妻女泛宅于七里泷间，始知吾女已能属对，时年十岁。越三年，予客蛟门，吾妇来函多为吾女代笔，函尾缀以小诗，婉娈可诵。予初以为吾妇口占，而吾女笔之于书，及后挈眷来署，始知左家娇女，亦已能文。嗣予侨居海上，以译著小说为生涯，辄命分译一编，颇能称事。所为诗渐近长吉，予为改窜数字，辄不认为满意，潜复自存其原稿。然至重抄时，则又删弃过半，今所存者，不过十之一耳。”小翠十三岁著诗《银筝集》，写作小说，刊于《申报》。十七岁从画家杨士猷、冯超然学画，擅长工笔仕女与花卉，风格隽雅清丽，书法亦峻拔挺秀。二十六岁适浙江省督军汤寿潜之长孙汤彦耆（字长孺），次年（1928）生女名翠雏，因与其夫感情不和而分居。三十三岁时与冯文凤、吴青霞、谢月眉、顾飞等闺阁名流在上海创办女子书画会，小翠任会刊编辑。1939 年至 1943 年间，与顾飞、冯文凤、谢月眉四人连续三次举办“四家书画展览会”，反响强烈，有人称赞她们的作品“不但可以称霸于女界，竟然可以压倒须眉”。陈祖范著《近代书苑采英》一书，列述近代书法家七十九人，唯一女性即陈小翠。四十六岁受上海无锡国学专修学校之聘，任诗词教授。五十七岁受聘于上海中国画院，为画师。其女翠雏远去法国，小翠单身索居，晚景凄凉。1966 年“文革”祸起，小翠因兄在台湾、女在巴黎的亲属关系，饱受凌辱，两次为了躲避批斗逃离上海均被抓回，1968 年 7 月 1 日引煤气自尽，终年六十七岁。遗著《翠楼吟草》，收诗、词、曲共二十卷。

## 二、诗词之创作成就

陈小翠才华卓异，人品清高，在民国女性诗坛文苑，独树一帜。常州大儒钱振锽

① 以上介绍陈栩、陈定山生平，据互联网上有关资料，作者多用化名，未标明文章发表之书刊。

向不轻易许人，却说“得见小翠，实不枉阅人一世”[①]。诗坛耆宿陈声聪著诗话，评小翠诗“脍炙人口，郁有奇气”“灵襟夙慧，女中俊杰”[②]“女子诗能为古风，词能作长调者，必是杰才”；称小翠七古多首“洋洋洒洒，下笔自如，无矜持拘泥之态”[③]；著词话复言“陈小翠女中俊杰也，家学渊源，非客慧狂花之比”，其词“芬芳悱恻，无一点脂粉气”[④]。著名学者施蛰存于陈小翠尤为钦慕，曾作《读〈翠楼吟草〉得十绝句殿以微忱二首赠陈小翠》，颇多赞誉：“花帘人远碧桃空，谁为西泠赋落红？至今湖山有闲气，翠楼新句动江东。”“一门才调欲飞仙，坛坫声名海内传。不与而翁叹虚我，几家娇女有吟编？”“臣妹才曾亚左媛，贤兄纸贵醉灵轩。清华典怨诗兼画，各有风流绍栩园。”“石破天惊琢句奇，雕虫长吉绮年师。春华刊落余秋实，始是红妆郊岛诗。”“历历悲欢入锦囊，三编吟草一沧桑。知君不向闲中老，珍重花从冷处芳。”[⑤]誉小翠兼誉乃父乃兄。小翠曾负如此盛名，但身后迄今未见一篇专论为之全面论介，检阅互联网上有关文字，皆摭拾陈声聪诗话中寥寥数语，无深入之剖析。而近现代女诗人词家如吕碧城、丁宁、沈祖棻等，皆不乏研究者，对照之下，《翠楼吟草》未免声光掩抑。笔者去年有幸觅得《翠楼吟草》二十卷，付黄山书社排版，以下对集中诗文分别阐述，倘能抉精华于万一，俾读者增进了解，是所愿也。



《翠楼吟草》二十卷：第一卷《银筝集》，第二卷《天风集》，第三卷《心弦集》，第四卷《香海集》，第五卷《沧洲集》，第六卷《绿梦词》（附曲、附文），第七卷《湖山集》《扫眉集》，第八卷《丹青集》，第九卷《倚柱集》，第十卷《劫灰集》，第十一卷《江南集》，第十二卷《绿梦词续》，第十三卷《翠楼曲稿》，第十四卷《思痛集》，第十五卷《中兴集》，第十六卷《夜锦集》，第十七卷《绿梦词续》，第十八卷《微云词》，第十九卷《冷香词》，第二十卷《翠楼曲稿》。一至六卷为第一编，收作者十三岁到出嫁后两三年间作品（按实足年龄计算，1915—1930），刻印本。

---

① 据网上资料。钱振锽（1875—1944），字梦鲸，号名山，又号谪星、藏之、庸人，别署海上羞客、星影庐主人等。江苏阳湖（今常州人）。光绪二十九年进士，官刑部主事，未几辞归。居乡教授弟子，赈灾济贫，热心于公益事业。晚年流寓上海。工诗文，有《名山集》等。其《谪星说诗》两卷、《名山诗话》六卷，评古人诗，持论甚严；惟《名山诗话》第六卷言及时人，评陈小翠多至四则，极为称赏，兹全录之：

仁和陈女士小翠刻《翠楼诗文词稿》。文学齐梁而有新意，诗七言古能作豪语，五言古《游山》有云：“平生不识山，忽到栖霞洞。咽云齿俱寒，扪壁指为肿。艰难缘木鱼，危怖病时梦。”此北宋句法也，殆非时贤所及。

翠楼律句，“三代而还争逐利，周秦以上读何书”（《读〈临川集〉》）；“言关家国文章重，身在闺闱出处难”（《赠丽岚女士》）；“入关岂有三章约，曳甲同悲百步兵”（指辽事）；“大道本来无我相，人间未必有他生”，皆可诵。至云“一赞本来非得已，全家何敢怨流离”，真伟论也！此类句极似吕晚村，而于女子得之尤奇。天使名山不死，获此奇观，岂偶然哉！

《翠楼吟草续集》《有谢》云：“欲谒龙门又却回，谢家小女本凡才。清谈何补苍生事，步障青纱况未裁。”以今日申江仕女言，可谓中流砥柱。

仁和陈女士璻《读名山集》云：“填海常嗟力不胜，平生心事望中兴。江干恸哭头如雪，谁识诗人杜少陵。”鄙人得此诗，可以死矣。

以上录自陈寅彭：《民国诗话丛编》（第二册），上海：上海书店出版社，2002年，第670～672页。

② 陈声聪：《兼于阁诗话》，上海：上海古籍出版社，1985年，第251页。

③ 陈声聪：《荷堂诗话》，福州：福建美术出版社，1996年，第57～58页。

④ 陈声聪：《读词枝语》，载刘梦芙：《近现代词话丛编》，合肥：黄山书社，2009年，第80～81页。

⑤ 施蛰存：《北山楼诗》，上海：华东师范大学出版社，2000年，第96～98页。

七至十三卷为第二编，收作者二十九岁到三十九岁十年间作品（1931—1941），刻印本。十四卷到二十卷为第三编，收作者四十岁到五十一岁时作品（1942—1953），誊印本。1955 年至 1968 年作者去世前作品无印本，据云有四编手抄本，止于 1957 年，此后十年间诗词都未留稿，不知作者是否寄其女翠雏，尚待考索。上述二十卷，其中六、十二、十三、十七、十八、十九、二十诸卷为词曲，其余诸卷为古近体诗。比较而言，诗之成就高于词曲，最能体现作者的思想品格和才力，故先作重点论介。

1. 贞介独立的人格

小翠的父亲陈栩虽以兴办实业致富，但始终不改儒士本色。临终前嘱女云："儿当知之，名士与名人有别。名士者，明心见性，以诗书自娱，苟得其道，老死岩壑而无悔。偶传令名，非其素志。古之人，如渊明是也。名人则不然，延誉公卿，驰心世路，今之人如某某是也。吾愿儿等为名士，勿为名人可也。吾行年六十，心地光明，死亦何憾。"小翠忆其父生平志业："吾父庞眉海口，智力过人，于书无所不览。尝云文学所以养心，工业足以救国，故平生孳孳矻矻，无非致力于二者。每黎明即起，日入未息，或劝其老矣可以少休，则曰'生无所息，工作乃人之天职，怠惰即是罪恶'。晚年笃嗜化学，每多发明，创立工厂五六处，赖以生活者近万人。然心薄商人，耻言功利，为而不有，四壁萧然。丁丑入蜀，议设盐铁纸镁等六厂，为富国之计，规模宏大，当局重之，惜为浅识者所阻。先君乃洁身而归，家居一载，赍志而终。使天假之年，其造福人群，当尤不止是也。"（《翠楼吟草》卷十二《绿梦词续·羽仙歌》后跋文）陈栩生当乱世，怀有实业救国的理想抱负，力行于实践，毕生勤奋，耻言功利，这正是儒者的精神。小翠出生于儒商家庭，自幼熟读儒书，兼受父亲的潜移默化，少女时代就养成了清高耿介的品格。陈栩《翠楼吟草序》言小翠："居恒好静，绝少朋俦，惟与顾青瑶时通笔札，余皆懒慢，往往受书不报，盖以寒暄语非由衷，不善为酬应辞也。然与人辩论古今得失，则又滔滔莫之能御。庭帏琐屑，不甚置意，日惟独处一室，潜心书画，用谋自立之方。其母尝曰：'吾家豢一书蠹，不问米盐，他日为人妇，何以奉尊章，殆将以丫角终耶？'璻则笑曰：'从来妇女自侪厮养，遂使习为灶下婢。夫岂修齐之道，乃在米盐中耶？'母无以难，则惟任之。但奉母命维谨，前年予病危，母命夜起祷天，茹素三月，虽不信有鬼神事，顾亦奉行罔懈，盖其心正意诚，有足多也。"真实生动地写出一位好学深思、狷洁自守而又事亲纯孝的女儒士形象。经济是人格独立的基础，无知识、无技能则不足以谋生，古代女性拘囚于家庭，离开其夫或其子就难以生活，不得不卑屈其人格。小翠年纪轻轻就意识到这一点，"潜心书画，用谋自立之方"，虽然也有女性解放的时代风气之影响，但主要是读书思考、知古今得失的结果。当时青年女性走出深闺、读书求学以至成才者很多，但贪求富贵、出卖灵肉者亦滔滔皆是，而陈小翠与其夫情趣不投则毅然离开，终身不嫁，保持贞介的品格，先天的慧悟与后天的书卷学识共同起到决定性的作用。

《翠楼吟草》开卷为《银筝集》（初刻时有诗四十三首，删削后再版，存诗三十四首），结集时小翠仅十三岁。诗中既表现小诗人极高的天分，也初步显示其清逸出尘的品格和洞察人世的识见：

万梅潮拥望湖楼，天半风帘响玉钩。雪压阑干花压雪，最高山阁独梳头。（《冬闺》）

思入青天渺渺时，冰鬟凝露结珠玑。孤山月满花如雪，吹彻琼箫鹤未知。（《山居》之一）

十年诗酒半消磨，弹指流光感逝波。举目山河愁欲绝，赘身天地恨如何。黄金散尽亲朋少，白眼看人鬼魅多。热血于今无用处，拔刀空唱木兰歌。（《十年》之一）

七绝二首写梅花雪月的环境，烘托诗人的孤高；七律中二联写山河惨淡、人性丑恶，结联言身为女子，不能挽救危局，沉痛悲壮。

到青年时代，陈小翠的诗艺已臻成熟，品格愈高，许多篇章都能体现她卓尔不群的个性和深于阅世的慧心。兹引数首：

泰山有孤竹，霜雪凌其姿。一生自孤直，落落无旁枝。岂无劲风节，狷洁世所遗。念之伤素心，泣下常沾衣。（《拟古》之一）

写泰山上傲霜的孤竹，实为诗人心志之自喻。

客从海上来，遗我明月珠。余光持照夜，白室生空虚。云是蛟龙宫，织网成珊瑚。明月偶然堕，龙爪相纷拏。海鬼不敢收，献之西国胡。飘零今百世，夜夜劳天吴。持此区区意，祝子得所如。却谢不敢受，宛转前致词：哲人自有宝，所宝不在兹。寒灯啼络纬，织素十二时。步摇非不好，村女无所施。吾愿安吾素，新奇良祸基。去去莫相浼，夷夏异趋驰。

日出东南隅，照彼陌上桑。盈盈大堤女，顾盼生辉光。头上金步摇，袿叶垂明珰。蛾眉蜷连秀，蝉鬓生秋凉。艳绝不可睹，胡为来道旁？人言亦可畏，触之生肤芒。兰芳不自葆，随风且飘扬。不见吴宫里，荆棘生重廊。西施不肯老，两鬓成秋霜。华颜只如此，堕落总堪伤。（《拟古》）

二诗的表现形式是汉乐府风格，内容却是讽今，与现实紧密相关。前一首以明月珠象喻新奇昂贵的异域舶来产品，也可引申为近代以来侵入中国的西方奢靡文化。作者言“却谢不敢受”“哲人自有宝”，不以珍宝易其高尚之志，诗意委婉而坚定。结尾四句更是表明诗之主旨：要树立中华民族独立自主的精神品格，防止用夷变夏。青年陈小翠正处于“五四”新文化运动时期，所谓新文化，实为从物质到精神上的西化，但她坚持传统文学和艺术创作，绝不随波逐流。第二首先写大堤游女容貌服饰之艳绝；再言彼等未能自尊自爱，举止轻浮；接言古时西施入吴宫以色相事人，美好的容颜很快就衰老了，灵魂堕落最可伤悲。这首诗是对当时都市女郎追逐时髦风气的针砭，写法与前一首类似，都是曲终奏雅，明作者之志。

灼灼莲药花，临波何皎洁。美人荡桨来，容华丽朝日。褫之芙蓉裳，荐之玉台侧。玉台非不容，所伤清节折。旁有孤生松，见之长太息。至德贵韬隐，何须盛容色。(《感讽》之一)

莲花因为容色太美，被人采折而去，置于富贵之处，原有的清节终于不保；是以君子之德，贵在韬光养晦的内美，而非外在的修饰炫耀。古往今来许许多多才俊之士由于品节不修，与权贵同流合污，以致身败名裂。诗中含有作者读史观今的深切感受和立身处世的人生哲理。

《翠楼吟草》中显示女诗人风骨情操的诗句颇多，“长忆定公矜一语，不将此骨媚公卿。数间老屋撑风雨，万卷残书共死生”(《陋室》之三)；“晓起出蓬户，雪花飞不歇。……伤此莹素姿，乃被尘滓积。东去有孤山，梅花浩如雪。月明洞箫响，山深少人迹。胡为来尘世，飘零不自惜”(《雪》)；“皎洁凤凰志，凄惶梁甫吟。绝弦一长叹，千古为伤心”(《弹琴》)；“天风浩浩河无舟，龙梭织雨鸣高楼。回文泪蚀三千字，美人冷抱红心死”(《题〈机丝夜月图〉》)；“楚冠切云高嵯峨，洞庭丛雨飞凉波。期不来兮发微歌，月出皎兮山之阿。……芦为梁兮苇为栋，南山老死柏与松。徘徊六合无所从，蛾眉玄鬓成飞蓬”(《潇湘引》)；“黄河倒泻玻璃钟，匣剑夜深吟古龙。人生二十不得意，拂衣欲去如奔虹。蓬莱一水通仙槎，千山万山悬月华。月中素女颜如花，招我五云缥缈之鸾车。后车载酒三万斛，飘然一笑凌紫霞”(《对酒歌》)；“借问隐者谁，非仙亦非俗。不知采丹药，时复取书读。怡怡一千载，其人颜如玉”(《偶占》之二)；“美人在天末，仙袂从风扬。遗世不一顾，冰雪填肝肠。下视黄河水，浊流何汤汤。世无神禹功，念之徒感伤”(《偶占》之三)；“我有秦时镜，窈窕鸾凤文。三日不拂拭，宛转生微尘。尘亦不在多，蔽亦不在昏。点尘误空洁，微意伤天真。明月何皎皎，对之思古人”(《偶占》之四)；“明月久相识，寒花多异香。东山垂翅客，持此谢炎凉”(《南园》)；“只分肝肠同铁石，不将颜色误胭脂”(《白梅》)……警句连篇，俯拾皆是。抱贞绝俗的女诗人为人类纯洁的本质被浊世玷污而伤感，为真正的人才投闲置散、不能经世济民而悲慨。她向往长期读书隐逸的山林生活，梦想超升到神仙世界自由翱翔，并且时时检点自己不要沾染世俗的习气，极力保持品质的完善，尚友古人。在纸醉金迷、举国纷争的20世纪，在诗中持有庄严高贵的品格，是何等的不容易；有成就的女诗人虽为数不少，但达到陈小翠诗中如此高绝之境的并不多见。

2. 深挚纯洁的情恋

关于陈小翠的婚姻与恋情，是网上许多文章共有的话题。陈栩的学生顾佛影曾与小翠同窗共读，感情甚好，是寒门子弟，而小翠的夫家是高门大户，因此陈栩颇遭嫌贫爱富的讥议，网民普遍认为他包办婚姻，不顾女儿幸福。其实这是局外人全无了解也不作分析的猜想，实属世俗之见。须知小翠的公公汤寿潜虽任过民国浙江第一任都督（交通总长），却是当时著名的社会贤达，曾以领导浙江人民反对清廷借外债筑路而驰誉全国，儒学大师马一浮即为汤寿潜的东床快婿、受业门生。陈栩将爱女许配给诗礼传家的汤家，正是考虑她的终身幸福，这种心态很正常。小翠在出嫁时未尝反对姻事，其《感纪》七律六章中怀有对婚后生活美满的理想，“一样高怀寄芳芷，满天风雪聘梅花”；“斗茗回廊烹细茗，敲棋楼阁落星辰”；“马帐传经千载事，鹿门偕隐百年心”。当然，婚后不久夫妇情趣不合也是事实，“采莲莲叶深，莫采青莲子。同房各一心，含苦空自知”（《子夜变歌》），这里面有种种不为外人所知的因素。“请授奇书三万卷，不须眉样问如何”、“椎髻荆钗最可人，孟光身世爱清贫。……此生不作封侯想，自向银河看月轮”（《感纪》），小翠自幼读书养成的清高个性恐怕是原因之一。作为家庭主妇，需要操持家务、相夫教子，必然要限制读书作画的大量时间，理想与现实发生矛盾，这恰恰是不甘于平庸的小翠难以忍受的，她始终追求精神上的自由。其夫汤彦耆也未必是人们料想的纨绔子弟，从抗战初期小翠作《送长孺》及《早行》诗中可见他毅然从军：“长闲骏马消奇骨，出塞秋鹰有壮心。”小翠则是深明大义，依依惜别并殷殷关照，“一战本来非得已，全家何敢怨流离。太平重见知何日，铜柱珠崖有所思”；“酒最伤神宜饮少，忧能损肺莫眠迟。……强欲从君因母老，漫天烽火阻归期”；“患难与人坚定力，乱离无地寄哀吟。杜陵四海飘蓬日，一纸家书抵万金”；“破晓驱车去，还从虎口行。乱离生白发，患难见真情。生死存肝胆，乾坤付战争。天寒忧失道，风雨度危城”，对丈夫没有情感，怎能写出如此真切动人的诗句？著名女词人丁宁的丈夫黄某才是一个满身恶习的膏粱儿，因此丁宁坚决离婚，恩断义绝，小翠的婚姻则明显不同。她与丈夫严格而言不是离婚，而只是分居（有文章说二人有约：男不娶，女不嫁），回到娘家仍然吟诗作画，过清静自在的生活；再到上海创办女子书画展览会，作于1931年至1936年的《湖山集》《扫眉集》《丹青集》《倚柱集》中大量诗篇记录了这一段生活历程。分居之后，小翠有一系列诗作：

昨梦送君行，睡中已呜咽。况兹当分袂，含意不能说。人生苟相知，天涯如咫尺。岂必儿女恩，相守在晨夕？望尽似犹见，楼高久凭立。思为路旁草，千里印车辙。归来入虚房，恻恻万感集。心亦不能哀，泪亦不能热。何物填肝脏，毋乃冰与铁。（《别意》）

槿篱门外日迟迟，过尽芳菲蝶未知。待种芭蕉三两树，半听春雨半钞诗。（《迁居·梦中作寄彦书》）

陋室无人尽绿苔，一琴一榻自安排。剧怜辛苦营巢燕，衔尽香泥待汝来。（《前题》）

红裾欲绝尚迟迟，回首空堂泪万丝。检点衣箱分一半，要他寒暖自家知。（《拟去妇吟》）

一镜当窗证鬓丝，百年心事少人知。为防隐语伤忠厚，删尽终风数首诗。（《前题》）

诗中表现了别后恨也不是、爱也不是、欲绝还留的复杂情感，她安排居处，希望丈夫能主动来到自己身边。《诗·终风》云：“终风且暴，顾我则笑。谑浪笑敖，中心是悼。终风且霾，惠然肯来。莫往莫来，悠悠我思。终风且曀，不日有曀。寤言不寐，愿意则嚏。曀曀其阴，虺虺其雷。寤言不寐，愿言则怀。”以女性的语气，责怪男方不庄重，有时和颜悦色地来相伴，但说走就走，没有真情；而女方又常常思念他，辗转不寐。然而小翠连这样含有怨意的诗都要删掉，“为防隐语伤忠厚”。紧接前诗有《譬如昨日死·和家君》：

譬如昨日死，翱翔恣远游。人生岂无情，惟情招众尤。心曲语形影，何苦如楚囚？豁然悬忽解，驰神遍九州。安知我非鱼，一以己为牛。大道本无我，吾乃师庄周。

这是因婚姻问题向她父亲表明心志：分居对她来说是一种精神上的解脱，昨日之我譬如死，今日之我则获得新生。她要像庄周那样，寻求无拘无束的心灵之乐，独与天地相往来，不管世俗的议论，呼我为牛即牛，呼我为马即马。

20 世纪 40 年代，小翠单身在沦陷区上海，作《远谪》七律四章，从诗意看，是为顾佛影而作。前二首中云“亦是人间远谪悲，停云落月每依依。一身作客家山远，万里不归鸿雁稀”；“此行未定重来日，不死当留相见期。万里烽尘梧子老，九秋风露葛衣知”，与《翠楼曲稿》中《南仙吕·寄答佛影同学兄》“烽烟满后方，落月停云，几番凝想。怎十年，音信断他乡。早难道，雁儿飞不过这荒江上”（作于丙戌秋，1946 年）措辞类似。“停云”“落月”，合用陶渊明与杜甫诗中语汇，都是怀念友人之意。后二首云：

绿窗剪烛坐宵分，往事低空有断云。岂向人天觅知己，总因潦倒感同群。何曾一日能忘汝，已似千年不见君。莫把诗人当巾帼，风怀曾薄杜司勋。

矜持刻意讳情真，哀乐何须遣汝闻。万里羊车长作客，十年鸿案久如宾。花边岁月惊流水，箧里新诗泣鬼神。双鬓蹉跎来日短，不妨长作梦中人。

顾佛影（1889—1955），又名宪融，别号大漠诗人，上海南汇人。曾任大同大学、金陵女子大学教席。有《大漠诗人集》《大漠呼声》《元明散曲选》等。诗词兼工，风格清雅，可在名家之列。佛影长小翠十三岁，虽是同学，但非网上文章所说“年貌相当”。二人之间有很深的情感，但最多只是柏拉图式的精神之恋，小翠诗中说得很明白：“莫把诗人当巾帼，风怀曾薄杜司勋。”不要把高洁的诗人看成一般的女性，她瞧不起像杜牧那样风流薄幸的男子。她为何“矜持刻意讳情真”？诗里提到与其夫的关系：“万里羊车长作客，十年鸿案久如宾。”（孟光敬其夫梁鸿，举案齐眉，只有夫妇之间才用此典）既敬其夫，就要信守盟约，对佛影怀有真情也要克制自己。

到 1946 年秋，顾佛影返回上海，与小翠相见，重叙旧情。大概佛影流露了结为伉俪之意，但小翠作《还珠吟有谢》七绝九首答之：

垂髫辩慧解参禅，何况重逢近暮年。我是飞仙君是佛，不妨立地即生

天。（其一）

敢将诗意堕凡庸，离合悲欢雾几重。莫擘云笺书艳句，碧空缥缈两神龙。（其二）

乱世飘蓬未足哀，樽前凝涕谢鸾媒。此身行化他乡土，何必温家玉镜台。（其三）

荡气回肠旧感衰，十年恩怨结风雷。谁知万劫重相见，鹤怨鸾啼又一回。（其五）

臣朔家原有细君，莫教花雨误声闻。此行不是寻常别，珍重羲之誓墓文。（其七）

明珠一掷手轻分，岂有罗敷嫁使君。长忆法华郊外雨，小楼灯火对论文。（其八）

人生忧患亦无涯，玉案双吟愿已奢。万炼千锤戛然住，诗难再续始为佳。（其九）





“还君明珠双泪垂，何不相逢未嫁时”，这是千古以来深于情而又坚贞自守的女性心声。第七首提醒对方家中已有妻子，既然要像东晋王羲之作誓墓文那样去官归隐，就应珍惜声誉。以前二人曾在一起灯火论文，“玉案双吟”，于愿已足了。这一组诗前面有绝句六首，第五首云“未应腾谤满词林，此是钟期劫后心。一切有情空色相，为君描粉画观音”；第六首云“江汉由来不可思，重逢万劫两书痴。莫忘红叶思南路，风雪天涯饯别时”；后面有七律《大风雨日写示大漠》，“莫以闲情伤定力，愿为知己共清谈”；更有《重谢》七律二首，“千金马骨君何取，谣诼蛾眉我却忧。幼日天真良可念，三生知己本难求。梁鸿自有山中侣，珍重明珠莫再投”，都是态度既委婉又明确：两人只能做好朋友，不能进一步发展关系。因此顾佛影临终前将他与小翠往来的书信和唱酬的诗词全部付之一炬，说不想让小翠因他而获不好的名声（陈巨来《记庞左玉与陈小翠》，载《万象》第三卷第七期），这是对小翠的尊重和爱护。

至于那位汤彦耆，与小翠别后远行，似乎未曾建立什么功业，《翠楼吟草》自1937年秋作《送长孺》后再也无诗透露消息。直到截至1954年的《吟草》三编卷十六《夜锦集》最后一页，才有《咏汤氏园白藤花》一律：“扑蝶回廊粉未消，衣香鬓影梦南朝。潜龙入地何由见，天马行空不可招。除架有时愁引蔓，依人何苦学凌霄。东风吹冷黄藤酒，翠羽明珠漫寂寥。”题为咏物，实为寄意，“梦南朝”“潜龙”“天马”诸语，似是汤氏已于鼎革之际渡海去台湾。20世纪50年代初，大陆接连开展土改与镇反等政治运动，小翠之兄定山早于1948年赴台，故诗意隐晦，“愁引蔓”者，担心受到牵连也。“依人”句，似指汤氏在台湾军政界，大约是一般属员。第七句用陆游赠其前妻唐琬《钗头凤》词中语，言破镜重圆已无希望；结句言寂寥独守。此诗寄托遥深，虽含哀怨但无死别之悲。而陈巨来文中最后提到1956年与陆小曼亲见汤彦耆与女儿翠雏在餐馆同桌吃饭，当是时间记忆有误，盖小翠此诗标明“汤氏园”，即为思念彦耆之作，诗中用典亦绝非感怀其渡台之兄也。据唐玉虬编《翠楼吟草》纪事表，汤翠雏于1954年离婚（二十六岁），1956年去法国，而其中本事皆不可知，尚待考索。

小翠与汤彦耆分居时，正当盛年，才情艳发，诗画兼工；处杭州、上海金粉繁华之地，乃父事业兴旺，家境殷实，按今人观念，完全可以再觅一知音伴侣。但小翠却恪守"烈女不事二夫"的古训，忠于盟约，谢绝友人的追求，独立谋生，这正是贞介人格的表现。作为诗人，她深于情感，但具有清明的理性，得益于自幼读书识礼。儒家要求士人修身克己，知行合一，方能成为真正的君子，小翠不愧为儒家道德的实践者。无锡国专校长唐文治为著名经学家，聘小翠任诗词教授，非德艺双馨者不足以称职。而今人动辄以"封建""迂腐""压抑人性"之类的言辞批判礼教，似乎男女放纵情欲才是天经地义，这是以鄙俗的眼光看待前贤，永远不能理解也不能上臻崇高超越的境界；为利欲所拘者也必然不能思想自由，人格独立。

3. 忧国忧民的胸襟

陈小翠的一生都处于国家动乱年代。青年时期军阀混战，中年时期日寇侵华、国共内战，晚年则是一波接一波的政治运动，虽然她只是以绘画和教学谋生，并非政界和学界名流，但未能逃过史无前例的"文革"。而作为沉浸于传统文化的知识女性，陈小翠蒿目时艰，继承了历代杰出诗人关怀人世的忧患意识和爱国精神，在诗歌创作中有充分的表现。二十来岁时作《感赋》三首：

> 沧海横流倒八荒，眼看歧路竟亡羊。过江名士嗤周颉，夹袋人才笑孟尝。不信秋云能作雨，更无东海易成桑。跳梁跋扈今犹昔，越胆年来已厌尝。
>
> 漆室吟成恨有余，故家庭院已全墟。疗民谁具三年艾，治国难凭半卷书。周室无人争逐鹿，衡门有客善歌鱼。料缘人满防成患，聊与中原作大屠。
>
> 满目疮痍感不禁，漫天烽火郁重阴。经霜垂柳凄凉色，过雨秋虫得意吟。岂有礼缘骄士设，从来患为模棱深。贾生恸哭成何济，治国难寻砭骨针。

诗中的"漆室"为春秋时鲁国邑名，鲁隐公时，君老而太子年少，国事甚危，有少女深以为忧，倚柱悲歌，感动旁人。小翠以漆室之女自比，在抗战期间居沦陷区上海所作诗歌即名为《倚柱集》。上引三诗，对沧海横流、疮痍满目的社会现状怀有深切的忧虑，更对北洋政府人才卑劣、治国无能予以辛辣的讽刺；而且预料到这种混乱不堪的局面拖延下去，民众将遭受更大的灾难，即使有识之士如贾谊之恸哭，但无济于事。《拟古》第三首云：

> 茫茫者大地，渺渺者苍天。我从何处来，忽然虱其间。杞人抱古愁，苦吟凋朱颜。荒村二三月，十里无苔钱。飞霜断人骨，出户皆危岩。岂是乐忧独，四郊多烽烟。黄云蔽白日，饥鹰相盘旋。下有垂死人，战血犹猩斑。今岁战塞北，明岁收桑乾。即此弹丸地，无令寸草安。思之令人老，叹息谢尘

喧。愿随白云去，遨游南山巅。逝水一何急，青山长独闲。举杯松石下，一醉自颓然。即此可终古，何必蓬莱仙。

20世纪20年代间，革命军讨伐军阀，各地军阀之间亦互相混战，从西北到东南，兵戈四起，烽火弥郊，诗中描绘了对民众造成极大伤害的血腥场面，触目惊心。诗人面对苍茫天地，痛感自身生于乱世，空抱忧愁，渺小无力，因而希望隐居于青山，颓然长醉。此时的小翠，只是一位居处深闺的女孩，有这种为天下而忧的胸襟，难能可贵。她纵然有经世济民的抱负也不可能投身政治，为国事而悲，是出于善良的天性。无可奈何之际即思逃离尘世，如儒家所说“邦无道则隐”，“卷而怀之，退藏于密”，这种心情是真实自然的。

小翠博通经史，识见高明。诗中多有对历史人物的评判，“人能见杀方知己，奸到能雄亦可儿。汉主君臣同傀儡，魏宫羽翼尽狐狸”（《曹操墓》）；“覆手能翻万世秦，英雄血性近乎仁。也能忧乐先天下，肯把头颅赠故人。大度已容刘季子，窄怀偏杀楚君臣。鸿沟不抵长城险，垓下哀歌动鬼神”；“汉帐朝飞万骑尘，乌江月黑夜迷津。及身恩怨两亭长，到死孤忠一妇人。壮士出来耻独活，奇谋毕竟误因循。男儿自觅收场地，胜被冠旒老此身”（《读项羽本纪》之二、之三）；“海上霓裳曲未终，已教歌舞误玄宗。西施一样工颦笑，功罪千秋竟不同”（《骊山》）；“垂老文章哀杜甫，及时功业陋萧何。隆中谁定三分策，垓下时闻四面歌”；“相如倚剑叱秦歌，浩气凌云故不磨。知死未妨生乱世，固穷何必感蹉跎。染丝我亦悲杨子，抱玉谁能识卞和。残雪关河惊岁晚，短衣匹马独经过”（《甲子岁暮感怀和青瑶》之一、之四）；“白头射虎将军李，赤手屠龙太子丹。……百年生气寥寥尽，闲煞龙门旧史官”（《海国》），诸诗月旦古人，论其是非功过，曲直分明，警句迭出，可见女诗人目光之锐利。论史仍然是出于关怀现实。百年来政治窳败，元气摧伤，人才寥落，不要说出现蔺相如、李广、诸葛亮那样的英雄，就连项羽、曹操、王敦式的人物都没有，耳闻目睹者只有“大盗阴生窃国谋”（《甲子秋杂感》之四）与“媚世词章九锡文”（《感怀》）。诗人因而悲叹：“开书常下无名泪，煮豆新添一辈人”（《读〈畏庐诗存〉感书》之二）；“旗亭来续大风歌，海岳如云出塞多。太息中原豪杰尽，雨中立马望黄河”（《偶书》之一），如此襟怀气概，足令须眉愧死。正由于读书慧悟，识见超凡，年纪轻轻的小翠每感极为孤独，愁不可解，写出与其妙龄极不相称的诗，“洞房秋思深，古帘暗霑雨。朱火不照人，独自抱愁语。我当二十心已朽，华容愁谢如衰柳。洞庭秋雨葬神仙，一夕巫咸成白首”（《夜坐吟》）；“名心淡似烟中柳，诗思衰于秋后蝉。已分此生竟飘泊，何堪愁病尚缠绵”（《历劫》），心情凄绝，迥异常人。然而小翠不为小儿女的私情而悲怨，她日夕心忧的是日渐沉沦的国家和醉梦犹酣的社会，“将何痛泪洗神州，眼底关山五百洲。弹铗不堪长作客，枕书何必梦封侯”（《杞忧和蘧兄》）；“生能殉国谈何易，骨未成灰死亦难”（《罡风》）；“举世滔滔谁可语，歧途冥冥我何求。……纵有寸丹何所用，让他狐搰复狐谋”（《满江》）；“天上桃花忘魏晋，骊山烽火笑诸侯。荒城入暮行人少，禾黍西风相对愁”（《甲子秋杂感》之四）；“干戈天地隘，乱世立言微”（《秋日和蘧兄》），这一弱女子的忧国心声，成为贯穿青年诗作的主旋律。如前文所述，小翠对此滔滔浊世，自知无力以挽狂澜，故每怀林泉隐逸之思，但毕竟现实如此，既无法解脱也不能做到心如死灰，“拟向山中栽远志，苍生消息近如何”（《甲子岁暮感怀和青瑶》之三）；“雨久鱼虾贱，山空鸟雀贫。此心灰木久，秋至忽沾襟”（《秋思》）；“哀哉参与商，干戈日相寻。胡为自珍远，浊世扬清音。嗟嗟梁甫吟，念之涕沾襟”，“苍天不可必，四海安能一。志士岂秋草，旋生复旋灭。坐抱万言书，含忧不能说”（《感书》之一、之二）。与千百年来的仁人志士相同，小翠为天下而忧，为苍生而哭，具有顾炎武所言“保天下者，匹夫之贱，与有责焉”的高度自觉性。“五四”前后新潮腾涌，儒家文化遭到口诛笔伐，学校废除经学教育，没有谁要求陈小翠这样的闺中弱女承担社会责任，但小翠自幼读书，受到儒家的熏陶，本其良知作诗，人品自高，襟怀自广。诗，只是寄托情性的文字艺术，诗人无权无势，难以实现其宏伟的抱负；但儒家“为天地立心，为生民立命”的道义感与责任感总会影响到一代接一代的诗人，写出的作品自有其不朽的价值。

小翠早年作品中有一首长诗《李伊行》，近似古乐府叙事体。诗中描写一位名为李伊的民间女子，出生时就失去了父亲，与母亲相依为命，长成后自食其力，以织布供养老母。“阿伊亦好饰，经史盈书笥。饰心不饰貌，难为俗士妻。况有老母瞽，家贫赖支持。……阿伊无长兄，老母无大儿。秋风下庭树，釜空难为炊。惭彼甘旨缺，日夕理残机。织布日一匹，鬓边生素丝。安得将身化蚕子，吐丝奉母无寒饥。”而在南北军阀混战时期，部队征兵，李伊竟被强逼去为军营洗衣，“宝刀光霍霍，迫之生别离。凄凄复凄凄，阿母来牵衣。不惜身糜碎，但恐老母危。含泪谢阿母，儿女复何词。生长蓬门里，身幸识书诗。生当复来归，死当长相思。怀我机上剪，结我身上衣。踯躅出门去，天地共凄迷”。李伊从军万里，目睹“大军如秋风，到处生荆杞”，“军战良不苦，炮火掠天飞。但毁民庐舍，不击敌帅渠”，日夜思念老母，终于冒险脱身，辗转归乡，但家居房屋已毁为瓦砾，野草丛生，“入室呼阿母，但闻狐鸣鼠窜声喁喁；出室觅阿母，但见战场白骨相横纵”，“万木皆悲风，孝女啼不息。虎豹摇尾来，凄惶不能食。千年万年母不归，坐哭化为山上石。海亦有时枯，石亦有时灭。孝女哭声无断绝”。作者在篇终悲叹：“吁嗟乎！世间乃有无母儿，不敢凝思涕如雪。”诗人以朴素的语言、深刻的笔力，写出李伊这一孝女的形象和她悲惨的命运，实为无数民众在战争中无辜受害的典型，有震撼人心的艺术效果。这首诗上承杜甫、白居易的现实主义而密切联系时代，极见女诗人民胞物与的情怀，是《翠楼吟草》中的力作。

在抗日战争全面爆发之前，陈小翠游览桐江，登西台凭吊宋末义士谢翱，接连作诗志感：

落日荒台万象危，古人忠爱死为期。茫茫恸哭存亡际，地老天荒一布衣（《西台吊谢翱》之一）

长江白浪何崔巍，上与天汉相萦洄。崖山龙骨安在哉，昆池万劫飞寒灰。文山白旗向天挥，鞭尸未报军已摧。孤臣孽子窜空谷，悲怀激烈生风雷。击筑一歌云气来，再歌天地为尘埃。四山风雨鬼神哭，灵均涕泪皆琼瑰。嗟嗟亡国

之民何所埋，化为黄鹄犹徘徊，感此不饮令心哀。(《悲西台》)

友人问小翠为何“近来诗如雍门之琴，每杂哀音”，她说“予亦不自知其所以然，但气运所感，若有预兆，心自凄恸耳”，并说“后两年而国遭大变，江南半壁，相继沦陷，亦诗谶也”(诗后注)。诗人敏锐的预感，其实是多年心忧国事累积而成，《易》云“履霜，坚冰至”，若是麻木不仁、醉生梦死者则绝无预感。在《新长恨歌》一诗中，描写东北一位富家子弟组织义勇军抗日，在战斗中牺牲，他的未婚妻悲痛不已，奋起从军：“本来红粉亦英雄，壮志鸾盟誓始终。撤却钗环剪云发，手披荆棘去从戎。木兰渐向烽尘老，醒后悲歌梦中笑。梦挥雄剑下长城，相见檀郎犹玉貌。国破家亡草木新，此心灰木不重春。却将凤折鸾摧意，去作龙吟虎啸人。”从“九一八”事变到“七七”事变之后十多年的抗战历程中，确实有成千上万的青年女性参军，为光复河山献出热血和生命，留下大量可歌可泣的故事。陈小翠的女弟子周丽岚便是其中一位，为此，小翠接连为她题诗加以勉励：“人间何处请长缨，叩叩钧天唤不应。为有性情忧社稷，莫将诗酒博虚名。早操大野千营日，夜渡黄河万骑冰。梦里狂呼缘底事，独挥雄剑下长城”(《题女弟子周丽岚〈诗剑从军集〉》四律之二)；“浩劫洪炉万丈开，天教锻炼出群材。桃花马上如虹气，岂独秦家绣铠台”，“万劫沧桑悲后死，一函涕泪报先生。金闺哀怨关天下，不是寻常儿女情”，“哀艳雄奇一剑知，雷惊电掣女要离。锋芒太露原非福，珍重神龙脱颖时”(《女弟子丽岚易钗而弁，从军江西，乞诗铭剑，占此以当赠别》五绝句之二、之三、之五)，悲歌裂石，浩气腾虹。上述一系列诗篇，是《翠楼吟草》中爱国的强音，与当时许多创作抗战诗的名家相较，毫不逊色。

1937年卢沟桥事变后抗战全面展开，日军大举入侵，江南半壁，相继沦陷。小翠独居上海，十余年间所作诗收入《劫灰集》与《中兴集》。诗中记述她于杭州城破之后，诀别父亲只身返沪的真切情景：“还家叩荆扉，劫灰满青松。辛苦贼中来，头发如飞蓬。开门惊我在，鸡犬生欢容。死生成永诀，岂谓又相逢。握手杂啼笑，惊喜疑梦中。却顾所来径，万里烽云红。”“搴帷见秋月，玉阶下微霜。自闻綦履音，徘徊步空廊。宿昔逢衰乱，驱车离故乡。仓皇兵马间，憔悴颜色黄。中间窜荆棘，无有完衣裳。微生敢自惜，举国如沸汤。王师悲败绩，弃此土一方。大火东南流，赤地成鸿荒。不闻鸡犬声，但见苍鹰翔。下民亦何罪，乃入屠杀场。嗟嗟会稽耻，忍哉君莫忘。”(《返沪》四首之三、之四)诗后附有注释，补叙上海、杭州、芜湖、江阴接连失守及民众惨遭屠戮的状况，与诗合读，足继少陵诗史。小翠之父陈栩远走四川、云南，更加重了她的悲思，“信有人间去住难，战云如海路漫漫。中原白骨三千里，一纸家书掩泪看”，“寒雨荒街洗血腥，空城日落饿鸱鸣。可怜花月春江夜，十里笙歌换哭声”(《除夕寄蜀》五绝句之一、之四)，盈纸哀音，不忍卒读。至1938年，作《戊寅感怀》四律，“独夜登高一泫然，火云如墨接遥天。千家野哭成焦土，半壁楼台尚管弦。蜀道至今怜望帝，大江曾说破苻坚。真成日近长安远，辛苦西都已再迁”(其一)。注云：“上海东南自遭兵灾，焚燬殆尽，尸骸堆积，路无行人。而租界一角，车水马龙，繁盛逾昔，舞榭歌场，日日客满。燕嬉危堂，诚何心哉！”诸如“不祥士气能鸣雁，垂鬣民生入肆鱼”（其二）；“万里流离悲骨肉，故园零落忆桑麻”（其三）；“已看危局成骑虎，岂有邻翁证攘羊。避弹哀鸿都入地（谓地下防空壕），牵丝傀儡又登场”（其四）。《题山水卷》二律云“覆巢完卵苍生泪，仗马寒蝉国士羞。独怪江南沦落地，依然花草满汀洲”（其一）；“辽海有人甘喋血，边疆无日不争桑。年来诗境伤离乱，不是艰辛学盛唐”（其二），无不真切地表达诗人的悲愤。尤其是达官贵人避居租界，歌舞宴乐，全无心肝；兼以傀儡登场，为虎作伥，更使诗人痛心疾首。经过艰苦卓绝的八年抗战，终于盼来胜利：“爆竹声中噩梦回，十年初见笑颜开。狂风暴雨重重去，霁月光风苒苒来。”（《乙酉八月十一日我国全面胜利喜书》）然而不久即风云突变，国共两党和谈破裂，“民困未苏，内争不已”，诗人写下沉痛的篇章：

尺布由来尚可缝，弟兄何忍不相容？羞闻葛伯能仇饷，愁见哀鸿又坠弓。尽有三人成市虎，断无下士好真龙。江湖十载孤民泪，诗在天崩地坼中。（《感时》三律之二）

万劫犹余不死情，大家相见庆重生。旌旗爆竹儿童喜，箪食壶浆父老迎。两戒山河思壮士，八公草木变疑兵。可怜负尽当时语，洗眼神州望太平。（前题之三）

天真善良的诗人哪能料到政治集团之间争权夺利的机谋谲变，所谓“民主”，所谓“和平”，只是口头承诺而已。然而千古以来，“兴，百姓苦；亡，百姓苦”，屡经浩劫的民众，不管统治者是谁，只想过上平安的日子，诗人呼喊的正是亿万民众真实的心声，历代襟怀仁厚的诗人莫不如此，诗歌才具备穿越时空的生命力。植根于儒家经史的传统诗歌属于精英文化，有高华典雅的特质，诗人多有抱贞绝俗的品格，但与广大民众又有亲和性，往往为民请命，向专制者抗争。杰出的诗人既非“为封建统治服务”，更不是贤愚不分、一律平等的民粹主义者，而是本其良知坚持公平与道义，对社会上从权贵到基层的一切假恶丑现象予以严正的批判。陈寅恪先生再三强调知识人士“自由之思想，独立之精神”就体现在这里，陈小翠诗中忧国忧民的情怀同样是她清高品格的显示。

20世纪50年代以后，政治运动频繁，氛围严峻。《翠楼吟草》三编诗词曲共五集，其中卷十六《夜锦集》作于1950年至1953年，卷十九《冷香词》作于1950年至1952年，诗词内容绝大部分与国事没有直接的联系，但仍然保持诗人的品格，“梅雨兼旬气不清，妖花鬼菜满阶生。幽兰独抱真香色，不为天时变性情”（《绝句》之一）；“传家诗笔夸唐宋，世换时移何所用。村女无心学画蛾，楚狂大笑能歌凤。群流媚俗强摹揣，秧歌岂异明堂颂”（《夏日漫书和王巨川先生并送北去》）；“敢从家国论安危，大醉狂歌喜亦悲。一曲广陵人尽散，万方风雨我何归”（《题〈菰庐读曲图〉》）；“莫愁人向闲中老，尚有花从冷处开。胸次茫茫湖海气，眼前落落凤麟才”（《重阳雅集，占示同席》）；“谁能忧乐先天下，秋以风霜试霸材”（《古藤谣》之二），或托物言志，或直抒所感，皆笔蕴锋芒，风标卓荦。1954年至1968年7月1日作者去世前十余年间诗，国内无印本流传，据云其女编有全本寄大陆图书馆保藏，而笔者未见。仅于互联网得睹寓美华侨转贴陈小翠《避难沪西怀雏儿代书》五律二首（作于1966年）：

举国无安土，余生敢自悲？回思离乱日，犹是太平时。痛定心犹悸，书成鬓已丝。谁怜绕枝鹊，夜夜向南飞。

欲说今年事，匆匆万劫过。安居无定所，行役满关河。路远风霜早，天寒盗贼多。远书常畏发，君莫问如何。

短短二章，字字皆含血泪。与“文革”相比，抗战的离乱时期还算是太平年代；寄一封普通的家信都害怕受到检查，这是何等惨痛的控诉。诗人首先想到的是“举国无安土”，接言“余生敢自悲”，可见怀抱之忧仍在天下，诗中反映的是千千万万知识精英类似的遭遇。在那个率兽食人的疯狂年代，连一位孤孤单单的老人都不肯放过，连番的批斗，侮辱并剥夺人格尊严和公民的基本权利，毕生高洁的诗人只能以死作最后的抗议。十年浩劫是悲剧，陈小翠这两首诗成为“文革”罪恶的见证，“殷鉴不远，在夏后之世也”。



4. 瑰丽灵奇的艺术特色

《翠楼吟草》中诗最突出的艺术特色是意象灵奇，设色瑰丽。从诗学渊源上看，作者自幼即对李贺诗歌有强烈的兴趣，效长吉体之雕肝镂肾，刻意创新，为石破天惊之语，此与作者工于绘画、尤善着色也有密切的关系。最早的《银筝集》中说“呕心长吉吟偏苦”（《拟香奁体》），诸如“秋魂啼入鸳鸯弦”，“梦里骑云入幽处”（《春日吟》）；“娇云抱月颦青蛾”，“粉窗咽香凝空青”（《秋宵吟》）；“女虫啼瘦璇宫秋”，“精禽补满情天缝”，“蔚蓝倒泻天如纸，岁岁相思不如死”（《七夕词》），色泽幽艳而寄情深挚，已初具长吉诗风。再看《天风集》与《心弦集》中的篇章：

吴江明月一千里，梦入龙潭斩龙子。云影幢幢飞满河，神光忽闪万山紫。断崖古木号山风，神妃踏鱼归海宫。千年狐魅老不死，笑声夜出秋坟中。（《吴江夜泊》）

东风揉碎漫天絮，十二重楼隔春雾。翠幕惊回柳叶风，银奁飞满桃花雨。昨宵醉堕沧浪烟，水晶红梦春人眠。花枝窥梦作娇笑，银屏倒吸晴蓝天。流云一尺春魂软，晓风吹去和愁断。鬓角钗飞玉燕斜，眉间地敛青螺短。妆成顾影自含羞，一笑嗔人回凤眼。（《春晓曲》）

仙人宫里擒蟾蜍，珍珠络月垂流苏。双成倚醉弄瑶瑟，丁丁捣碎红珊瑚。曲阑复殿深千转，蛮鸦点地无声软。放出情天蝶万双，翩跹舞影花阴乱。碧城窈窕围春风，烛奴十二骑铜龙。沧海倒立神斧工，丽人笑镜回青瞳。玉阶一夜车如水，香风夹道生芙蓉。（《夜阑曲·观卡尔登跳舞作》）

冰棱四射龙鳞堂，晨曦散丝来洞房。大漠云荒白鱼死，梦中堕入寒潭水。复槛雕廊十二楼，玲珑粉墨生双钩。花雾濛濛天不晓，背取珍珠掷飞鸟。仙人夜扫南山云，湘弦弹月迎春神。琼林琪树重重开，梅花环抱银楼台。珠珰玉佩堕如雨，纷纷素女骑龙来。（《初八夜大雪，晨起始知，喜而赋此》）

楼上卷帘雪千里，辽风驱云扑天地。二十五弦动天紫，南山峨峨为君死。黄河倒泻玻璃钟，匣剑夜深吟古龙。人生二十不得意，拂衣欲去如奔虹。蓬莱一水通仙槎，千山万山悬月华。月中素女颜如花，招我五云缥缈之鸾车。后车载酒三万斛，飘然一笑凌紫霞。（《对酒歌》）

中唐诗人李贺二十七岁即去世，高才短命，以其戛戛独造的诗歌，在诗史上留下深远的影响。前人评论甚多，虽有对李诗难于理解因而贬抑者，但大都极表称赏："辞尚奇诡，所得皆惊迈，绝去翰墨畦径，当时无能效者。"（宋祁《新唐书·李贺传》）"人言太白仙才，长吉鬼才，不然。太白天仙之词，长吉鬼仙之词耳。"（严羽《沧浪诗话》）"贺之诗，险仄奇诡，无一字可谓俗言，无一言可入俚耳。"（余扬《家伯子〈李昌谷诗解〉序》）"长吉天才奇旷，又深于南北朝乐府古词，得其怨郁博艳之趣，故能镂剔异藻，成此变声。"（胡震亨《唐音癸签》卷七引徐献忠语）"李长吉诗每近《天问》《招魂》，楚骚之苗裔也。"（沈德潜《说诗晬语》卷上）"史称李贺'手笔敏疾，尤长于歌篇，其文思体势，如崇岩峭壁，万仞崛起'。……盖其冥心千古，夙慧天生，凿险缒幽，语多独造，往往未经人道，以自写其磊落郁积不平之气。"（陈本礼《协律钩玄》序）"余读长吉之诗，窃以为似扬雄之文也，其幽思诘屈，奇采陆离，寄兴无端，《离骚》与伍。世之论者，辄议其险怪难解，有心雕绩，则惑之甚。夫以昌谷之才，髫龄惊众，而娼忌者流沮其进用，使之阨塞不伸，情菀志滞，发为歌诗，舒写郁抱，宜其龙腾虎攫，波谲云诡也。"（张澍《养素堂文集》卷三十四《李长吉诗跋》）"从来琢句之妙，无有过于长吉者。细读长吉诗，下笔自无庸俗之病。"（黎简《黎二樵批点黄陶庵评本李长吉集》卷一）[①] 当代著名学者钱仲联、钱钟书对李贺诗都有精深的研究，分见其专著《李贺年谱会笺》《谈艺录》，此不具引。概而言之，李贺诗的特点，每以越出寻常轨迹的深曲之思，驱遣和铸造新异不凡的语言及生活材料，构成奇谲瑰丽的艺术境界。名篇如《李凭箜篌引》《雁门太守行》《梦天》《天上谣》《浩歌》《秋来》《秦王饮酒》《金铜仙人辞汉歌》《老夫采玉歌》《致酒行》《苏小小墓》《开愁歌》《将进酒》等，历来脍炙人口。然而唐以后真能下苦功学李贺的诗人则并不多见，这是因为风格极为独特的诗，学起来极难，"若无其用意用笔，而强采撷其字面，以欺世目，则优孟衣冠矣"（张尔田《李义山诗辨正》）[②]。其次是李贺诗命意深晦，很难为一般人理解，诗中喜用"鬼""泣""死""血"等字眼，人们认为不吉利，学之可能会短命而死，学得像样也不过是"鬼才"而已，总之是不学为佳。

然而陈小翠却偏偏喜爱长吉诗，不顾那些禁忌。《心弦集》中《题昌谷诗》二律

① 关于李贺诗评语，录自王步高：《唐诗三百首汇评》，南京：东南大学出版社，1996年，第891~901页。

② 王步高：《唐诗三百首汇评》，南京：东南大学出版社，1996年，第901页。

云："有人抱月泣山阿，九死名心岂易磨。一寸虫肝雕易尽，百年驹隙病中过。烧书君竟逢秦火，抱玉谁能识下和。十幅荒唐神女赋，可怜中有泪痕多。""秋坟焚燬鲍家辞，乱世文章哭已痴。若有人兮风过树，恍闻雨歇鬼谈诗。如君落魄生何味，误汝虚名死不知。恸哭千秋知己泪，一生孤直误陈思。"按《旧唐书》李贺本传，言贺为宗室郑王之后，因此小翠诗结句以陈思王曹植相比。诗中对李贺为作诗呕心沥血，而世人不识其才的不幸命运寄予深切的同情，不愧是长吉的千秋知己。学长吉诗风，首先必须有极高的天分、孤独狷洁的个性；其次要有刻苦认真的创作态度，为诗千锤百炼，精思入神，小翠具备这些条件。前引诸篇中，《吴江夜泊》本来是平常的题材，在作者笔下却化为神奇的梦境：前四句写入龙潭斩龙子，五六句却写古木号风、神妃踏鱼；七八句突然冒出狐魅的笑声。思维转折跳跃，意象诡异奇突，与长吉诗相似。其余各首，亦无不构思新颖，琢句精警，炼字灵动，富有长吉诗的神采。但小翠作为女性诗人，学古人更能有所创造，《春晓曲》写芳闺少女春眠晨起时梳妆顾影的娇媚，《夜阑曲》写现代舞会的豪华和青年男女的欢乐，二诗皆设色秾丽，情思流畅，不同于长吉诗的凄艳险涩，鬼气森森。写雪景，重在营造优美的意境，没有长吉诗那种抑郁惨烈之气。《对酒歌》前半篇有似长吉，而自"人生二十不得意"以下一气奔放，却如太白诗之飘逸。于相似中有不似，才能见出诗人的个性，神貌全无区别，就真成优孟衣冠了。

陈小翠对长吉诗的兴趣和仿效一直保持到晚年。卷九《倚柱集》开头为《三夫人庙迎神曲》："髑髅夜哭百草死，地下古钗断龙尾。婵媛诉天云九重，郁郁芳馨闻上帝。阴风吹雪月堕地，星娥避愁入湖底。蛇藤坏绿缚松骨，门外铜驼泪如洗。"（其一）"天门雷动开风云，巫阳散发呼真神。深篁密菁迷不归，湿苔万里空无人。翠华摇摇拂若木，百女攀天抱龙哭。羿弓射日坠如雨，妖乌呀呀作人语。"（其二）诗作于抗战前的1935年，盈篇皆凄黯怪异之色，象喻国家即将沦于劫难；写婵媛诉天、巫阳呼神及宫女抱龙而哭，都是诗人祈求救国的呼声，"羿弓"二句更是表达歼灭日本侵略者的希望。卷十五《中兴集》有《朱竹歌》，其中"剑津奇竹天下无，竿竿艳似红珊瑚"，"梦骑赤日过沧海，火龙拔下红髭须"，着色绚烂，形象生动。"平生劲草颇自许，肯随桃李争妍姝？偶然幻影作红妆，天人游戏聊自娱。神理变化不可测，仙才本与常人殊。高风远比赤松子，傲骨不许青蝇污"，写竹色之鲜妍更写竹之高风劲节，托物寓志，为女诗人自我形象的描绘。卷十六《夜锦集》有《观印度画展》，标明"拟昌谷体"：

> 古雾濛濛生惨绿，神妃调弦臂如玉。天鹅娇嘶月将晓，赭云浓黑成牛角。谁将奇梦入龙天，金环蛊女椰溪浴。纱帔拂云黑肌肤，匿笑藏羞发垂足。倚天橡树如绿网，古佛不死成枯木。长吉之诗道子画，牛鬼蛇神笔浓缩。从知绝技即千秋，何必邯郸尽趋俗。归来凄艳砭心骨，白日幽吟满空谷。

如前所述，长吉诗的突出特征是意象奇诡而着色秾丽，以表现诗人强烈的情感。

陈小翠是诗人兼画家，效之更得心应手。此诗中绿雾、天鹅、晓月、赭云等景物与神妃、金环盅女及古佛等人物交织成一幅异国色泽的图画，灵妙逼真，令人获得丰美的艺术享受。写完画面之后，复以李贺诗与吴道子画喻之，显示印度绘画的非凡价值。李诗多以神仙鬼怪为题材，杜牧《李贺集序》状其诗境："鲸呿鳌掷，牛鬼蛇神，不足为其虚荒幻诞也。"吴画亦多绘仙佛宗教与地狱变相，极为传神。二人同在唐代，一为天才诗人，一为大艺术家，以他们的作品与印度画相提并论，取其类似，可见陈小翠爱美而不分中外，她看重的是足以传之千秋的绝技，不喜大众都能效仿的趋俗。

《夜锦集》最后一题两篇为《古藤谣》，第一篇云：

> 盘盘古篆成奇字，牵牛引蔓银蜗死。当径夜闻天姥哭，咸阳赤帝真龙子。榴花凝血菖蒲盏，黑屋春星闪蛇眼。飞香诉云云满天，隔断黄姑不相见。

这又是典型的长吉体，诗作于 1953 年，设色凄艳，诗意迷离，似与当时峻厉的政治形势有关。"当径""咸阳"二句用汉高祖斩蛇起义的故事，从古藤盘屈的形状联想而来；榴花凝血，形色惨丽，"黑屋"句更为阴森可怖。结二句中"黄姑"为星名，《玉台新咏·古词〈东飞伯劳歌〉》云："东飞伯劳西飞燕，黄姑织女时相见。"小翠诗言满天之云隔断黄姑，或因其夫婿远离而悲慨。长吉诗有两类，一类只是写景状物，虽语句奇诡而立意甚明；另一类则寄托遥深，思旨隐晦，小翠此诗当属后一类，非泛泛咏物也。

灵奇，指诗立意构思与遣词造句的灵动奇特，善于把平凡的事物写得精彩异常，富有生气和神韵；瑰丽，珍奇华丽，指设色如珠玉之光，这二者是《翠楼吟草》重要的艺术特色。盖传统诗文十分讲究语言之美，通过文字声韵与藻采的配合以表达丰富的情思，历代文论家与诗人多有阐述："事出于沉思，义归乎翰藻"（萧统《文选序》）；"诗缘情而绮靡"，"藻思绮合，清丽芊眠。炳若缛绣，凄若繁弦"（陆机《文赋》）；"夫铅黛所以饰容，而盼倩生于淑姿；文采所以饰言，而辩丽本于情性"（刘勰《文心雕龙·情采》）；"明珠非白，精金非黄。美人当前，烂如朝阳。虽抱仙骨，亦由严妆。匪沐何洁，非熏何香？西施蓬发，终竟不臧"（袁枚《续诗品·振采》），皆指出文学修辞美的重要性。尤其是文学中极其精粹的诗词，更重视声色之美，内在而抽象的心灵情感也只有通过和谐的声律与华彩的词章才能产生感染读者的魅力。陈小翠有一首因谢友人赠桃而论及诗味的诗："……春风忽然满敝庐，恍闻烂漫桃花香。薄肌细理不忍掐，嫩红小白含琼浆。论诗我贵色香味，缺一不足称诗王。少陵味真惜太苦，温李甜腻樱花糖。退之生硬桂花栗，山谷辛辣如山姜。微甘不腻清且芳，王维李白差颉颃。中原多难世味苦，得此可以调诗肠。"（《黑桥桃·谢顾飞》）以各种食品比喻杜甫、温庭筠、李商隐、韩愈、黄庭坚、王维、李白诸家诗不同的风味，形象风趣，可见小翠读诗有丰富真切的体会。古代诗人论诗，往往只凭敏锐的直觉从总体上把握诗的本质，不作琐细的理论分析，小翠承接了这一传统。"论诗我贵色香味，缺一不足称诗王"，这一观点，贯彻于她的创作实践。"色"，指诗外在的藻采，包括格律章句；“香”和“味”指诗蕴含的气息和韵味。若非大量读诗作诗而且有慧悟者，很难获得这种诉诸心灵的抽象微妙的感觉。钱谦益论诗就有以鼻观而不以目视的说法，《聊斋志异》中写一位目盲的老僧以鼻嗅文即知优劣，玄妙有如神话，其实指文坛老宿用直觉便能迅速识别作品的高低，并非真的不读作品。诗的内涵和形式水乳交融，无法分割，“色香味”三字高度概括了诗的情感、意境、风格、语言、韵律等诸多因素，诗人能总体把握即可，不需要建构理论，便可以凭经验写出佳作。

钱仲联先生说，诗词“通过设色，增加形象描绘之美，给读者以鲜明的、深刻难忘的印象，达到其艺术效果”。但是“诗究竟不是画，其色彩之美不能由直观感受，须通过揣摩体会和想象，方能明之”①。吴战垒先生亦言：“近代实验心理学告诉我们：色彩的经验类似感动或情绪的经验。诗人对色彩的敏感并不亚于画家，不过因为诗人和画笔的不同，在对色彩的反映上和诉诸欣赏者的方式上有所不同而已。诗歌虽然不能像绘画那样直观地再现色彩，却可以通过语言的描写，唤起读者相应的联想和情绪体验。”诗中“着色的情感，具有绘画的鲜明性和直观感，仿佛可以使人触摸，增强了诗歌意境的感染力”②。陈小翠恰恰是诗人又是画家，兼以女性爱美的天性，因而论诗首言“色”，由“色”而识“香”辨“味”，作诗自然也时时注重设色。但小翠从少女时代起便与一般诗人不同，她有奇异浪漫的幻想，偏好瑰美秾丽的色彩，所以作长吉风格的诗，兴趣始终不减。然而小翠的兴趣绝非单一，诗中的设色或浓或淡或参酌于浓淡之间，因题材、情感而异，瑰丽之外，表现为清丽、绚烂、淡雅、壮美、苍老、幽暗等多种多样的色调，流光溢彩，美不胜收。她善于发现生活中的美，并将之一一捕捉入诗，佳句甚多，诸如“灯花煮梦颤幽碧”、“千树梅花月正黄”、“桥外渔船刚起网，落花红比白鱼多”、“知了一声天地绿”、“秋在乱山黄叶边”、“红楼怯雨常垂幔，翠袖惊风悄掩门”、“向晚游船归去急，满湖水眼闪斜阳”、“帘隙春寒遮不住，唾壶红泪已成冰”、“绿杨楼阁女儿家，一带红阑抱水斜。照影春波人似玉，绣襟新缀白山茶”、“奇峰倒插不到地，春水如云绿上天”、“草长江南燕子飞，蝶痕黄上美人衣”、“绿阴深处月鹅黄，微有吟声透碧窗”、“却忆故乡风日好，丹枫如火绕吟庐”、“桃花绝似胭脂泪，点上铢衣格外红”、“柳阴双桨绿，花外一峰青”、“回文泪蚀三千字，美人冷抱红心死”、“凉极不知天正雨，一灯如月隔窗黄”、“凉风悠然至，竹细水俱绿”、“觥窗漏月生虚白，鸳瓦堆霜点落红”、“湖边荇藻浓于墨，下有神鱼生碧鳞”、“未识美人恨何事，爪痕如雪掐阑干”、“一角红楼容割据，绿阴分拜小诸侯”、“荷衣凉极不相顾，翠羽金旗隔云舞。蟾宫银阙光有无，青天历历垂明珠”、“黄梅雨过苔生壁，白藕风来香上楼”、“宝枕垂云前夜梦，金泥簇蝶嫁时裙”、“六曲红桥雨万丝，碧云如水早凉时”、“秋来人不知，白荷开一朵”、“好雨洗新绿，春禽响一山”、“过雨竹香融绿粉，向阳花热卸红衣”、“紫鸳一树白蝴蝶，春水满池红鲤鱼”、“花于劫后红无主，竹在雨中清可怜”、“长江潮落孤帆远，故国秋深万木

---

① 钱仲联：《梦苕庵论集》，北京：中华书局，1993年，第535页。

② 吴战垒：《诗的色彩美》，载《文史知识》编辑部：《诗文鉴赏方法二十讲》，北京：中华书局，1986年，第133页。

黄”……真如花片纷飞，拾之不尽。诗中有多种色调的对比，组成鲜丽的画面；也有单色，一个字表示一种色彩，炼一字而境界全出。如“蝶痕黄上美人衣”，着一“黄”字，可见衣服色泽之明艳与柔嫩，并见美人体态之轻盈、春日气息之芬芳；再如“白荷开一朵”，着一“白”字，可见秋日荷花形象之孤独与风神之幽淡，诗人品格之高洁亦可想而知。许多平常景物，一经点化，便成为绝妙好辞，鲜明的画意与葱郁的诗情一体浑融，是《翠楼吟草》艺术魅力之所在。

5. 多姿多彩的创作风格

《翠楼吟草》卷二《天风集》中有一篇长诗《蚁游鼻山歌》，想象极为丰富奇特。小序言纳凉入睡时，“朦胧间见一蚁缘辫上行，亦不措意，久之忽嚏而醒，则蚁从鼻孔中盘旋飞堕，为之失笑”，由此展开联想作诗。诗中先以小蚂蚁的身份立言，“平居忽不乐，思作泰山游”，写其爬上人体时的种种所观所感，“隆隆隐瀑奔轻雷”（睡觉的鼾声）；“悚神却立不敢前，万条铁链垂晴天。神工鬼斧不可测，朱绳铁索一一相钩连。始皇之城秦之塞，无此铁桥之长长且坚。仙人堕龙不肯死，化作天桥夭矫难穷边”（发辫）。再写它奋勇爬行，历尽艰苦，终于登上头顶：“噫嘻嚱乎，危乎高哉！吾身尝至昆仑墟，昆仑输此奇且妍。白石皑皑三万里，深川黑树殊人间。中原一峰尤险极，天外巍巍作孤立。万古琼瑶冻不销，无人敢印游山屐。”（额头、眉毛、鼻子）然后写蚂蚁爬上鼻子见到鼻孔：“博罗山洞神怪窟，六月西风寒彻骨。蔓草离离高隐人，阴森似有龙蛇蛰。……”再写蚂蚁爬入鼻孔却被喷嚏抛出：“愈深愈入愈幽险，咫尺迷濛不相见。忽闻壑底奔雷声，沙飞雨走天为惊。心慌意乱欲相避，蔓草截路如奇兵。欲退不得，欲留不可，忽然奇风一阵挟之直作空中行，瞬息万里衣泠泠。目摇下视秋空高，性命飘曳轻鸿毛。失势一落不可招，欲堕不堕闻哀号。”写小蚁此时的哀感：“吾生安居土室岂不乐，胡为缘墙附壁徒劳劳？要之奇山大川天所秘，帝之怒兮将焉逃？嗟吾有美室，栏锜为高楼。嗟吾当时术，兼弱能为谋。已焉哉！神山缥渺不可求，吾身止矣吾生休。”诗人于是现身说法：“山神闻言忽大笑，厥声磔磔如鸺鹠。高处由来风雨多，自招之患将谁尤？且尔自镜谁之俦，乃敢高据天东头。一朝失足堕空冥，得寸寻尺灾之媒。人生到处须知止，极智穷思天所忌。君不见汉家淮南分寸土，殊死身无葬身地。又不见秦皇蚕吞虎视八百州，返璧遗惩劳鬼使。人生似此知何限，尔蚁区区宁足计。”诗作于癸亥初秋，即 1923 年，诗人二十一岁，犹有童心，诗写小蚁游鼻山的经历，夸张奇幻，颇似西方童话《格列佛游记》中普通人误入巨人国的写法。在诗的体裁风格方面则汲取李白《蜀道难》《梦游天姥吟留别》的特点，飞腾想象，自铸瑰辞。全诗八十四句，句式长短交错，笔势波澜宕折，绝大部分篇章写蚁游鼻山的见闻感慨，似为游戏之作，却是为后十几句借题发挥的议论作渲染、铺垫。诗人对世间追逐名利、贪欲无穷的野心家予以辛辣的讥讽，指出他们下场的可悲可笑，这才是全诗的宗旨所在。

如前文所述，陈小翠雅爱李贺诗风，但整部《翠楼吟草》的创作风格并非限于长吉体，而是仪态万方，纷呈奇彩。从《楚辞》骚体到汉魏两晋的乐府、古诗，以及唐人歌行、五七言律诗绝句，《翠楼吟草》中各体兼备，无体不工，诸如司空图《诗品》所列雄浑、高古、豪放、劲健、自然、冲淡、飘逸、旷达、纤秾、典雅、绮丽、清奇、疏野、超诣、悲慨、沉着、洗练、含蓄、委曲、精神、缜密等种种风格特征，在《吟草》中都能举出例证，颇有集诗歌美学大成的气象。试观其《招魂》（既为《自挽曲》，重之以《招魂》）：

呼巫咸兮击鼍鼓，焚椒兰兮香气苦。馔酒云兮满空，灵之来兮如风。拂若木兮御飞龙，悲日暮兮谁可从？魂兮归来，无往东些。一斛死水，藏仙蓬些。火山炎炎，地怔忡些。其鬼三寸，如沙虫些。此者皆甘，人顽且凶些。归来归来，无为所中些。魂兮归来，无往南些。南方不可以处些。赤日消灼，魂魄苦些。椰树千丈，擎酷暑些。蜂房如轮，当要路些。鳄鱼擐甲，出沙渚些。归来归来，无为毒楚些。魂归来兮，无往西些。峨嵋秋雪，高嶷嶷些。蚕丛万古，不见光些。天崩石裂，栈道长些。豺虎守关，目有芒些。磨牙吮血，嗜人肝肠些。归来归来，无为所伤些。魂兮归来，无往北些。寒门飞霜，没人足些。长城信美，非故国兮。一夫九首，往来倏忽兮。雨下如血，鬼夜哭兮。提头颅兮礼国殇，魂归来兮入洞房。玉为栋兮玳为梁，蛾眉二八鸣笙簧。环珮起舞声琳琅，金盘脍鲤杂椒芳。琉璃作碗兮荐琼浆，歌千岁兮乐且康。魂兮归来无四方兮，天迷密兮地苍黄。信灵修之自芳，世不容其何伤。抚金徽兮弦绝，酌美酒以谁觞。感死生之微渺，怀忠信以难忘。佩香草之陆离，整奇服之异常。忽怆然而涕下，乃起倚而彷徨。哀尘世之昧昧兮，吾将返乎灵虚之故乡。呼造父兮为吾御，从文豹兮驾凤凰。生何慕而忽来，死何恨而忽蛰。念千古之悠悠，独兰生乎蓬泽。惊江淹之赋恨，仿宋玉以招魂。知天命之有常，甘没世以何言。

这篇《招魂》附于卷十三《翠楼曲稿》中《自挽曲》之后，作于 1934 年（甲戌）秋。《自挽曲》体裁属于散曲中的套数，而《招魂》属于骚体诗，理应编于诗部，大概作者考虑到与《自挽曲》意思紧密连贯，故置于其后。“自挽”，一般情况是老人觉得自己要离开人世了，作诗词哀悼自己；但小翠不过三十二岁，生于乱世，未免悲观，“病中社集拈题得此”，因而议论古今，对人生短暂却苦难多多发抒感慨。《招魂》仿效《楚辞》中宋玉所作名篇的写法，但宋玉是假托帝命巫阳以招屈原之魂，而小翠则是招自己之魂。全诗设想东南西北四方都极为险恶，游魂无路可去，仍返故居，与宋玉原诗类似，但写法有所变化：诗人的魂魄觉得回到洞房难以安居，“哀尘世之昧昧兮，吾将返乎灵虚之故乡”。诗意和措辞将宋玉《招魂》与屈原《离骚》《九歌》融为一体加以提炼，反映所处时代的黑暗和诗人心灵的悲苦，在继承骚体的基础上有批判现实的锋芒。盖战国时期与两千多年后的民国时期颇有相似之处，都是天下大乱，四方割据，礼崩乐坏，人欲横流，因而女诗人借古人酒杯，浇自家块垒，同时也延续了昔贤的精神气脉，这正是传统诗词的特性。

《翠楼吟草》中的五言古体，渊源于汉乐府、《古诗十九首》以及魏晋古诗，风格质朴而情味淳厚，如前文所引《拟古》《李伊行》《感讽》等皆是。七言古诗除学长吉体外，兼取太白、高适、老杜、东坡，豪迈骏逸中有沉郁顿挫。以数篇略作比较：

归乎归乎！尘世倦兮其归休。云霓明灭天尽头，上有烟霞缥缈之仙洲。风为裳兮云为马，独游戏兮山之下。雷公大笑开电光，风雨瞑晦天茫茫。不求玄黄却老方，一任鬓丝飘拂如秋霜。上书玉皇帝，愿化东海成酒池。掀髯鲸饮不知止，醉捉明月骑之飞。胡为蛰处此尘俗，使我不得开双眉。嗟嗟乎！尘世倦矣胡不归？（《醉歌》）

神游仙境，捉月骑云，化东海为酒池，作长鲸之痛饮，纵笔如天马行空，不可羁勒，绝似太白风格。

瑶台夜晏灯煌煌，龙头泻雾闻酒香。美人娇慵舞无力，回眸一笑断君肠。边关铁骑起风雨，万里军书飞白羽。羽书飞报到樽前，将军犹抱如花舞。露似珍珠月似弦，芙蓉鸳帐困春眠。不闻垓下歌虞兮，甘把倾城付小怜。沙场大雪边关里，夕下齐城七十二。黑水全沉鼓角声，白山又见风云气。中原从此失边关，釜破舟沉再不还。北望三军齐恸哭，覆巢遗卵几人完？遗民白骨横沙漠，橐驼东下河流浊。有子真同刘景升，何人不忆骠姚霍。南朝半壁尚繁华，断送英雄又几家。山鬼不知明岁事，女儿都唱后庭花。嗟嗟乎！江南自古多佳丽，未必美人皆祸水。君不见宫中月落城乌起，越王警醒吴王醉。（《将进酒》）

《将进酒》原为古代歌曲名称，属于汉鼓吹铙歌十八曲之一。唐人用古乐府为题，诗则另立新意，言志抒情，不必合乐，李白即以此题写出“君不见黄河之水天上来”的名篇。小翠此诗却巧借题意讽今：1931 年“九一八”事变发生，东北主帅张学良却奉行蒋介石不抵抗政策，任凭日本占领东三省全境。据云当时张学良迷恋著名影星胡蝶，坐失山河，诗人、学者马君武、钱仲联等皆有诗讥讽，小翠诗亦如此，“将进酒”者，将军醉饮也。张与胡蝶事虽属传闻，未必合乎事实，但张率领几十万大军却让国土沦陷，这一历史责任难以推卸。此诗四句一换韵，平仄交替，散句中穿插工整的对仗句，笔力纵横，章法严谨，辞采富丽而讽刺尖锐，风格颇似高适《燕歌行》。诗题旧却题材新，是与前引《醉歌》明显不同的现实主义写法。结尾四句从女性角度立言，“未必美人皆祸水”，指出祸国之罪主要在于秉政者，加强了抨击的力量。

聚星堂前几竿竹，忽然飞入屏风绿。仙之人兮来如云，偶向人间共歌哭。髯翁久死那得生，非死非生入寥廓。平生悔读《游侠传》，清狂入骨无由俗。出入庄骚李杜间，后来温李皆臣仆。七古雄放浩如海，龙神鬼伯相追逐。投荒万里亦何有，诗材压折千牛腹。天下英雄今几人，天寒高会酒初熟。诗到元明是尾声，画从解放开新局。伯鹰墨妙今东坡，钵水谈玄气沉郁。大漠先生诗中怪，诗如冰玉人如墨。相逢劲敌一大笑，王骀所病不在

足。人生如寄胡不乐，坐使斜阳下枯木。诗人俎豆共千秋，一盏寒泉荐秋菊。(《题苏寿雅集图》)

此诗之前有《海上诗人于东坡生日为寿苏雅集，函邀未往。分韵得“祝”字，即题东坡像》七古，皆作于20世纪50年代初。小翠早年的七古以取法唐人为多，中晚年随着人生阅历的加深，转而喜爱东坡诗风。《翠楼吟草》中诸如《题蝶野纪游诗》《长歌和大兄蝶野》《名山老画竹歌》《黑桥桃》《朱竹歌》《庚寅夏迁居安乐新村小园，饶花木之胜，但苦蚊多，戏占》《夏日漫书和王巨川先生并送北去》《寒流》《人日大雪戏书》《大雪客至，用东坡聚星堂诗韵奉和》等篇，以诗画题赠、日常生活与四时风物气候为题材，富有东坡七古之气韵。其特点为：无事无意不可入诗，写景状物中融入议论，想象活跃而出语多诙谐风趣，挥洒自如，气格超旷。篇幅一般两三百字左右，多为一韵到底，音节拗峭，不同于声调和婉的歌行。上引一诗为题图之作，前半篇追忆东坡，言东坡非死非生，精神长在，再称扬东坡清狂之品格与雄放之诗才；后半篇转写为纪念东坡生日而雅集的诗人潘式（伯鹰）、苏渊雷（钵水）、顾佛影（大漠）之才学与形象，简洁生动；最后言及时行乐，祭奠东坡，归结本题。全诗一气舒卷，爽朗流利，写出襟怀之旷达，确似大苏笔调。

陈小翠的古体诗能把握五言与七言的不同特点：五言高古浑朴，七言雄奇博丽；但五言中亦融入清绮秀逸，七言中时见苍劲沉厚。虽取法乎上，门庭颇广，但也有所选择，不喜韩昌黎的粗硬、黄山谷的生涩以及孟郊、贾岛的寒瘦，这与女诗人的审美心性相关。总而言之是五古多学汉魏两晋，七古重点学长吉、太白、东坡，风格虽有似古人，题材与内容则来于现实，融合创新，有诗人自家鲜明的个性。在近体诗方面，同样转益多师：五七律兼学王维、孟浩然、杜甫、李商隐、陆游、元好问诸家，或清幽或雄健或绮丽；七绝更是仙骨珊珊，天然神秀，不名一家而自成标格。律、绝的数量远远多于古体诗，琳琅满目，难以遍举，择录若干，附以简评，可见风格之多彩：

满天香雪落珠玑，邻院箫声隔紫薇。十二楼台春似海，红灯簇处美人归。(《春闺》)

十二三岁时作品，华贵。

危崖万丈响松湍，小阁扃灯觉梦单。夜起开帘放山色，一天星斗大江寒。(《江楼》)

小诗写出大境界，结句极见胸襟。

阑干九曲是回肠，欲卷湘帘怯嫩凉。吩咐门前一溪水，替侬流梦到横塘。(《绘箑自题》)

清畅幽婉，语浅而情深。

胸中哀艳杂沧桑，偶散珠玑到下方。诗意如云满宫殿，公然来作万花王。（《甲子秋杂感》之二）

有诗坛王者气象而又是女诗人声口，哀艳之情与凌云之笔，两擅其胜。

绿杨天影净无尘，小扇笼纱写洛神。帘外桃花三月两，镜中春色六朝人。梦因思乱难为主，眉觉吟多总带颦。一弄晶窗半临水，柳花吹满画床茵。（《偶成》）

清丽如画，第二联尤见风神。

兰生蓬泽苦难分，偶读离骚有泪痕。孔雀东南劳密网，高楼西北有浮云。匡时雄略三分国，媚世词章九锡文。莫问渊明旧诗宅，坏墙风雨绣苔纹。（《感怀》）

首尾联缅怀屈子、渊明，中二联悲慨时局，风格近似老杜之沉郁。

秋高白帝不闻砧，极目中原暮气森。灞上军容稚子戏，故陵风雨老臣心。寒松拙性违天地，大海横流恸古今。闻道杜陵垂暮日，江湖行坐白头吟。（《读〈畏庐诗存〉感书》）

在举世崇新贬旧之时，于林琴南独寄深切同情，识力过人，苍凉悲壮。

暮色全吞野，涛声欲上楼。月临千嶂出，风逼满城秋。独客怀归思，起看江水流。潇潇芦叶响，应有未眠鸥。（《偶成》）

写秋夜之景，寂寥之思，气格高浑。

仙人楼阁俯斜曛，来往湖船曳水纹。袅袅秋风君子竹，亭亭华盖美人云。鱼虫解识南朝字，猿鹤空移北地文。恰倚高寒看山月，晚风吹卷墨华裙。（《湖楼》）

风神高秀，落落不群。尾联神采欲飞，化工之笔。

满窗晴日写新诗，记得双丫放学迟。无可追寻惟昔梦，最难忘却是儿

时。画楼人散千丝雨，禅榻香消一局棋。我是重来王谢燕，乌衣门巷不胜思。（《梦故庐》之二）

追忆儿时在故居生活情景，怅韶华之易逝，清词如水，凄沁心脾。

其佳作极多，不胜例举。

综上所述，陈小翠古近体诗的创作成就，在近百年女诗人群体中十分突出。广义的诗包括词在内，女诗人既作诗又填词，但大多以词擅胜场，如吕碧城、汤国梨、刘蕙愔、丁宁、沈祖棻等均以词著名。其中吕碧城能诗，清丽秀逸，而存稿不多，远不及词之美富；沈祖棻到“文革”期间专意为诗，时已晚年，英华凋谢，其诗气息沉静而风格单调。此外能诗者如冯沅君、苏雪林、黄稚荃、冼玉清诸家，皆不及陈小翠之用力专精。《翠楼吟草》三编中存诗十四卷近七百首，如果1954年至1968年作者去世前这十多年间作品的手稿尚在世间，则有诗千首以上，数量之丰富超过其他任何一位女诗人的作品，此其一。女诗人作诗一般多作近体律、绝，未免格局不宽，气体柔弱，《翠楼诗》则古近体诗无一不工，风格缤纷多彩，沉雄博丽，蔚为大观，其质量精粹完美，亦足能独领风骚，此其二。陈小翠人品高洁，卓尔不群，为诗遥探本源，取法乎上，思力深邃，境界超迈。非但诗人之天才与学识皆表现于诗，其道德品节亦行之于生活实践，知行合一，德艺双馨，不愧为巾帼中之真君子。百年来才华横溢之诗人词家灿若繁星，但儒门冷落，轻薄无行者甚多，而陈小翠寝馈儒经，修身立节，品格之高，人所罕及，此其三。综此三端，陈小翠与其《翠楼诗》在20世纪诗史上当有重要的一席。

**作者简介**：刘梦芙（1951—　），现任安徽省社会科学院文学所研究院近现代文学研究室主任。

# 唐神宋貌

## ——略谈赵熙诗歌的艺术特色

杨启宇

赵熙（1867—1948），字尧生，号香宋，四川荣县人。清光绪十八年进士，授翰林院编修，转官监察御史，有直声。民国后，退居荣县，修志讲学外，唯以读书吟咏为事。诗词书法，俱为海内所重。有《赵熙集》传世。

传统诗词，分唐、宋两派。宗唐、宗宋，依作者各人天赋学养嗜好而定。唐诗自然流畅，更近诗的本质，但易流于空泛软熟。宋诗惩其弊，力求深思劲峭，但易流于晦涩冷僻。善学者应扬二者之长而避二者之短。有清二百多年，认真读书之人不少。博览之士，以文为诗，自诩积学深思，境界另辟，骨子里是宗宋一派，生峭拗折，蔚成风气。至清末揭出同光体之旗帜，应者云集，俨然坛坫之主流。

近代巴蜀诗坛，独具鲜明的地域特征。灵秀山川的滋润，前辈乡贤的激励，传统文化的熏陶，时代风云的激荡，敏感心灵的颖悟，从总体上铸就巴蜀诗歌博大昌明、清新自然、奇警峭拔、沉郁顿挫的风格。而争奇斗胜，自吐心声，又凸现出诗人们各家的面目。而赵熙，则是其中杰出的代表。赵诗由唐入手，三唐兼学，从他音节的浏亮、语言的明丽可以看出唐诗神韵的深深烙印。同时他又精研北宋诸家，从其诗立意的深迴、布局的变幻可以看出宋诗理性的影响。此二者之完美结合，文采斐然，音韵流畅，气格坚苍，法度谨严，便构成赵熙诗歌的艺术特色——唐神宋貌。这，也是近代巴蜀诗歌的主体特色。

因僻处西南，与省外交流较少，近代巴蜀诗歌既不受主流诗派的笼络支配，又不被了解与重视。赵熙以名翰林与同光诸老游，因路数不同，颇为所轻。陈石遗与他私交甚好，然评其诗仅称："似文与可、唐子西、韩子苍！"赵熙笑谓："此三子之诗，生平未见，当搜其集而习之！"其实只要抛开唐、宋门户之见，以艺术成就而论，赵熙诗足可跻身近代第一流。让我们从具体作品来领会（古体太长难录，只引近体，尝一脔足知鼎味）：

**小孤山**

江水日滔滔，镵天石骨高。森森数乔木，凝望似秋毫。老树摩孤鹘，深根压六鳌。如君真健者，独立在风涛。

锤炼无滓，淘洗尽净，干将出匣，英气逼人。五律三、四不对，人谓效谪仙体，一气呵成，实则三四与五六句末三字结构同，故意求变以避板滞。

## 夔　州

全川争一峡，风力聚夔州。八阵平沙没，重关万古愁。江心盘皀鸟，石角怒苍虬。此地穷天险，荒寒白帝秋。

苍凉峻峭，足为夔门写照。

## 清音亭

天地此空亭，江声万古听。人烟一城白，山色大峨青。鸟路凭高阔，渔歌杂醉醒。寒钟佛崖碧，秋雁落沙汀。

空灵清秀，写景如画。

## 千佛顶

开辟夜不尽，苍苍华藏秋。中天一明月，万古此高楼。呼吸通星界，华夷判地球。雪山五万里，栏外是神州。

明月当空，天风吹袂，呼吸通天，忧思彻地，唐人格调，宋贤气象。

## 送蒋惺甫侍御转外

郁郁青霓不可呼，天狼一箭折雕弧。玉堂自古生清梦，铜狄惊心长绿芜。虎豹九关天路远，荆高一去酒人孤。新蝉欲警西风露，回首延秋叫夜乌。

蒋以直言外转，故有九关虎豹之喟，国是日非，能无铜狄绿芜之慨。沉郁顿挫，慷慨生哀。

## 哭胡雨岚

书来一顾天无色，大野青山是哭声。迸泪只增妻子叹，伤心宁止弟兄情。中年此路非长别，万里论交付再生。嗟我林逋曾识否，品君极口玉山清。

中年哭友，非长别，付再生，至情至性无可奈何。纯白描手法。

## 渡　海

欹枕惊涛白尽头，匆匆残梦堕神州。翻书尚滴儿时泪，去国俄登海上舟。潮落远鸡催晓色，月明南雁集乡愁。春申林际非吾土，回首燕云万里秋。

匆匆残梦，何清亡之速也！春申不可留，燕云徒怅望，只合归隐。曲折心绪，委婉出之。

宿乌尤

竹边楼阁翠重重，梦里依然旧日钟。千古江声流不尽，三峨秋色晚尤浓。清时此地吟归雁，海穴通潮蛰老龙。起视神州无限黑，几星渔火照中峰。

此抗日战争爆发前作，借景抒情，来日大难，已兆先机。情景交融。

滟预石怀刘裴村先生

片石苍茫太古前，每怀神禹泣当年。长江不尽风波恶，谁拄西南半壁天。

借石拟人，气格坚苍。

青　神

不见涪翁借景亭，小山点点隔江青。古今同此玻璃味，手汲空江夜堕星。

清空一气，韵味悠然。

下　山

路似腰绳缒太清，蜗粘苔壁屋三楹。人从之字盘空下，流水声中大蟹行。

唐人绝句多写意，此则工笔刻画入微。比拟皆极生动：路似从天而降的腰带；远处僧寮，恰如黏附苔壁之蜗壳；下山人皆横行，拟为大蟹；山路多沿涧呈之字，故伴流水声。

云　阳

明月随人送晚寒，幸无杜宇哭云安。中宵忽领英雄气，知泊桓侯庙下滩。

写冬日过云阳，用侧笔（无杜宇啼）；写泊张飞庙，亦用侧笔。

赵熙素不填词，归里后，于民国五年忽然兴起，两年间作词三百余首，遂搁笔不复为之，此亦异事也。所作皆长调，格近稼轩、白石。兹举一首为例：

**水龙吟**

题稼轩词，即用集中登建康赏心亭韵

风吹太古秋声，手扪星斗行天际。荒荒下界，齐州九点，万山如髻。元晦论交，迭山请谥，齐名苏子。有龟堂诗骨，龙川文笔，唾壶响，铁如意。

志取长鲸为鲙。问中原、虏尘消未。苍天老矣，赵家宫殿，钱塘王气。小试滁湘，可怜王蔺，谤书忘此。逗丛编夜雨，天惊石破，化黄河泪。

步韵自如，咏稼轩似稼轩。

赵熙诗才敏捷，下笔立就。杨昀谷改官将之蜀，赵立赋七绝三十首，第二天写为长卷，则增至六十首。由鄂入蜀沿途山川风物、典章文史尽付吟咏，故陈兼与谓之“到手千篇泼水成，诗如饭熟与茶清。寻山访古流连处，时有唐音出蜀程”。赵熙生平为诗数千首，然笔墨谨慎，身前无刻本；殁后周孝怀、江翊云为揖刊《香宋前集》，收诗一千四百余首，惜无人校勘，中多错舛。今天我们看到的《赵熙集》（巴蜀书社1996年，王仲镛主编），收诗三千五百余首，主要来源于赵熙晚年亲订的手稿。手稿得以保存，殆有神佑！据黄稚荃先生亲口告诉我，“文革”结束后，她问向先乔（向乃赵得意门生，黄为其门人）之孙其祖父诗稿尚在否，答曰：“全在，一大箱。”黄大喜，及开箱视之，向诗仅残稿五册，余下全箱为赵亲笔以蝇头小楷写定诗稿。呜呼，天悯斯文，历浩劫而重现，真乡邦文献之一大幸事也！

**作者简介：**杨启宇（1948— ），现为四川省诗词学会常务副会长。

# 八 教学实践

# 学而时习之

## ——以韩山师范学院馀社社课为例谈大学生的诗词研习

赵松元　陈渺之



诗词教学在大学里的沉浮升降，是近百年中国本位文化是否受重视的一个浮标。回顾百年高校教育史，在民国时代，大朴未散，文脉不断，故当时南北各大高校的诗词教学颇受重视，如南京中央大学，北平北京大学、燕京大学，广州中山大学，湖北武汉大学，开封河南大学，杭州浙江大学、之江大学，上海暨南大学，安庆安徽大学乃至抗战期间迁移重庆、成都的各大学中文院系，多开设诗学、词学课程，不但要求学生学习诗词史和相关理论，而且必须动笔创作，由此培养出一大批以诗词为研究专业的优秀人才，并成为知名学者。著名的诗学、词学教授如陈洵、陈匪石、刘永济、吴梅、汪辟疆、汪东、胡小石、王易、顾随、邵瑞彭、蔡桢、易孺、冯振、陆维钊、夏承焘、俞平伯、唐圭璋、龙榆生、詹安泰、缪钺、胡士莹、徐震堮、王季思、宛敏灏、施蛰存、钱仲联、沈祖棻、万云骏、程千帆等，都是成就很高的诗词作家，都有作品集传世。

新中国成立之后，由于当局对传统文化的大批判以及高校体制的变化，诗词教学在相当长的一段时间里在高校出现了历史空白，一时除毛泽东的诗词外，历代诗词作品除了所谓的民生疾苦、农民革命等少数篇章外，其他真正的佳作，学生连寓目都难，遑论学习。再加上毛泽东“诗词不宜在青年中提倡”谬论的长期笼罩，研习诗词对大学生来说真成天方夜谭。直到近三十年，文网稍宽，传统文化日渐受到重视。十几年前，中华诗词学会有“让诗词走进中小学校园”之倡议，但由于中华诗词学会长久为“老干体”所把持，这个活动最终成了粉饰升平的闹剧，于真正的诗教相去甚远，甚至在很多方面起到误导青少年的恶劣影响。至于高校的诗词教育，则因为长期的文化断层，造成讲诗词的老师大多不会写诗词，没有创作体验，就只能死抓“理论”这根救命稻草。这就好像一个不会游泳的老师，用一大堆游泳的理论去教学生怎么游泳，但只要一下水，就全都淹死了。没有实践，理论越多，效果越坏。因此，如果中国的大学不开诗词写作课，则其诗词教学必难有成效，这是当今大学诗词教学的症结所在。幸而，我们欣喜地看到一些高校已经恢复了诗词写作课，比如中山大学就开得很成功，近几年来人才辈出，成为南天一柱的诗词重镇。

韩山师范学院是千年学府、百年师范，有着优秀的诗词传统。从清末到民国，这里汇聚过一大批诗词大师，如丘逢甲、詹安泰、饶宗颐，都曾经在此执教，播下了诗词的种子。近二十年来，我们持续开设“诗词格律与写作”与“大学诗词写作”课程，要求中文系学生掌握诗词格律，训练诗词写作能力，以此培养传统文化的元气，澡雪学生的人文精神。我们又成立了一个专门研习诗词的学生诗社——“馀社”，让优秀学生入社，作为重点培养的对象。

馀社是一个大学生诗词研习社，隶属韩山师范学院中文系诗歌创研中心，2011年6月成立。何以取名为“馀社”，其立社宗旨有一段说明：“士先器识而后文艺。故诗词者，人之馀也。功夫在诗外，有人此有诗，人未立而强作诗，此谓缘木而求鱼。故曰立人为本，馀事乃作诗。同人期以诗词作为自我完善的修炼之船，共达理想之彼岸。另，馀者，多馀也，诗本是个人行为，组社是多馀之事，只是为了多一点人参加这种个人行为。以诗词为渡筏，以传统文化为依归，以‘古之学者为己’为座右，‘一是皆以修身为本’。社员可养其志、骋其才、尽其情、正其性，各适其‘真’而已矣。”





馀社的社员以中文系学生为主，同时对全校其他各院系的学生开放，只要喜欢诗词并达到一定的创作水准，就可以申请入社，目前社员有20人左右。馀社的主要活动有如下数端：①开展社课：每月第二周星期六为社课日。社课每期出一题，或诗或词或联句。组织社员开展习作互评、交流读书心得。②每学期出版两期报纸：作为社刊，名曰《馀音》。③每年组织一次全校诗词赛：社员不参加，旨在发现人才，获奖作品登于社刊。④组织采风活动：每年的上巳、重阳，至少组织一次采风活动，与院外其他诗词社进行学习交流。⑤建立网络论坛、博客、QQ群，便于社员及时交流切磋。

其中，又以“社课”作为重中之重。社课是馀社最主要的活动，也是社员进行诗词研习最重要的一种形式。自成立至今，馀社已举行了十几期社课。在社课中，老师、同学们分享了各自的诗词创作体验，在切磋讨论中，不断提高自己的诗词修养，共同营造了一个研习诗词的自由氛围。至今历次社课已经为我们提供了丰富的第一手大学诗词写作的教学资料。本文拟就馀社社课为例，谈谈韩山师范学院的大学生诗词研习经验。馀社社课按内容可以分为命题、唱和、对联、联句、游戏五个方面，以下将各举具体的例子来论述。

## 一、命题

即每次社课提前命题，大家围绕同一要求来写。如红楼梦里的咏海棠、咏菊等社课。这样的好处是大家就相同的主题各出己意，进行社课讨论时，有一个中心，更容易切磋讨论，互相学习。

1. 严题

命题的难度各有不同，其中难度较大的是定下主题，且限制体裁，并限制用哪一个部的韵，此种称为严题。如馀社第一期社课要求为：“以馀社为题，作七律一，限八庚韵。”这三个要求凑在一起，使这次社课的难度变得很大。七律限韵，已经很难写了，还要求以馀社为题，既要点出雅集，馀社以文会友、切磋琢磨的精神，又要融入自己的情感，使其有别于一般的应景文字。即使是斫轮老手，也不易下笔，何况是刚学通格律的学生。不过最终写出来的习作，还是有几首可圈可点的。如：

黄佳娜《赠馀社诸友》

翠羽灵光相与鸣，殷勤更待小鲜烹。荒田初种阳伯玉、旧曲还歌白雪英。

纵使荆榛多莽地，岂无风雨一灯擎。他年许到华阳洞，且上经楼论掣鲸。

首句点出社友诗文切磋之义。颔联以荒田种阳伯玉，旧曲歌白雪英喻传承高雅之古典文化。颈联宕开一笔，写出当今文化荆榛遍地之叹，不过作者以一个年轻人充满理想主义的雄心干劲，写出她的期望，即在这风雨之中，岂无一灯独擎，以传古法。此联“纵使”“岂无”的转折，在诗艺上已经相当纯熟。有此自信，故末联展望未来，今日之结社论诗，正为他年收其大成之权舆。

陈春薇《湖山幽居有感立社八月初八夜作》

明月清辉休自瘦，诗心留取黯仙檠。溯烟湖野吟香杜，沐雨山阿采古蘅。

沉璧世余掬梦浣，折梅槛外引云耕。揣摩月色成青卷，寥落幽思付玉笙。

此作颇为骚雅，特别是第七句的“揣摩月色成青卷”，俱可见作者的蕙性兰心。像这样的句子，大多是天分所资，很多人学了几十年诗，也写不出这样的句子。有才如此，只要在诗艺、学养上稍加砥砺，便可以写出优秀的诗词。

刘瑶兰《寄馀社诸子》

青山含翠蕴灵久，零落灯花第几擎？步月中庭思惝恍，高枝戴露俟嘤鸣。

一朝蚌满凝珠吐，斗室馨香泼墨成。莫道衡门常被褐，闲敲诗话向棋枰。

首联点出韩山诗词的悠久传统，不知有几辈才人在零落灯花中吟咏不辍。颔联写如今轮到我们了，步月中庭，情思为之迷离惝恍，高枝戴着清露，上有嘤鸣求友之灵禽。此联在技术上用了“错综对”的手法。所谓错综对，即是在错综的位置上交叉成对，如唐人李群玉的名句“裙拖六幅湘江水，鬓耸巫山一段云”，以“六幅”对“一段”，以“湘江”对“巫山”。瑶兰此联则是以“步月”对“戴露”，以“中庭”对“高枝”。虽然“戴”字还略显生硬，但在课堂上只讲过一次错综对，她在习作中就能运应，已经是相当难得了。颈联则是用了“流水对”的手法，二句共同表达一个意思，且上下句之间有逻辑上的先后顺序。此联是言写诗的创作经验，必也厚积有时，待到如蚌满才能珠吐，此时再下笔，才能泼墨而成，馨香满室。末联用诗经“衡门之下，可以栖迟”之意，写此中自有真乐，不假外求。

2013年中华大学生诗词大赛以《初恋》为题，限四支韵。我们也借题组织了一次社课，质量颇为可观。其中舒欣的一首后来拿去参赛，获得了诗组的优异奖。

舒欣《初恋》

东风无赖种相思，红豆生成一树痴。过眼榴花空暧昧，留春心事自参差。

情迷弱水舟难返，梦入桃源路更歧。忍向蓬山重问讯，况当梅雨困人时。

此作的“东风”“红豆”继承了王维红豆诗的传统，而以“种相思”与“生成一树痴”来做新的搭配，此为其创新之处。颔联写初恋之体验，无愧名句。颈联宕开一笔，选择“弱水”“桃源”两个意象来写情路之曲折。结语沿用义山“蓬山此去无多路，青鸟殷勤为探看”，于爱问不问间，见无限难言之感慨。通篇既见化用古人之功力，又有自身独特之情感体验，堪称佳作。

另外，此次社课还有三篇写得也各具特色。



黄思燕《初恋》

白月伶仃思旧游，风花轻叹此生休。鸿惊逝影难成字，絮乱飘春漫作愁。

方寸怦然听梦鹿，中州去矣咏雎鸠。如今消得身心瘦，自怪当初一转眸。

起联便颇具风神，“轻叹”尤其为女生手笔。颔联也堪称名对，“鸿惊”“絮乱”的倒装可见其技法之纯熟，“难”“漫”两个虚词也炼得很到位，不可改易。五句以蕉鹿梦之旧典，配上“方寸怦然”的新体验，颇有起死回生之妙。结句之“自怪当初一转眸”，为此次社课诸位老师公认的最佳之结，妙在能刻画出初恋深刻长久之影响力。

方如珊《初恋》

芳心憔悴不成诗，情到深时未觉痴。红萼初开经雨洗，翠�摇摆见风疑。

一生惆怅为君执，终古孤寥只月知。几度梦回空记省，抛人犹是落花时。

颔联兴象动人；颈联语近决绝；而一结四两拨千斤，留不尽之意于言外。此诗开阖有度，笔锋数转，亦属难能。

杨文钰《初恋》

无端春意上蛾眉，照影惊鸿故故迟。红玉生烟成晓梦，青禽传语约佳期。

丁香枝下遗新帕，豆蔻梢头验古辞。一夕鹊桥求白首，纫兰为佩月明时。

初恋而以“无端”起，可谓直证菩提。次句化用陆游“伤心桥下春波绿，曾是惊鸿照影来”意象，着以“故故迟”，以见小女子羞涩之神态。中二联造语温艳，生香活色。尤其五句借用戴望舒新诗《雨巷》“我希望逢着一个，丁香般结着愁怨的姑娘”之意入诗，重新配以新意象：“遗新帕”，颇见巧思，且别具一种莫名之惆怅。六句暗用杜牧“娉娉袅袅十三余，豆蔻梢头二月初”诗境，颇叩初恋之题。结语之“求白首”，恨不与君一夕白头偕老，尤见深情，言至于此，已为议论之极致，故戛然而止，另接之以兰佩明月之境语，顿生韵外之风致。此作清新纯情，芳香悱恻，以少女写初恋，自是当行本色。

2. 宽题

宽题一般只定主题，不限制体裁与用韵。如徐社第二期社课要求为：“以秋为题，不限体裁，不限韵。”此题较宽，比较好发挥，所以此次社课质量也不错。如：

詹启源《秋风》

秋风疏动江边竹，水色依依惹晚条。隔夜流萤分翠冷，锁门薄袖忆春娇。

故园窗迥南楼月，玉箪思轻灞水桥。但惜飘摇催晓雨，悲凉信宿莫侵宵。

此作中二联文字清丽，从四个不同角度对秋风进行渲染，在诗艺上已相当纯熟。只是结句的“信宿莫侵宵”文理难通，“信宿”意为“连宿两夜”，或谓“两三日”，与“莫侵宵”搭配不当。作者当是从老杜“信宿渔人还泛泛，清秋燕子故飞飞”之句中取“信宿”之词来用，只是学而未能化。

江如萍《浣溪沙》

微雨卷帘红袖持，平湖衔月鹊桥诗，眉峰浅聚笛声迟。

空恨深闺繁露重，遍浇前院众芳痴。满庭新雾煮寒枝。

《浣溪沙》之体性宜清婉，此作在格调上基本能达到要求。只是赋秋而未能尽量表现秋，除了“繁露”和“寒枝”之外，其他都和秋关系不大。末句“满庭新雾煮寒枝”，初学最易沉溺于此种，乍看似很新奇，能吸引眼球，但终嫌刻意，且“雾煮寒枝”，于理也未通融。当时社课点评时，曾引革之一句为例：“疏光织锦难成匹。”此则不但新奇，且悟徒劳之义理，更为浑成。最终总结为八字曰“奇外出奇，合情合理”，方为上品。

### 陈春薇《翠楼吟》

野渚揉黄，寒湄褪碧，新晴又惹丝雨。栏桥如有待，正临水依依低叙。深秋城府。尽咏露蝉枝，凝冰兰圃。湖颜冷，解颐还倩，偶然江鹭。　　小坞，亭榭飞甍，袅水芝残裾，对西风语。玉台何所寄，恨鱼影迟迟无主。烟云情绪。暂细履芳墀，闲斟汉黼。霞山薄，渡头归桨，一楫溶暮。

春薇读白石词，颇能进入其意境，读后有感觉，就开始试填长调。初见此首，颇有士别三日之叹。全词炼句炼意，颇有白石之味。《翠楼吟》一调，以前后两个四字对，两个五七字句及两结为骨架，其他不过穿针引线衔接之而已，所以这六个地方是全词的关键。春薇此作亦能在这些地方用力，且看她两个四字对“野渚揉黄，寒湄褪碧”、“细履芳墀，闲斟汉黼”都写得很雅，尤其是起的一对，更是出色当行。两个五七字句，第一个“栏桥如有待，正临水依依低叙”，稍微显弱；第二个“玉台何所寄，恨鱼影迟迟无主”，就远胜前者。两个结也都不错，上结“湖颜冷，解颐还倩，偶然江鹭”，颇为从容，这是笔力有余的表现。下结“霞山薄，渡头归桨，一楫溶暮”，“溶”字炼得很好，一棹溶于暮色之中，颇可见其词心。全词以秋湖为背景，层层铺写，将情感融化于物色之中，造语炼意，颇近白石。唯个别细节还未尽善，比如“水”字重出，“低叙”与“对西风语”意近。这些细节如能再完善，当能打造出一首佳词。

### 陈春薇《法曲献仙音》

龙润萧疏，凤林清减，几度秋澜憔悴？岸泊帆声，鉴留云影，萍风浪迹芳岁。漫独对焦桐语，幽耕泽兰意。　　老鱼綣，嘱红衣、绿团何计？同染就、霜画露描尘世。大梦久归来，寄鸿书、休问相识。欲济浮槎，恨湖岚、笼罩仔细。竟江城夕照，白了芦枝残髻。

春薇学白石，一发不可收拾。这是她的第二首长调。起调四字对，龙润指雨，凤林为树林的美称，皆用代字。王国维曾批周邦彦“桂华流瓦”之用代字为隔（桂华代月光），这要视具体用于何种体裁而论，若是小令，自然以直抒性情，自然浑成为佳，若是长调，则必用经营始能成篇，用代字只要用得恰当，正是铺叙造景的法宝，南宋的长调大家周姜张吴，莫不擅长此道，如果批长调用代字，那就是不懂长调了。王静庵擅小令而不能长调，所以《人间词话》论词也重北宋而轻南宋，这是他的局限。

春薇此词下阕一片神行，冷峻处直逼白石。过片“老鱼綣，嘱红衣、绿团何计”情何其深，紧接着“同染就、霜画露描尘世”，宕开一笔，由小及大，女子而有此笔力，殊为难得。“欲济浮槎，恨湖岚、笼罩仔细”，顿挫有致，开阖自如，最是词中妙笔，音韵亦佳。结语夕照白了芦枝残髻，将人物化，又将物人化，最终人物打成一片，兴象甚佳。此词借秋景以写其落落寡合，独立于浊世之种种深愁细恨，用笔又能蕴藉优雅，诚为佳作。

### 林钰《虞美人·中秋》

佳节只待花前醉，萱草含烟翠。夕阳犹是近黄昏，零落秋风何事损霜痕。　梦回惊觉朱颜改，辗转年三载。今宵酒醒负良辰，忍忆旧时月色旧时人。

起结俱佳，中间略平。“辗转年三载”之“年”，是为费字，于此等细节处用心，功力自进。

### 方如珊《忆江南》二首

魂入梦，灯暗酒还温。夜半拥衾独自冷，落花惊碎旧池痕，香乱共愁焚。

自归去，尽日倚栏看。孤鸟随风投暮霭，水波伴月起清涟，不见泪痕干。

《忆江南》如词中之绝句，片言之间，要有无尽情韵，甚难措笔。这两首还算得体。一首之结“落花惊碎旧池痕”颇有韵致，惜末句“香乱共愁焚”未能承接上句，有点脱节。二首之结虽未能出新意，初学能至此，得情韵音调之谐，亦属不易。

3. 咏物

命题的另一种比较常见者，就是咏物，宽严可以具体再设定。如馀社第六期社课，要求“以桃花为题，体裁、韵不限”。这是最传统的题材了，难在前人已有太多名作，很难再出新意。好处是其时正逢初春，到处桃花盛开，大家游赏之余，都有切身体验，由此落笔，也觉亲切。习作如：

### 江如萍《桃花》

寂寂春蹊飞柳絮，轻红无语自黄昏。等闲借得潇湘泪，葬我今生一缕魂。

前半“春蹊”“轻红”之铺垫都不错。后半由景入情，结作沉痛语。不足处在“潇湘”二字，湘妃泪染斑竹，此典不能用到桃花身上，这是常识性错误。不如将“潇湘”改为“东风”，于桃更贴。

### 林晓娜《卜算元·二月二十二日游凤凰洲公园》

侵晓雾纱朦，玉露新芽宠。泥径弯弯抱落英，回首桃花送。
盈蕊映凝酥，软绿沾钗凤。最爱潇湘并蒂红，风雨依依共。

此词原稿作："侵晓雾纱白，碧雨小芽宠。泥径弯弯抱落英，回首桃花送。肥冠映凝酥，新绿湿钗凤。最爱连理姊妹红，风雨依依共。"在社课上，大家讨论指出出律之处，"肥冠"缺乏美感，"姊妹红"落俗等等。过后晓娜再斟酌修改成了上面一稿，比初稿大大提升了一个档次。这就是切磋讨论的好处。当然还有问题，比如"潇湘"用在此处不当，与如萍那首一样，改为"春江"便可。

陈春薇《减字木兰花·桃花》

桃枝解意，早为东风梳粉髻。独倚篱门，窥得愁人一眼春。

阶前砌雪，片片孤云谁拾掇？休约来生，苦果今生尤恨青！

《减字木兰花》四段平行，都是四七句式，中间没有可供转折衔接的散句，所以要求四段要层次分明，有内在的逻辑，才不至于写散了。春薇此词，上片写桃花，景中有情；下片写花落、至于结成苦果，能做到层次分明。且咏物之佳境为不粘不滞，最贵物我合一。此词已能将桃花与自己融成一体，特别是结句，将自己的情感体验借夭桃结子青涩而成苦果来表达，这就是所谓的有寄托。

## 二、唱和

唱和一般先有一个原唱，另一人读其作有感觉便可写一首和之，一般都会围绕一个主题，如古乐之琴瑟和鸣，这是传统诗教"兴观群怨"中的"群"。群者，《集解》引孔安国注"群居相切磋"，亦即互相感染和互相提高的作用。在唱和之中，可以互相学习，增进友谊，亦是日常"练功"的一大法门。唱和按用韵的不同，又可以分成几种。

1. 和韵

即用同一韵部的韵即可。渺之曾写有一首《春尽寄诸子》：

坐老湖山略欠伸，风前待卜去来因。江涵古月初沉气，石炼流星未烬身。

九壤先埋千里马，百花特供一家春。诸君珍重如冰履，后日种桑犹有人。

当时和者十几人。如：

陈默《和渺之春尽寄诸子》

王事式微沧劫尘，尧天滴露不成津。千秋梦大谁先觉，一盏灯青客是身。

玩转二元求既济，推敲八索觅同人。临窗偶有东风过，数叶枝头聊作春。

颔联最佳。《三国》有“大梦谁先觉”，倒装为“梦大”更佳，“客是身”则用大禹王生者寄也，死者归也之意，若作“身是客”，则流为俗调矣。倒装之用大矣哉！

詹启源《春尽》

孤城野径绝青尘，飞尽鹧鸪传恨新。倚杖相迎烂柯后，掩扉惜别病梅邻。

青藤自发钟声晚，晓梦但悲风露新。记得台城红雨歇，更愁清泪续来春。

前六皆工稳，工稳者，无甚毛病，亦无甚精彩。幸有末句“清泪续来春”五字，庶几起死回生乎。

黄佳娜《春尽》

和烟短棹迷昏晓，秀色灵山共水氤。半缕香消风笛瘦，几番月堕雨梅新。

隔宵酒冷空枝在，离燕地偏慰语频。但把晴光弄柔翰，残春十里红未匀。

颔联清丽，末联设喻佳绝，晴光虽弄柔翰，而春已残，故红未能匀，直是一幅残春惊红图，所谓玉想琼思，此之谓也。“秀色灵山”颇拾现成，颈联亦有凑痕，通篇灵光有余，浑成不足。

2. 步韵

就是押韵要跟原唱一模一样，有如踏着他的原步，故称步韵。这是唱和中最难的，因为每一个韵脚字都定死了，很不好发挥，此种也最考验才情功力。如革之曾写了一首《何多》：

何多饾饤费屈指，尘海芥舟自在驶。草底虫吟半尺高，青天明月薄如纸。

这是在写作诗的某种特殊体验，体裁为仄韵古绝，押“指”“驶”“纸”三韵。渺之步韵和了一首《焚诗》：

围炉煮字尽枝指，意马脱空任自驶。百忧逐月揉成团，漫卷青天焚一纸。

陈春薇也步韵和了一首《游梦》：

为问银汉深几指，无舵浮槎驭风使。但遣虎仆侍龙宾，桂魄云山共一纸。

虎仆为笔之代称，龙宾为守墨之神。此作落想天外，骚之苗裔也。

步韵也可倒步，即将其原韵的顺序前后颠倒。如革之曾作《弱水》：

谁言弱水比侬颦，脤脤波眸看不真。络纬永宵空织梦，榴花终古未延春。

泫红泪化三年碧，守舍魂销一洗贫。欲向牡丹怜料峭，风中铅粉自成尘。

渺之欲步其一首，然无感于原韵，而颇有心得于倒步，故作《无题倒步革之弱水韵》：

太息风前散作尘，月腰瘦损晓星贫。萤消碧落无明火，燕剪平芜有限春。

锈绿裹愁除更密，泪红滴梦剧成真。从来怯过城南路，坠尽桃花只一颦。

## 三、对联

对联既是律诗的重要组成部分，也可以独立作为一个体裁来创作。对联又称对仗、对子、对偶、联语。它要求上下联字数相同、平仄相反、词性相同、句式一致。通过对联的练习，可以提高诗艺，对于创作诗词，这是一个重要的基本功。因为不管是律诗还是词中的小令、长调，都有要求对仗之处，而且一副好的对联往往是全篇最为精彩的地方，是画龙点睛之处，所以非常重要。退一步讲，对联还可以广泛应用到生活之中，跟平常百姓家都有联系，春节的时候能自己写一幅春联，成为不少学生学对联的动力。至于玩起来，对联也是最为简便可行的文字游戏。

通常玩对联有两种形式，一是“填空”。比如出题为：“隔帘花________，倚柳月________。”革之对了几个：

隔帘花觑梦，倚柳月思君。

隔帘花顾盼，倚柳月踟蹰。

隔帘花冉冉，倚柳月梦梦（音“蒙蒙”。玉溪写法）

隔帘花馥冷，倚柳月光残。（玉溪写法）

隔帘花写影，倚柳月摇眸。（纤巧，宋祁写法）

隔帘花抱影，倚柳月舒光。（纤巧，宋祁写法）

渺之也对了几个：

隔帘花似笑，倚柳月含颦。
隔帘花叹息，倚柳月回眸。
隔帘花润泪，倚柳月牵愁。
隔帘花再见，倚柳月曾经。
隔帘花善梦，倚柳月工愁。
隔帘花脉脉，倚柳月迟迟。
隔帘花有信，倚柳月无声。
隔帘花无碍，倚柳月忘情。
隔帘花易落，倚柳月思圆。
隔帘花有主，倚柳月无家。
隔帘花暧昧，倚柳月天真。
隔帘花无赖，倚柳月缠人。
隔帘花小小，倚柳月真真。（小小、真真皆古代美女名）
隔帘花勿忘，倚柳月含羞。（借对，勿忘我、含羞草）



另一种对联玩法更为常用，即出上联，征求下联。我们在中文系玩过几次大规模征联，如有一次出题为：“上联：山风卷袖扶云起，征下联。”结果收到一百二十多句下联，其中较好的如：

柳眼回眸隔水愁（渺之）
古月披襟踏雪来（渺之）
残卷留心与古论（渺之）
春梦无痕共月沉（渺之）
罗袜凌波觅影寒（渺之）
佳茗留香隔座尝（渺之）
秋水无尘借月磨（渺之）
锦瑟无情入梦弹（渺之）
花露沾衣掠鬓凉（渺之）
美酒思人倚剑弹（渺之）
梦雨飘红待我归（渺之）
芳草留青候子来（渺之）
龙剑飞光逼斗寒（渺之）
月姊抛愁化水柔（渺之）
暖月寒花一镜空（渺之）
天马无缰蹑电追（渺之）
梦蝶回春破茧飞（渺之）

桐树留枝待鹤归（渺之）
杏座生春仗舌耕（渺之）
秋水横波认泪真（渺之）
杏雨沾襟送绿来（童蒙）
夜月窥窗倚梦生（沁园）
晓梦迷情共泪沉（舒欣）
古调绕梁待子聆（舒欣）
红烛伤春守夜明（舒欣）
细雨拂帘入梦来（冷霜月影）
海雾迷江锁月归（冷霜月影）
杏雨沾裳吻颊红（洛迦敏）
碧水回眸荡月开（洛迦敏）
墨字倾心托雁归（洛迦敏）
细柳舒眉傍水生（刘瑶兰）
细水流花泣岁阑（刘瑶兰）
续盏留君喜雨来（刘瑶兰）
晓镜蒙尘觉岁残（刘瑶兰）
壁月怜人赠影双（刘瑶兰）
落月摇情袭梦来（刘瑶兰）
梦雨飞红沁枕凉（林钰）
稚子托腮问月圆（刘瑶兰）
心事盈眸落泪知（刘瑶兰）
御水有情渡叶来（刘瑶兰）
闰月无情增岁长（刘瑶兰）
团扇堪愁盼夏回（刘瑶兰）
杯酒暖怀怜影寒（刘瑶兰）
蝶梦盈天破枕飞（如是庵）
青鸟低吟怅梦离（郭琪）
芳草连天倚梦休（陈伟钊）
碧水东流抱月归（陈伟钊）
红烛倾心垂泪吟（陈伟钊）
蒲柳垂丝探水深（海虹）
古堞思人待日斜（海虹）
铁马披襟问鼎来（海虹）
羌管弄晴泛夜明（郭琪）
尺素藏鱼滞泪凝（郭琪）

在征联的过程中，大家切磋讨论，互提意见，都从中受益匪浅。比如郭琪对了一句“草色萦汀绕案青”，有同学提意见说“萦”和“绕”意思相近，当避。最终改成了“草色浮汀绕案青”，一字之换，境界顿出。

又如有同学对了一句“旅雁乘舟梦日环”。大家觉得很费解，作者解释说：“苏轼的诗：旅雁何时更着行，漂泊的雁啊什么时候才能停下来。乘舟梦日就是有个古人不知是谁被重用前梦见自己乘舟绕日月而过。所以就是孤单漂泊的人希望受到重用然后建功立业。貌似最后一个俗了。反正我被‘典故’了。”渺之评曰：“乘舟梦日边：伊尹见汤以前，梦乘舟过日月之边。‘旅雁’这词早得很，不用引东坡的，谢灵运《九日从宋公戏马台集送孔令》就有：‘旅雁违霜雪。’这句的毛病在于‘旅雁’和‘乘舟’搭配很怪异。虽然知道旅雁是比人，但从画面上看，是一只大雁乘着船去奔日……汉语的每个词都有它的画面效果（形象性），比兴得和画面浑成，才是好诗。”通过这样的讨论，我们就能亲切体验到古人所谓谈诗论道的乐趣了，这对大家都是一种促进。

另一次出题为：“上联：琴开三径菊，征下联。”一时对出了近三百句下联，且录其佳者如下，句后附渺之的点评：

1. 香沁一庭风（刘子若）
2. 月染一襟黄（刘子若）杜牧：水如环佩月如襟。
3. 湖敛两汀秋（刘子若）
4. 酒酿一壶诗（刘子若）
5. 曲暖一壶冰（刘子若）王昌龄：一片冰心在玉壶。
6. 帘掩满庭春（刘子若）掩耳盗铃，掩帘闭春。
7. 眸养一汪泉（刘子若）可另对：眉挑千里月。
8. 风碎一川霞（刘子若）苏轼：晓来雨过，一池萍碎。
9. 愁拧一团纱（刘子若）读其诗，想见其为人……
10. 月洗一川愁（刘子若）吾有：但借情天一轮月，清光洗尽美人愁。
11. 雾暗一窗灯（刘子若）
12. 墨展一帘风（张子衿）
13. 魇碎一池萍（张子衿）以实释虚。凄美。
14. 筝写两重心（张子衿）可另对：梅开三角恋。
15. 月系一双人（张子衿）
16. 鬓染九秋霜（黄子筠）
17. 泪点半湖秋（黄子筠）大小、虚实搭配的经典。
18. 棋打一灯花（黄子筠）赵师秀《约客》：闲敲棋子落灯花。
19. 烛挑一窗幽（黄子筠）
20. 袖敛一江风（黄子筠）女子写是“敛”，男子写可曰：“袖拂万山风。”
21. 剑舞半庭花（黄子筠）刚柔并济。
22. 云吐数峰幽（黄子筠）
23. 酒饮一杯愁（黄子筠）姐喝的不是酒，是寂寞。

24. 腹载五车书（黄子筠）
25. 雨打半池萍（黄子筠）文天祥：身世沉浮雨打萍。
26. 月闭满城娇（黄子筠）
27. 月渡半江风（黄子筠）
28. 茶煮半生闲（黄子筠）几人识得闲滋味，一盏山茶待子烹。
29. 瑟鼓二人羞（詹子溯）
30. 霞映九江波（詹子溯）
31. 剑舞一声鸡（詹子溯）
32. 秋割九回肠（詹子溯）柳宗元：海畔尖山似剑芒，秋来处处割愁肠。
33. 月暗半墙苔（詹子溯）
34. 路尽一人家（詹子溯）陆游：山穷水复疑无路，柳暗花明又一村。
35. 梅引一园香（陈子勉）
36. 花笑众生痴（陈子勉）
37. 月问几家愁（陈子勉）
38. 鹤啸半湖烟（陈子勉）雅绝。
39. 尘暗一身裘（陈子勉）
40. 剑指九州山（陈子勉）
41. 雷破两仪天（陈子勉）
42. 月浸一墀秋（舒子慕）
43. 酒借一壶愁（舒子慕）
44. 雪孕一枝春（红树醉秋）
45. 鹤去一楼风（二月末）鹤曰：悄悄的我走了，正如我悄悄的来；我挥一挥翅膀，只留下一楼风。
46. 馆闭一春寒（二月末）秦观《踏莎行》：可堪孤馆闭春寒，杜鹃声里斜阳暮。
47. 箫悦满庭芳（茉步）
48. 笑解半生愁（茉步）
49. 瑟起五湖波（王洁梅）星星之火，燎原可以。纤指一挥，五湖波起。
50. 酒引半生愁（林钰）
51. 竹沁一帘香（罗红妹）
52. 月笼万重纱（林宏丽）杜牧：烟笼寒水月笼纱。
53. 风起半楼云（马婉华）
54. 魂断五十弦（苏少君）李商隐《无题》："锦瑟无端五十弦，一弦一柱思华年。"十字仄，不过意好，可以不论。
55. 凤觅五湖凰（郭羽程）可另对：云追千里月。
56. 燕去两分天（陈玉蓉）
57. 烟散五侯家（陈玉蓉）韩翃《寒食》：轻烟散入五侯家。
58. 舟过万重山（陈秋琼）李白：轻舟已过万重山。
59. 翁钓一江萍（方如珊）渔翁之意不在鱼，在乎萍水之间也。

60. 院锁几回秋（秦敏榕）空寂。
61. 梦抚一帘幽（秦敏榕）
62. 梦断九重天（洪楚钿）
63. 月落半窗凉（陈荔珊）
64. 秋挽一峰黄（郭佳丽）“挽”字极有情，不忍树叶凋谢，故挽之。此不忍之心，即是有情。
65. 棋定半生缘（郭佳丽）以后不敢乱和人下棋了……
66. 帘挂一川青（郭佳丽）比“草色入帘青”更有气象。
67. 波撼一川烟（江如萍）
68. 花落一潭红（张欢欢）凄美。《西厢记》：花落水流红。
69. 舍绕一畦青（刘敏君）
70. 碧抱一帘星（陈欣婷）
71. 柳戏一池鸥（陈欣婷）
72. 叶落一潭秋（陈欣婷）
73. 梦释半床思（林怡倩）倩女幽魂。
74. 妆卸一堆愁（杨晓璇）可另对：发削十年恨。
75. 霜败一江荷（谢海虹）有暴力倾向。
76. 烟入五侯家（谢海虹）
77. 瀑落九重天（谢海虹）壮阔。
78. 窗锁九薇灯（谢海虹）寂柔。
79. 岭望几峰晴（陈洁雯）
80. 月洒半窗秋（陈洁雯）
81. 曲湿一青衫（陈怡丹）白居易《琵琶行》：座中泣下谁最多，江州司马青衫湿。
82. 雁落一山秋（孙锐珊）
83. 月瘦几人思（郭朝平）
84. 血荐一腔魂（陈健茹）
85. 师育百年人（陈健茹）
86. 史记一家言（陈健茹）
87. 月抚一湾泉（洪琳）
88. 山抱一泓泉（黄纯纯）
89. 凤舞九重天（范菡）可另对：龙吟三岛月。
90. 月叹六朝空（郑杏娜）
91. 雁寄八行书（郑杏娜）
92. 屐履满庭芳（郑杏娜）
93. 鬓染九秋霜（黄平妹）
94. 藕断万丝愁（黄平妹）
95. 雪唤数枝梅（林春晓）

96. 月暖一壶愁（林颖）
97. 鹃带万襟秋（刘家敏）
98. 发断百年情（王昕）
99. 镜碎一心痴（王昕）
100. 筑引一鸿悲（林琳）
101. 雪兆一年丰（许洪芳）
102. 风碎一池萍（许洪芳）苏轼：晓来雨过，一池萍碎。
103. 花落万家楼（陈婉烨）
104. 思沁一泓泉（陈婉烨）
105. 墨透五分碑（陈婉烨）
106. 叶落一湖秋（林敏珊）
107. 瑟抚四愁心（许丹琦）
108. 酒散百年香（曾颖）
109. 枫落一江愁（邱晓琳）
110. 眉蹙几多愁（张媛媛）宽对。
111. 月引万家思（方敏华）
112. 箫暖五湖烟（苏如婷）
113. 鹤唳九重天（杨少珍）
114. 诗点并蒂莲（林晓娜）
115. 月载一江愁（林晓娜）郑文宝：载将离恨过江南。
116. 酒沸两眸愁（许弈斌）
117. 泪洗一江愁（杨晓霞）
118. 诗梦一船山（邢妙如）清人句：绿挟诗梦一船山。
119. 箫忆七香车（郑怡琦）
120. 梦折六朝梅（方少梅）绝对。
121. 影赋一帘霜（杨丽璇）
122. 月葬一潭愁（杨秀琳）
123. 矢断六龙鞭（陈舜敏）
124. 雨锁一庭秋（陈春薇）
125. 月送一壶诗（陈春薇）
126. 画入五湖烟（陈春薇）
127. 酒恨六朝歌（陈春薇）
128. 帘卷一痕青（许斯智）刘禹锡：草色入帘青。
129. 雁引一声秋（王仰芳）李白：雁引愁心去。
130. 绿绕一畦田（王仰芳）王安石：一水护田将绿绕。
131. 笛吹九霄晴（房春霞）
132. 曲订几生缘（陈雅芝）
133. 月挽一丝愁（林晓玲）

134. 浪鼓九重天（刘佩敏）
135. 瑟鼓六朝风（陈碧蓉）
136. 墨尽六朝魂（苏暖）
137. 笛荡五湖萍（林少真）
138. 月锁半城烟（章灿雄）
139. 水荡一川秋（周素君）
140. 袖落一江愁（方菲菁）
141. 瑟并一枝兰（钟建桃）
142. 烟锁一山秋（黄玉琼）
143. 梦闯九重天（林海燕）
144. 鼓吹万家灯（方清曼）
145. 蹄踏一山青（陈伟芝）
146. 笛撼九霄云（陈杰娜）
147. 弦落半轮秋（郑怡琦）
148. 诗系半生缘（萧琼丽）
149. 夜冷十年灯（徐苗佳）黄庭坚：江湖夜雨十年灯。
150. 人去五湖秋（渺之）
151. 月钓一溪烟（渺之）
152. 诗老十年心（渺之）
153. 书笑几人呆（渺之）
154. 水饮一瓢春（渺之）
155. 帘卷万山秋（渺之）
156. 龙卧一城书（渺之）
157. 池吻一天星（渺之）
158. 茶品隔年春（渺之）
159. 心冷一壶冰（渺之）
160. 夙泊百年身（渺之）

另外还有几位搞怪的同学对了几个无情对，像：“脚踏两条船”（章灿雄）、“脑缺一条筋”（佚名）、“书读四年呆”（佚名），另如“柱抱一男人”（佚名），此句看似粗鲁，实则暗用尾生抱柱之典，可谓善谑。总之，征联之趣，层出不穷。

馀社办的报纸《馀音》每期都有征联，也有难度很大且至今还收不到佳对的，如渺之出的上联：“江山青眼无余地。”陈春薇出的上联：“蝉韵半山，来客杖敲梅子雨。”可谓佳对难求。

## 四、联句

联句以五言排律最为常见。如韩愈、孟郊的联句，如《红楼梦》中的《芦雪庵即景联句》《中秋夜大观园即景联句三十五韵》。一般要求前两句出来之后，就定下押韵的韵部。由首位再出一句上联，接下来的联句者须对出下联，再出一上联，如此连接下去。当然，这需要参加联句者的水平相当，才能接得下去。但这太难得了，所以又可以通融一下，大概谁能对，谁能出，都可以随时接下去，不必要求人人都对一下联，出一上联。馀社有几次联句，大家玩得都很尽兴。以下且举二例，以见一斑：

### 馀社诸子辛卯中秋联句

偶然开醉眼，沧海几扬尘。（渺之）
借我青云懒，（渺之）怜君白雪贫。（子若）
残荷秋倚恨，（子若）醉雨梦添尘。（子慕）
古苑怀新柳，（子慕）清光点绛唇。（子若）
拈花知鬓绿，（渺之）指月赋愁新。（佳娜）
断谱今何续，（佳娜）残香日更沦。（子溯）
江波延晚照，（子溯）玉露悼荒津。（佳娜）
隔岸仍灯火，（佳娜）挂瓢忘主宾。（渺之）
三杯遥接古，（渺之）百世可知因。（省之）
寂寂蛩初睡，（渺之）离离草自茵。（子慕）
白驹催故世，青鸟寄来春。（沁园）
一苇蟾宫渡，三秋蝶梦询。（沁园）
留风当羽扇，剪霁试纶巾。（沁园）
恍入清凉国。葛天归旧民。（渺之）

### 壬辰季春隔江草庐联句

暇日寻佳境，（瑶光阁主）草庐同赏游。（瑶光阁主）
烟波入眸渺，（吴志敏）银汉插天流。（渺之）
晓竹当窗隐，（渺之）篱花见子羞。（渺之）
江湖鱼约梦，（陈春薇）天地雁移秋。（渺之）
玩世宜千炼，（吴志敏）啸云又一楼。（陈春薇）
悠然循古道，（舒欣）去矣断今忧。（渺之）
白社开三径，（吴志敏）青山待二刘。（渺之）
逍遥人境外，（瑶光阁主）俯仰笔峰头。（渺之）
树引葱茏境，（瑶光阁主）霞飞缥缈舟。（陈春薇）
蓬莱真水浅，（渺之）牛斗剑空逍。（渺之）
众乐分香韵，（吴志敏）长歌破杞愁。（渺之）
苍茫张醉胆，（渺之）龌龊叹轻裘。（瑶光阁主）
谁遣桑田换？（丁秀洁）尔来王气收。（渺之）
骚心无处着，（瑶光阁主）沧海寄闲鸥。（渺之）

## 五、游戏

1. 接龙

此游戏由一人先出一句古人诗词，接龙者须接着其末字，由其末字再领起一句古人成句以接之。比如出句为“更上一层楼”，则下一人须用一句“楼”字为首字的古人成句来接。兹举馀社的一次游戏为例：

更上一层楼（鑫洁）——楼观沧海日（渺之）——日长飞絮轻（子若）——轻舟短楫去如飞（渺之）——飞入寻常百姓家（子若）——家家扶得醉人归（渺之）——归去，也无风雨也无情（子若）——情人怨遥夜（鑫洁）——夜来风雨声（子若）——声声写尽湘波绿（佳娜）——绿蚁新醅酒（渺之）——酒入愁肠，化作相思泪（渺之）——泪眼问花花不语，乱红飞过千秋去（渺之）——去日苦多（子若）——多情只有春庭月（鑫洁）——月上柳梢头，人约黄昏后（佳娜）——后宫佳丽三千人（渺之）——人生代代无穷已（子溯）——已凉天气未寒时（渺之）——时时误拂弦（鑫洁）——弦断有谁知（渺之）——知君用心如日月（子若）——月生帘幕夜香寒（渺之）——寒尽不知年（子若）——年年至日常为客（渺之）——客从远方来（鑫洁）——来如春梦几多时（佳娜）——时鸣春涧中（佳娜）——中原北望气如山（王奋）——山气日夕佳（子若）——佳人难再得（渺之）——得意须尽欢（鑫洁）——欢颜得所憩，美酒聊共挥（子慕）——挥手自兹去（子慕）——去年今日此门中，人面桃花相映红（渺之）——红似相思绿似愁（渺之）——愁来一日即为长（渺之）——长风几万里，吹度玉门关（子溯）——关河冷落（佳娜）——落红不是无情物（子若）——物是人非事事休，欲语泪先流（渺之）——流水落花春去也（子若）——也无风雨也无晴（渺之）——晴空一鹤排云上（佳娜）——上有愁思妇（佳娜）——妇人不下堂（渺之）——堂空不见人（渺之）——人歌人哭水声中（渺之）——中有千千结（子若）——结束铅华归少作（子慕）

接龙玩起来很有难度，很容易便接死了。常常有富于千篇，穷于一字之叹。要玩出一条“长龙”，相当不易。

2. 射名

射名，即以含有其名字中一字的一句古诗词影射之，被射者当罚酒（或茶、水）一杯。适合在聚会时玩，可以锻炼大家对古典诗词的记性和反应敏捷度。这个游戏的灵感最初是来自当代词坛的一个故事：天津词人曹长河为寇梦碧前辈的佳婿，一次寇翁戏引老杜的“尔曹身与名俱灭”开他女婿的玩笑，曹长河马上回之以另一杜句“西山寇盗莫相侵”，可谓当代文坛之雅谑。

此游戏可即景联想，因人而异，又针锋相对，带有竞赛意味，如果棋逢敌手，有来有往，玩起来相当刺激。比如有一次玩射名，在座数子，以黄佳娜被射最多，所射的古诗词句子有“人比黄花瘦”“碧云天，黄花地”“黄鸟于飞，集于灌木”“黄河远上白云间”“黄沙百战穿金甲”“黄四娘家花满蹊”“黄花满地无人扫”“黄河入海流”“黄花若解怜待客”“佳人难自得”“每逢佳节倍思亲”“佳期如梦”“绝代有佳人”等，她被罚了13杯茶。排名第二的是曾鑫洁，所射诗句为“曾经沧海难为水”“相逢何必曾相识”“曾是惊鸿照影来”“何曾吹落北风中”“何曾得见此风流”“何曾华之无实兮”“桂华秋皎洁”“欲洁何曾洁”“质本洁来还洁去”等，他被罚茶12杯，其中光是“欲洁何曾洁”一句他就被连罚3杯，因为其中有3字射中其名。而被射中最少的是詹启源，因他的名字入古诗词的甚少，所以他大占便宜，最终只被射中3次，诗句为“为有源头活水来”“词源倒倾三峡水”“源花费独寻”。

射名还有更高难度的，就是同时用一句（或一联）古人诗句射中在座中二人以上的名字。比如以“兰叶春葳蕤，桂华秋皎洁”射刘瑶兰和曾鑫洁，则二人都须受罚。以“地下若逢陈后主”射刘子若和陈渺之，以“黄沙百战穿金甲，不破楼兰终不还”射黄佳娜和刘瑶兰，以“执子之手，与子偕老”射子慕和渺之，都足以博得满堂彩。此游戏人愈多愈好玩，最好形成混战局面，这是锻炼反应与考验记性的好方法。



3. 诗中因果

此游戏为十年前诗坛怪侠熊东遨先生所授。记得一次谈笑中，熊先生问：“孔雀东南飞，为什么？”诸君都丈二和尚摸不着头，熊先生诡异一笑说：“因为‘西北有高楼’，孔雀飞不过去啊！”众人回过神来，大笑称奇。熊先生说：“这种玩法以前就有，还有一对是这样的：‘少小离家老二回。’为什么？因为‘老大嫁作商人妇’。”大家又哄堂大笑，以为不可思议。熊先生提议：“我们何不照此模式也来玩玩，以古人成句为基础，略加点化，使之成为有因果关系之幽默，可美其名曰‘诗中因果’。”

熊先生“以身作则”，创制了不少“绝对”。如：○“相见时难别亦难”（李商隐句），为什么？因为“人面不知何处去”（崔护句），人都不知道在哪，所以相见也难，告别也难。○“李花依旧笑春风”（崔护原句“桃花依旧笑春风”），怎么变成“李花”，“桃花”哪里去了？——“桃花尽日随流水”（张旭句），流走了。○“茶债寻常行处有”（老杜原句“酒债寻常行处有”），怎么变成“茶债”了，那“酒债”呢？——因为“杖头沽酒有余钱”（老杜句），有钱，所以不欠酒债了。

熊先生后来又发明了“连环因果”：○“淡扫蛾眉朝至尊”（王昌龄句），为什么只能“淡扫”？——因为“六宫粉黛无颜色”（白居易句），那“颜色”都到哪里去了？——“红了樱桃，绿了芭蕉”（蒋捷句），颜色都拿去染樱桃、芭蕉了。○“千里江陵两日还”，（李白原句“千里江陵一日还”），多了“一日”干什么去了？——“一日勾留在秭归”，勾留在秭归干什么？——“生长明妃尚有村”（老杜句），因为秭归是王昭君的故乡，盛产美女，所以“一日”看美女去了。○“新鬼烦冤旧鬼哭”，为什么？——“只缘地上见钱流”（袁枚句），为什么见钱流鬼就要哭啊？——因为“有钱能使鬼推磨”，地上钱流那么多，鬼推磨不是要累死，能不哭吗！

此游戏要求极高，除了要能背诵大量古典诗词之外，还得有那条“筋”，把毫不相干的句子串成好玩的段子，没有这方面的天才，是作不出“诗中因果”的，所以此道后来几成绝学。我们也曾玩过几个，如志敏兄的：○“舍南舍北皆秋水”（老杜原句“舍南舍北皆春水”），“春水”怎么不见了？——原来“一江春水向东流”（李煜句），所以屋舍的南面和北面就没有“春水”了。○“生子当如刘阿斗”（辛弃疾原句“生子当如孙仲谋”），怎么变成阿斗，孙仲谋哪儿去了？——原来是“英雄无觅孙仲谋处”（辛弃疾句），找不着了。○渺之有一段：“大江东去，浪淘尽、千古人物”（东坡原句“浪淘尽、千古风流人物”），怎么少了“风流”二字？——因为“风流总被雨打风吹去”（辛弃疾句）。

希望将来能有后继者，能玩出熊东遨先生的水平，我们拭目以待。

## 六、结语

本文所举韩山师范学院馀社学生的习作，虽然略显稚嫩，却是当代大学生在诗词研习之道上的一次用心尝试，也是他们青春的心灵见证。在读这些习作时，我们也深有感触，故略成拙文如上，以为芹曝之献，希望能为当代大学生的诗词研习提供一份活生生的材料。千里之行，始于足下。星星之火，可以燎原。希望有更多的高校能重开诗词写作课，加入我们的行列，为中国的文化复兴尽一份力。

# 九 文献辑录

# 张之淦《沧趣楼诗集》批语辑抄

龚鹏程

## 卷一

《鼓山觅竹坡题句不得怆然有赋》前首鼓山见竹坡题句诗，事略异而悲慨则同。

《石鼓山中送赵声伯归江西应举》对仗俱佳语，亦不觉其多。气流走，故不作滞。如能减或更佳。

《十一月廿九日沧趣楼》强拉力扯，自是才大，然亦何必为此等耶？

《雪坪联句同叔毅作》沧趣早岁亦苦改昌黎。

《感春四首》此诗慨甲午前后事也，非笺不能明，石遗室诗话有说。



## 诗集

《七月十五夜与幼点泛月同赋》此当较原韵为精警。

《元日过华严精舍》元日吉语，兴而比也，置辞绝妙。

《元夕步月江堧》极蕴藉，仍不能悉掩其愤悱。

《八月十二日夜同幼点宿听水斋》第二首，次句固透出月字，首句用弦字终嫌歇后。

《读孟子》所刺者其谁耶？

《入江哭篑斋》海藏为顾子朋作者无不工，弢盦为张篑斋作者无不工。

《朱二子涵留宿寓斋得诗四首》第三首，广雅固不免巧宦者。篑斋居金陵，广雅督两江时，托人讽篑斋移居阊门，篑斋大恚。沧趣入金陵吊篑斋丧，广雅招游匡庐不赴，辞曰：“我但为吊丧来耳。”此诗着语极深婉，次首并云伯严在金陵亦未一访，巽解之辞矣。

《沪上晤苏盦出视新刊考功词并海藏楼诗卷感赋留赠》奇横。“仪衍”“名盛”“英气”，俱于海藏有针规，而语极巽婉，赠者受者举见其肫诚。若石遗之以赵云松论遗山者相方，汲汲公之于世，斯必见忤矣。

《沧趣楼杂诗》诸作真得半山髓。后三首直成貂续，然非如此结撰，即不为沧趣诗矣。

《郑友其大舅招饮偕寒亭观旧植梅》净名，乩社名，见石遗诗话。

《舆中书所见》别浦随花去，此别是一等会心。

## 卷六

《海天阁成属有北行留别山中诸子》两作俱安顺冲穆。

《题章价人直州铜官感旧图》题铜官感旧图者多矣，此作命意措语独能近正。

《访旧七首》此七诗，析观之无不各臻妙胜，连章合观，乃辄有同一意但小变其面目者。

《次韵答樊山布政元日瞻园吟集见赠》听水与实甫樊山散原苏龕唱酬诸诗，往往各微用其人诗法。

《送胡瘦唐归江西》弢龕复出，锋棱靡尽矣。此诗岂不缱绻敦厚，然故是中朝老大官意态也。杏村瘦唐以强谏见逐斥者也，酬赵尧生诗当不如是，赠归蜀，作语甚淡。

《题伯愚将军同听秋声馆图》半山绝句辄取晚唐，此第三首则骎骎近盛唐矣。

《同石遗宰平郁庭藜观游沟沟岩》沧趣古近作诗俱工于发端，律诗中四利用对仗回斡，有鱼鸟翩翻之致，而不病流走。古近体结处罕用宕笔，多直为兜结，亦不笨滞，此所谓真力也。石遗诗话云沧趣自道作结用逆笔者少，殆信然。

《净师别于鼓山二十余年矣顷复相遇抚今感旧赋呈》后幅乃忽著散原一种语，而此则送缁流者也。

《郑友其大舅挽诗》末句“醒”字，故由七句“合眼”字来，然终疑未悉准，或别有所据耶?

《瑞臣见示守岁感赋》上首东眺句，此首不知句，细究之亦不能无微眚，非随扈大臣语也。余尝欲就亥壬间诸诗家述事抒感之作，汇比观之。颓懒迄未就功，深有望于诸从游者。

## 卷七

《正月十二十三夜纪事》项城不肯南下就总统职，遂纵北部兵变，此纪其事。书生好为大言，每每可笑，七八两句，故不为大言，然讵可如此作结耶?

《次韵楼谯正月十三日因兵乱止行礼感赋》龙德句好而不好，须细味之乃觉。

《展重阳同石遗嘿园宿师子窝因过秘魔崖》腾掷变现，杀活由我。

《九月二十九夜大风不寐作》结意含蓄，然赋题正宜喷薄出之。

《梁卓如招集万生园修禊未赴》实具大神力，初不用意为。“后六十年傥三此”，押此字，灵巧又落落大方。

《寄和石遗登海天阁诗》此可悟对仗活法。

《登岱同伊仲平徐梧生榕生兄弟》登岱诗不作端俨严重语，固能偏师取胜。最末一首，“人言似栖贤”，乃以栖贤拟之，与前首三松袭封句同师孟氏“说大人则藐之”之意。

《不见明湖近六十年过济南同张振卿前辈雨泛饮于湖榭》圆转流美。“张翁”句下，立接“蒲鱼”句，手段高绝，点出无可奈何、无可言说情境。

《过青岛》“沧尘”字新色，固节沧海扬尘用之也。

《自上方归柬赞虞》石遗诗话盛道此诗，断断于“兹游”“前游”两字之辨。其实集中此等最为下乘，只七八为安耳。

《六月初一漱芳斋听戏》第三首，半山无此怆恻，遗山梅村则每造此境。

《沈曜禅画梅册》文字般若。

## 卷八

《云冈山石窟寺》登临访古，忾想前王遗烈，自是好意，但触处俱是如此，亦不免取厌。

《次韵逊敏斋主人落花四首》此是名作，大有事在，非笺不能解，石遗室诗话曾逐句诠之。

《梁格庄会葬图》“风义”以下诸语似仍可商。

《贺雪斋贝子三十赐寿》此但就艺事为言。三十赐寿。实亦无事可说也。



## 卷九

《再和愔仲张园海棠》此大胜前首矣。此为弢庵赋诗海棠，语宜若是，诗中有人在有我在也。今时但主形构说论文者，或不能解此。

《次韵愔仲五月十三日公雨酒座感赋》万绳栻，字公雨，参张勋幕，复辟之役，绳栻勾合诸方最力。

《九日李园次苏盦韵》老年衰退之笔，此作多病平头。

《挽曾刚甫》可状蛰庵平生。

《贻书自号放庵》一句了题，七言近体颇见此法。此作亦只首二概题，余但历叙交亲与世变，可悟舍弃常义之要。然非作家老手，不足以语此耳。

《苏盦作风异图》海藏楼诗集卷十有《十月初三日奉乘舆幸日本使馆》诗，更作图以张之。然世谓孝胥实后至，不亲奉乘舆也。征弢庵此作，则海藏实有从幸之事。

《题成澹庵小像》别具炉锤，遂能不滞死题下。

《同暗公愔仲观菊罗氏园》“虽持变化巧，未失幽静德”，沧趣于诗，似亦持此意。

## 卷十

《梁退庵青灯有味似儿时遗照》排律，弢庵殊罕作，此胡矜重乃尔？末句称许众异（按：梁鸿志）亦恰好，不失身分。

《次韵仁先春尽日赋落花》与苍虬屡有酬赠，俱非绝工者，良不可解。

《以丁巳藏酒分饷仁先》“国人刻意熏丹穴，术者公言幸奉天”，可云先识，亦谓大忠。苍虬诗所谓“傅德保身廿年事”者也。

《次韵仁先将之大连》此宜并饷藏酒诗读。

《壬申上元》一结则所谓惘惘悠悠者也。

《仁先以正红芍药索和》百端关合，妥帖安排，极见功力，然亦但见功力而已。

《题仁先纪恩室》苍虬诗："羁旅盗生具，纤微圣虑烦。自惊殊赉溢，自觉小楼尊。"此诚名作，与苍虬诸诗，此盖第一。

《散原少余五岁今年八十矣》弢庵为散原座师，是科试题为《后凋松赋》。散原读诗七八两语"五十年来彭蠡月，可能重照两龙锺"曰："吾师念我。"即驾北都省视。

《和苏盦海岸二绝》海藏失歧地，且丧子，原作多郁寡无憀意，此广之也。

《庸盦尚书乡举重逢》第四句集和即游泮水诗结幅意。

《题林天禧篝灯课读图》寻常题目，寻常思理，写来却声情满纸，牖启孝思。

陈宝琛《沧趣诗楼诗集》，文海书局收入《近代中国史料丛刊》第四十辑中。然卷二至卷五，与前后版本不同，不知影印时考虑为何。旧曾见我师批读者，为别一刊本，今不知所终矣。此本圈点甚多，批语则较少。然所批识者，语皆精要，亦读弢庵诗者所不可不知也。爰摘抄之，以备文献。癸未三月廿三日。